Live Fast

我不想成為孩子童年的陰影啊！

推特女星身兼苦手媽咪
的抗焦慮日常

珍妮．茉倫
Jenny Mollen

Die Hot

彭臨桂 譯

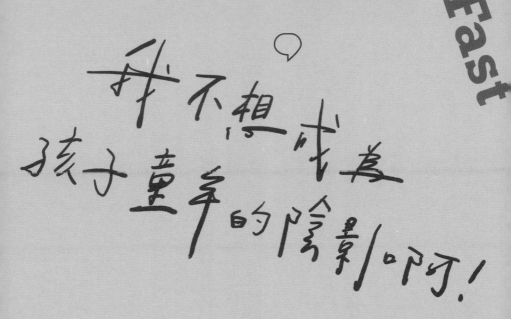

獻給席德（Sid）

目次

作者的話

接下來你要看到的故事基本上都是真實的。雖然我已經盡量依照記憶描述那些事件，但其中還是會有誇大之處，某些角色是拼湊而成，某些時段被濃縮了，而為了保護隱私，某些人的姓名也更改過。除了我媽之外。她的名字叫佩姬（Peggy）。

前言

我從來沒想過要寫關於懷孕的書，主因是我從來不會看關於懷孕的書。在一九九八年看過莫莉・倫華（Molly Ringwald）的電影《真愛考驗》（*For Keeps*）之後，接下來的二十年我幾乎一見到小孩就怕。但就在我滿三十四歲時，我老公的生理時鐘讓他開始想喝酒並在睡前對我大吼，嚷嚷著是該把某人放在第一位了。他指的是他。於是我們懷孕了。

傑森（Jascn）跟我結婚的時候，我許下了各種誓言和承諾，其中有些我打算遵守（其他的我在當下說只是為了讓他愛愛時快點繳械而已）。我的生活很刺激、性感，甚至有點太反常了。我跟一位好萊塢演員的關係很穩定，不過任憑我再怎麼努力，他的名氣始終比我大。他能理解我的神經質，我對承諾的恐懼，以及我執意要在度假時穿上他前女友那件海灘長袍的堅持。我在午休時間意外跟被告當上朋友而被踢出陪審團時，他對我展現了同情。當我邀請我們的藥頭來吃逾越節晚餐（因為我不想讓對方以為我們只是為了滿足藥癮），他甚至覺得這樣很貼心。生活很有趣，很簡單，而且可以預料——除了我們的藥頭找到了藏餅（Afikomen）[1]這件事以外。

接著我們有了兒子席德（Sid），一夜之間，我老公所愛上那位喜歡找樂子的大女孩就被逐出家門了。我得開始克制不咬指甲、不能用了棉條還讓血流出來、要接聽手機，還得在腦袋裡做簡單的算數。可是如果這些事我都不想要呢？萬一算數讓我心裡覺得很受傷，而量多加強型的棉條會讓我覺得下面那裡很肥呢？萬一我還沒準備好成為模範，我還是會想像自己在賣場被星探發現而成為真正的模特兒？（或者至少當上《超級名模生死鬥》的參賽者？）沒錯，我已經三十五歲了，但我的胸部看起來可是十八歲。

這本書主要是寫我不甘願成為要負責任的大人，以及我對脆弱的恐懼。席德一出現在我的生命，一切都突然變得不確定了。我就像從來沒愛過一樣墜入愛河，對一個總有一天會因為別人而離開我的傢伙深深著迷。我覺得害怕、可恥、措手不及，而且一點也不性感。為了逃避自己的不安全感，我的生活轉進了十字路口，就介於《享受吧！一個人的旅行》（*Eat Pray Love*）跟《終極警探》（*Die Hard*）之間。

回想起來，直接回到吃樂復得[2]的生活好像還比較輕鬆。

1 先流後婚

「我要懷孕到什麼程度才可以墮胎？」我從飯店的浴室對傑森大喊著說，盡量讓語氣理性。

我坐在冷冰冰的馬桶上，身上只有發熱襪跟一條頭巾，全神貫注於那根決定我命運的塑膠棒。我用力吞了口水，嚥下這一刻的自由，而我試著不往下看，因為我已經感覺得到有一張粉紅色的得意笑臉正往上盯著我看。我不知所措又毫無準備，趴在大腿上換氣過度。

那是二〇〇八年，傑森跟我只約會了六個月。再往前兩個月，我們私下在聖馬丁島（St. Martin）訂了婚，不過那只是因為我在他手機裡發現了一張另一個女孩的內衣照片，而他不希望我隨便就下結論或是放火燒了他。我把他

1 猶太人逾越節晚餐（Passover Seder）的一種儀式，將一塊無酵餅分成兩半，其中半塊藏起來讓孩子找到。

2 Zoloft，一種口服藥，適用於憂鬱症、強迫症、恐慌症等。

的求婚看得比較像是妥協戰術，是一種甜言蜜語的承諾，如果他真的是個風流鬼，或是腳踏好幾條船，我就可以輕易抽身。雖然我愛上他，但我根本還沒適應完全信任的感覺。我從來沒戀愛過，而且坦白說，我並不喜歡這樣。在交往時，我一向都要把所有好牌握在手中才會比較自在，這樣我就不必投入感情，也不會受傷——而且總會有簡單的出口。

聖誕節時，我隱約記得嗑了迷幻藥，讓傑森射在裡面，然後跟隔天早餐一起灌下了事後避孕藥。我壓根兒沒想過自己真的會懷孕。我甚至不確定我能夠懷孕。我二十八歲，從來沒避孕過。一路走來，我突然覺得我真是受到眷顧。意外懷孕這種事只會發生在「其他女孩」身上——那些會抽菸又聽寇特妮．洛芙（Courtney Love）的女高中生。

的確，我從沒讓男生射在裡面過。不過當時是假期，我也感覺到節慶的歡樂氣氛。一直到過了新年的幾週後，我才懷疑有問題。我們跟朋友在佛蒙特州滑雪時，我開始發生痙攣，感覺就像在女子監獄不分享洗髮精導致我打冷顫到快死了。我的胸部有如充滿雌激素的腫脹魚雷。每隔幾秒我就會檢查後方，確認自己沒把我正在滑的雙黑道[3]染成紅色。確實沒有。

後來兩天我醒來時都沒弄髒床單，於是我越來越擔心，去買了驗孕棒。這就像買樂透或是附有星座運勢的藥妝手冊，我只會開心個幾秒鐘，接著就感到些許的買家懊悔了。

在我換氣過度時，傑森從門的另一側焦急等待著。

「我不能呼吸了。這不可能吧。我要昏倒了。」我搖晃著離開浴室，臥倒在地上，希望馬上就能流產。

「怎麼樣？」

「哇塞。好吧。呃，我們可以處理的。」傑森抱起我，把我放到床上。

「我當媽還太年輕了，傑森。我自己都還只是個小孩啊。」我亂打亂踢，大發脾氣。

「妳二十八歲了。其實妳已經二十八歲半，所以基本上算是二十九歲。」他以為這麼說是在安慰我。「我們冷靜一下，好好思考這件事。」

「好吧……可是我不想要小孩。」我將方格圖案的被子披在身上，假裝這能讓我隱形。

「是指永遠不想嗎？」他聽起來很擔心。

雖然我曾想像自己未來有小孩的樣子，但在那之前，我必須先成名，演藝事業也要蓬勃發展才行。紅到讓我父母自問當初為什麼沒有多關心我一點。我

---

3 原文為「double black diamond」，指專業級難度的滑雪道，以兩個黑色菱形標示。

要讓前男友不必再為我付一半的房租。而且我要讓老爸不必再為我付另一半。我有我的生涯規劃，我的清單上還有要做的事。如果我要讓某人來到這個世界，我想要在有名氣的狀況下照顧他們。

「也許某天吧。」我說：「但絕對不是現在。」

□

接下來的滑雪行程，我就像華倫．米勒[4]電影裡的特技演員。我毫不減速在樹林衝進衝出，嘗試以一隻腳滑完一整趟，甚至還企圖做出我在YouTube上搜尋到的「衝刺精子」[5]跳躍招式。沒有什麼好退縮的；對我而言，生活已經完蛋了。我整個人筋疲力盡，我幾乎沒有工作，而我再過五個月就二十九歲，也就是說再過十七個月就滿三十歲，這跟死了沒兩樣。

三天後，我還活著，傑森的衝刺精子還潛伏在我體內。過去七十二個小時內（順帶一提，我那顆沒屁用的事後避孕藥在這段期間應該要發揮效果才對），我們都在考量可以怎麼做。墮胎仍然是我的第一選擇。我那些經歷過的女性友人大部分都沒發生什麼問題或後悔過。畢竟現在是二十一世紀了。我是個獨立的女人，而我的國家目前仍然讓我有選擇如何對待自己身體的自由。

唯一讓我猶豫的是傑森。他可不是我在連鎖藥局停車場倒車離開時不小心隨便撞到的人。沒錯，我是跟那傢伙睡過。但我絕對不用考慮就會拿掉他的孩子。傑森不一樣。儘管我很不想承認，可是他對我有種影響力。而且我覺得墮胎就表示有毀掉我們這段感情的風險。我可不想在回顧時怨恨他就這樣讓我毀掉屬於我們一部分的東西。或是在吵架時讓他拿這件事對付我。譬如「妳忘記蓋好牙膏了，噢，還有，妳弄死了我們的寶寶。」

我還沒準備好當母親。我住在只有一間臥房的公寓，室內沒有傢俱，而我把全部的碗盤都丟了，原因是要清洗這些東西會讓我很焦慮。不過我是一位受過教育的成年女性，在銀行有存款（我爸跟前男友都不知道這件事），還處在一段讓我確實有感覺的關係中。

我們討論得越多，就越明白我們必須留下寶寶。沒錯，時機是不太對，但我們很愛彼此，而且也已經私下訂婚了。我們會想辦法應付過去的。

---

4 Warren Miller (1924-2018)，以製作滑雪電影聞名，並創辦 Warren Miller Entertainment。

5 原文為「Screamin’ Semen」。

□

傑森把消息告訴他母親時，她並不怎麼興奮。

「你知道你不必因為她懷孕了就得娶她吧。」她收起了那張虔誠的天主教徒表情，留到下次公開場合時使用。我能想像對她最好的情況，是我自己逃到歐洲，不然就是在生產時死掉，讓傑森沒有選擇的餘地，只能搬回家跟她一起養大孩子。

我的家人就沒那麼想替我養小孩了。

「我當外婆還太年輕了啦，珍妮。我自己都還只是個孩子呢。」在我媽發著牢騷時，一位十八歲的日曬噴霧師要她彎身並塗抹她那張蠢臉。

欣慰的是，我的爸媽對這件事都很高興，因為他們知道寶寶的父親事業有成，工作穩定，而且不是我在連鎖藥局倒車撞到的那個傢伙。

□

傑森和我接下來三個月都在為了當爸媽的事準備。我們開始同居、參加夫妻治療、買了一輛休旅車。情況不允許我們浪費時間兒戲了。我們坦白談論自己的童年，對我們各自要做的事立下約定。我們買了書、討論名字，甚至還上網看孩子的照片。

不過我的焦慮也隨著荷爾蒙持續升高。我覺得自己是隻關在籠裡的動物，被困在強加於我的生活中。我的演藝生涯是逐漸起步的，但當父母這種事可是一夕之間就發生了。在這之前，無論我為了我的生活做了什麼，現在全都得擱置在一旁。我會變得跟那些媽媽一樣——那些女人的夢想無法實現，幻想過著更高尚的生活，還要在女兒的才藝表演中暗自較勁。

那麼傑森呢？雖然他很棒，但只要跟對方睡在一起不到一年，任何人你都會覺得很棒。有時候我會在床上看著他，想像我們這段感情可能會面對的各種威脅。萬一他愛上比我更成功的人呢？萬一他愛上比我瘦的人呢？萬一哪天他認為自己是個跨性別者，轉變成比我更瘦又更成功的版本呢？

一天下午，在我們例常去看醫生的途中，我的焦慮爆發了。我們在休旅車上，而傑森在比佛利街（Beverly）左轉卻沒右轉。比較快的方式是從拉辛尼倫吉（La Cienega）大道到第三街，但在洛杉磯住了將近十一年後，傑森還是沒辦法分辨第三街跟比佛利街。剛開始認識時，我覺得他這個小缺陷很可愛，不過現在我懷孕了，我認為這是在挑戰我的理智極限。光是這樣就夠了；他後來竟然還提起喜歡我們未來的小孩取「恩尼」（Ernie）這個名字。

「讓我下車！我根本不認識你！你完全綁架了我的生活！我要過原來的生活！」我試圖跳出休旅車。

「坐下！珍妮，他媽的坐下！」他勉強抓住我身上運動服的帽子壓制住我。我用力咬他的手，而他的口氣在我這孕婦的鼻孔裡聞起來像是煎無酵餅。事實上，不管我們的爭執在當下看起來有多麼嚴重或荒謬，全都不重要。我們就像家庭旅行時在後座鬥嘴的兄弟姊妹，無論結果如何，我們永遠都是綁在一起的。

然而，那天在醫生的診療室，情況突然發生了轉變。我們在一張蓋著皺紙巾的白色婦科檢查檯上依偎著。醫生先行離開，給我們一點時間吸收這個消息。在我的子宮裡待了三個月之後，胎兒決定離我們而去了。他的心跳已經停止。我流產了。

在我意識到之前，我已經躺在附近診所的一個昏暗房間裡，接著就有一支巨大吸塵器伸進我的下面，把胎兒跟他空出的公寓給吸走了。恐懼與焦慮（甚至連傑森那令我作嘔的口氣）全都逐漸消失在背景中。整個過程結束後，傑森跟我緊抱在一起哭了起來。我不完全確定我們哭的原因。我們馬不停蹄的生活突然急煞停止了。我們的命運不久前是如此確定、穩固，現在卻毫無預警撕裂開來。

這是我的機會。如果我想要離開，現在就是時候。但我唯一想找的就只有傑森。沒有他我活不下去。我的意思是，我完全可以好好活下去，也確信我可以振作起來，一點事都沒有。可是我不想。在我不敢愛他的時候，他全心全意愛著我。在我懷疑自己的能力時，他完全相信我。他要不是我認識過最不可思議的男人，要不就是個比我更瘋狂的人。不管是哪一種，他對我都很完美。

□

在決定生下傑森的孩子後，原本會嚇死我的婚姻這檔事似乎就突然變得很簡單了。（尤其是我確認他穿ＤＶＦ牌〔Diane Von Furstenberg〕的裹身裙很難看之後。）我們在那個星期就私奔結婚去了。

婚後過了不可思議的五年，傑森唯一急著想轉變的稱號就是「爸爸」。我並不是某一天起床就突然知道自己準備好再次懷孕的。是傑森提醒我已經三十四歲半，基本上等於三十五歲，而三十五歲基本上就等於四十歲，這已經離死亡「太遠」了，於是我決定此時不做更待何時。

這次要懷孕就沒那麼容易了，一部分是因為宇宙從來不會配合你的需求，一部分則是因為要弄清楚何時排卵這件事需要小學二年級的數學程度。我花了整整一年不認真地亂用溫度計和iPhone上的月經追蹤程式，而我妹堅持要我使用一種數位排卵測試筆。我拖了三個月，在被線上樣品銷售突擊之後，終於買了一個。二十八天後，我懷孕了。

我又一次把頭趴在大腿上換氣過度，不過這次是帶著緊張的興奮感。我並不覺得準備更充分，也還是一樣害怕。我唯一能確信的是，只要跟傑森在一起，我就能夠應付被綁架的生活。

□

在第四十一週半的時候，我退縮了。

「等一下，我可能還沒準備好要有小孩。」某天晚上我在臥室裡搖擺地走動，試圖讓像是正頂著我肋骨的小膝蓋回到原位。

「那就準備好吧。」傑森不為所動，他已經太習慣我這樣發神經了。

從邏輯上來看，我明白在我皮膚底下有某個人就像最大顆的青春痘一樣即將爆發來到這個世界，但我感覺不到跟我兒子的連結。老實說，他有點像是個討厭鬼。整個晚上都在我肚子周圍後空翻，大概都在搞破壞，還為我的子宮加上了問號（因為我們還沒決定他的名字）。在我們嘗試為他拍下的所有3D超音波照片中，他都故意用雙手遮住了臉。他根本還沒離開我的身體，就已經不想跟我有任何關係了。等我們見面的時候，我相信他一定會解釋這一切都是誤會，還有他完全不知道我有多麼年輕貌美，然後我們就會瘋狂愛上對方——我們會嗎？我還是無法想像愛任何人甚於我的狗（尤其是他一個月得洗澡超過一次）。

其實，有孩子這件事還是很令我害怕；我怕我自己，但我更怕我的兒子。我知道無論我怎麼做，一定都會搞砸某件事的。每位父母都是孩子最後花大筆錢接受心理治療的原因。我明白這一點。可是我不想讓他痛苦。我不想犯錯。我不想做出什麼事導致我下半輩子只會被轉接到語音信箱。

我習慣由我掌控的關係，但對我自己的骨肉，我卻無法控制。你以為某個不聽話的討厭鬼可以撫慰我嗎？或是讓我假裝自己少了他也不會怎麼樣？門都沒有。我一定會是個愛哭的蠢蛋。感情流瀉到停都停不下來。

我一定會受傷的。

□

我的預產期是二月四日。到了二月十四日，我還在懷孕中。

「是因為我這副新身體。是因為我現在看起來的樣子。」我沮喪地向傑森解釋。我在他嘴脣親了一下，然後把自己抬上床，整個人失望透頂。

事實是，把自己關在家裡看了八個小時網飛（Netflix）之後，我已經不再相信上帝跟萬物的秩序了。我已經失去耐心，不想再順其自然了。操他的自然。這次懷孕已經拖得太久，現在我那水瓶座的兒子大概只剩三天就有變成雙魚座的危險了。我討厭雙魚座男人。我的前男友都是雙魚座，而他們全都是過度敏感、難以捉摸的騙子。公然忽略我的需求，直接在我子宮裡冬眠到就要變成雙魚座，這簡直太像雙魚座會做的事了。我才不會讓這種事發生，我一定要生到水瓶座，哪怕我得自己伸進去把他扯出來。

我的頭髮是一團弄亂的老鼠窩。我的手指看起來像迷你版的法國麵包。我像海洋世界的虎鯨爬上孕婦抱枕，然後試著入睡。

我翻身時，羊水破了。

「寶貝……我覺得我剛羊水破了。」

「什麼?!我們不是會浸濕嗎？我什麼都沒看見啊！」他抬頭望向天空，再低頭看著床，一邊翻起床單尋找證據。我猜傑森以為會有電視節目裡的一大桶軟泥從天花板倒在我們身上。

「說不定妳只是尿出來了。」

「寶貝，如果是尿出來，我會知道的，但我不是。你得打給醫生了。」我倉促進入浴室，脫掉衣服，確認沒看見他的頭或其中一位雙魚座前男友的臉冒出來。

傑森打給我們的醫生豪伊・曼德爾（Howie Mandel）（這是他的真名），我則是坐在馬桶上，懊悔把我所有懷孕的書都拿去墊在床頭櫃底下了。我猜我應該要準備周全一點才對，可是那些書讓我覺得好像是在考SAT測驗。豪伊說我應該回床上試著睡覺的時候，我感到很懷疑。我試過睡覺，結果弄濕了褲子。這一次，誰知道會發生什麼事？（我當然不會知道。請參閱前述把書拿去墊床頭櫃的事。）所以我沒去睡覺，而是呻吟著在家裡晃來晃去。我以為要是我透過聲音表現出生小孩的樣子，我的身體最後就會逐漸感受到。就像在表演課時他們教你要是你開始真的急促呼吸，最後你就會陷入歇斯底里，然後變成梅莉・史翠普（Meryl Streep）。

到了凌晨三點半左右，我放棄了，於是傑森跟我開車到醫院。我沒有任何收縮的感覺，但還是裝得很痛苦，這樣萬一我突然想尖叫或失控亂打傑森就可以有藉口。街上除了兩輛警車就沒別人了。我心裡有一部分希望其中一輛可能會攔下我們，這樣我就可以說：「抱歉，警官，我們沒時間理你了！**我們要生**

小孩了！」接著我們就踩下油門揚長而去——可是沒發生。

一到醫院，就有人帶我們到一間隱密的待產室，然後叫我脫掉衣物。我總共帶了七套性感睡袍。我不確定要傳達給剛來到這世上的兒子什麼訊息。我可以是波希米亞絲綢和服媽媽、黑色網眼大內密探[6]媽媽、端莊長襬媽媽，甚至是全白純棉女學生媽媽。我想我大概會換裝兩次，就像甘迺迪家族的婚禮新娘那樣。我不太清楚生小孩的程序，可是大家都說久到不行。我叫傑森在覺得差不多進行到一半的時候提醒我，這樣我就可以溜走換上我的第二套衣服。

在我有機會選擇睡袍之前，一位護理師進來測我開了幾指。接著是另一位，然後又有另一位。我突然不覺得性感了。最後一位護理師將我連接到一部螢幕上，這讓傑森清楚看見了我的收縮根本還沒開始，而我發出的那些聲音其實只是因為我以為我是梅莉·史翠普。豪伊·曼德爾跟我的陪產員安娜·寶拉（Ana Paula）抵達時，我才勉強開了兩公分。

安娜·寶拉是那種很常深呼吸跟提到脈輪的女人。她很穩重也很專注。雖然我沒見過她的車，不過我已經知道那會是一輛Prius，保險桿上還會有鼓勵其他駕駛解放西藏的貼紙。她是一位朋友介紹的，那位朋友聽到懷孕七個月的我只規劃到時要穿什麼服裝，簡直不可置信。最後我終於在滿三十六週的時候見到了安娜·寶拉。

「妳的生產計畫是什麼？」她坐在我的沙發上問，一邊好奇盯著我們家牆面上一張巨大的相片，裡頭是個亞洲小女孩，一隻手拿著屠刀，另一隻手拿著死掉的金魚。

「我的計畫？嗯。這個嘛，我想目前我還沒有計畫。」

安娜．寶拉露出同情的笑容，向我保證如果我聽她的話，就會擁有「一段永遠珍藏的神奇體驗」。

這是我跟她聊過之後第一次見面，而我已經後悔邀請她過來了，因為她竟然相信不用藥物就能有神奇的體驗。

豪伊叫人幫我加了一點催產素以協助生產。接著他給了我硬脊膜外麻醉的選項。我其實並不反對使用止痛藥。但在媽咪世界裡最新的風潮是一切講究自然——這跟我媽以前生小孩的時候正好相反，當時潮流是在有人從你又大又長滿毛的下面擠出來之前盡量使用嗎啡止痛。而且，最近我看過里琪．雷克[7]的紀錄片想說服所有女性在浴缸裡生產。雖然我最後不打算在家裡生，但我仍然接受順其自然的做法。主要原因是這樣我就能對我媽擺出得意的表情了。

---

6 Agent Provacateu，英國性感內衣品牌。

7 Rickie Lake (1968-)，美國演員與電視節目主持人、製作人。

不過那是在我穿緊身衣和內搭褲看起來還很可愛的懷孕初期——當時我可以躺在自己的床上，很安全也不會痛。現在，我的腹部覺得像是有上千顆牙齒在啃咬，而追隨我媽的腳步似乎是明智之舉。我知道傑森和豪伊根本就不在乎我是不是自然生產。

可是還有安娜・寶拉。她比較喜歡全方位的方式。她在浴缸中接生了無數個寶寶。還有雖然我知道這不重要，但我必須知道安娜・寶拉愛我更甚於其他寶寶，就算沒穿絲綢和服也會尊重我，以及她認為我跟介紹她給我的那個女孩一樣勇敢。所以那些藥物得再等等了。

我在產房的走廊上晃了五個鐘頭，經歷我這輩子最無法理解的陣痛。我沒辦法站直，我沒辦法說話，我連看都看不見了。我的雙手發抖，背部浸濕汗水，最後我的自尊也投降了。

身體的疼痛已經擊敗我對獲得認同的需求了。我要求做無痛。

一位看起來跟我的隆乳手術年紀差不多的麻醉醫師走進來，替我打了硬脊膜外麻醉。從那個時候開始，一切都變得模糊了。我知道豪伊、傑森和安娜・寶拉坐在我身邊超過七個鐘頭，等待我的子宮頸打開。結果一直沒有。在無止境的推擠並耗盡力氣兩次之後，寶寶的心跳率開始降低了。我們只能選擇剖腹產。

護理師們推著我在走廊上前往明亮的手術室，而我也越來越焦慮。

「我想我們超過一半進度了。」傑森說，他穿著手術服出現在我身邊，握住了我的手。

我對他笑。或者我是在對牆壁笑。但我是要笑給他看的。

豪伊跟我們說，我們再過不到十分鐘就能見到兒子了。我這輩子對生命做的所有選擇——醜爆的髮型、效果存疑的健身混音帶、衝刺的精子——有如潮水般向我湧來。我碰上了一堆無法回答的問題。

這隻小生物會愛我嗎？他會認同我嗎？他的朋友會覺得我性感嗎？他會發現我高中時那張眉毛超細的照片嗎？或是在臉書上發現我曾經發誓要吃素的貼文？我的婦產科醫生知不知道我其中一邊的陰脣比另一邊長？他在處理我下面的時候，請他稍微削掉一點會很奇怪嗎？

護理師把我從醫院病床翻到手術檯上時，我突然回過神來。一塊亞麻布簾擺在我的胸部下方。傑森站在我身旁，拿出攝影機焦急地等著。靜脈注射發揮效用後，我肋骨下方的所有部分全都麻木了。我要豪伊在開始下刀之前先告訴我。

「我們已經開始了。」他平淡地說。

我盡量集中精神，不去想像他會從我的腸子跟長度反常的陰脣裡弄出什麼奇怪的生物。

「好，妳現在會感覺到很大的壓力。」他說。

我等了一分鐘，不過就在我自滿於眼睛都沒眨一下之前，我聽見了寶寶的哭聲。

我用被麻醉的眼神向上望，看見豪伊手裡捧著一個血腥版的凱撒，就是小凱撒披薩（Little Caesars Pizza）裡的那個。他有一個像羅馬人的大鼻子，臉頰圓圓胖胖的，頭上黏著一頂黑色假髮。

「披薩披薩」——我發誓他被突然帶去洗澡時好像聽見他這麼說。

幾分鐘後，一位護理師送他回來，把他放在我的胸口。他似乎有點發火。就像凱撒派來的人妨礙了他今晚的計畫。我學電影裡那些人抱寶寶的方式把他托在臂彎，嘗試安撫他。

我看著他的深藍色眼睛，心裡充滿了情緒。我想要發笑、啜泣、嘔吐得全身都是，而且是全部同時。我衝破了愛的上限，現在正進入平流層，這片區域可是為了女藥頭跟會寫浪漫賀卡的人而保留。我不認得這些情感。我立刻徹底轉變了。就這一次，我不再想著自己的職業生涯或是身上這件醫院罩衫會不會讓我看起來很肥。對，我會犯錯，而且我兒子某天也許真的會決定讓我轉進語音信箱。但這會是一段充滿情感、痛苦、喜悅的旅程，我很樂意參與。

我還沒準備好有小孩。我只為了他準備好。

2 夜間保母神祕習題

我想要一位夜間保母，因為每個人都說我想要。夜間保母基本上是個住在你家裡的女人，會在你身邊照顧你的新生兒。她會二十四小時全年無休，而她大部分的工作開始時，你才剛上床，準備一夜好眠，晚上寶寶則會因為不能在他的澡盆時光機裡漂浮而哭得昏天暗地。我妹妹還向我保證，帶席德回家的前一個禮拜一定會過得很糟。每過一、兩個鐘頭，可愛的小原子彈就會爆發，接著一切就會突然陷入混亂。席德會很生氣，他會很餓，而且他會想知道我天殺的在哪裡。夜間保母的工作是在他哭時哄他，抱起他，為他換尿布，然後帶他直接過來吸我的奶。

有些人可能會認為這工作應該由當事人的母親來做，尤其是不認識我母親的人。我知道我媽其實完全有資格這麼做，畢竟她可是註冊護理師。但因為我認識我母親，所以如果要獻出我的乳頭，對方是完全的陌生人反而會讓我比較自在點。在經歷情緒像是坐雲霄飛車的分娩過程後，我需要穩定安心的感覺。要是再把我媽加進來，那就會像是替我自己預訂了加長版的太空山。她很好心也很逗趣，可是不會喜歡夜間的憂慮和尖叫。

我的第一位夜間保母是荷莉絲介紹的，荷莉絲算是我的高中死對頭。當時我並不知道我們是高中死對頭——那是在大學之後的幾年，她告訴我她在我們年輕時很恨我。我真是受寵若驚。我猜我也恨她，不過我也愛她。我們混的圈子不同，但都有一樣的目標：在所有高中戲劇裡擔任主角。我猜我說過她一些壞話，當時我處在青春期焦慮的痛苦中。可是我會說每個人壞話。我現在還會。這種事本來就很自然的。這就像劈腿或對我老公前任的下落一清二楚。我很嫉妒荷莉絲，因為她從六歲就上過社區劇場，而且為當地的育樂中心拍過廣告。

除此之外，我也無法忍受她媽對她的成功投入了那麼多。荷莉絲的母親很典型想當個星媽，由於她的夢想無法實現，所以要女兒代替她過她想要的生活。她會在後台拿著筆記並提供意見，有時候甚至還會給我一些建設性的批評。

「珍妮，妳今晚在上面的聲音好像有點刺耳喔。妳父親是不是又離婚了？」她假裝關心問。

「大概吧。」我跟她擦身而過，避免再多談什麼。

「噢。真是遺憾啊……不知道荷莉絲有沒有提過，她最近跟約翰．卡薩布蘭加（John Casablanca）簽約了呢！」她得意地大聲說。

我媽從不會來看我演戲。不過她曾經跟一個叫約翰・卡薩布蘭加的人約會。我覺得他是個戀童性侵犯。雖然我很想要有個像荷莉絲母親那種啦啦隊長般的媽，但我知道荷莉絲過得並不輕鬆。焦慮感會直接散發出來。當她進入房間，你會感覺到壓力，那是一種期望的重擔，她不只要實現自己的目標，還要實現她母親的。因為這樣，荷莉絲有一種其他女孩沒有的深度。我被她的痛苦吸引，但同時又覺得排斥，因為我知道我們正在打相反的戰鬥。她母親的愛有條件，而我母親的愛很短暫。而我們對自己母親的感受，一方面是驅策著她繼續前進，另一方面則使我努力想獲取注意，這讓我們成了相互較量的對象，比任何選角都還完美。在某個平行宇宙裡，我們可能會是好朋友，不過在這個宇宙，「火爆浪子」只能擁有一位珊迪[8]，而我們兩人都太過積極，最後不可能成為美容學校中輟生[9]的。

荷莉絲跟我不同，她後來真的當上一位成功的女演員。十九歲時，她離開

8　一九七八年的電影《火爆浪子》（*Grease*），由約翰・屈伏塔（John Travolta）飾演主角丹尼（Danny），奧莉薇亞・紐頓—強（Olivia Newton-John）飾演女主角珊迪（Sandy）。

9　電影《火爆浪子》原聲帶中的一首歌曲歌名即為 *Beauty School Dropout*（美容學校中輟生）。

大學，在一齣CBS[10]情境喜劇中全職演出。當時的我在找學生影片試鏡，幫我拍大頭照的人是我在喬氏超市（Trader Joe's）認識的一個傢伙，他還說要是能夠幫我下面剃毛就不收費用。令我難受的不是荷莉絲做了什麼而有什麼樣的成果。我的生活可以成為她那樣……也應該變成那樣。不管我再怎麼努力看開，她的成功始終突顯了我的失敗。等我適應成年期後，我對荷莉絲的競爭感就逐漸消退了。一部分是因為我變成熟了，但主要是因為我找到了新的比較對象。

荷莉絲有兩個比席德大幾歲的兒子，而她在我懷孕時聯絡了我。

「為什麼她要傳訊息給我？」我問傑森，希望他有答案。

「為了示好？」

「為什麼她想要示好？她可是我的死對頭。她這輩子應該最希望我掛掉才對啊。」

他笑了。「珍妮，那些都過去好幾年了。我覺得她已經不再跟妳計較了吧。」

「像是我從來沒成功過那樣不計較嗎？那樣說也太蠢了吧！」

「我可沒說。是妳說的。」傑森被我的心神不寧磨到累得半死，語重心長地向我解釋有些人真的會長大。不是我。但其他人會。

荷莉絲表現得比較像大人（在我們的關係中，她的名氣也比較大，所以這是她該做的）。我不禁佩服她願意主動談和，於是小心地決定給我們這段虛假的友誼一次真正的機會。而我說的「真正」，其實是完全虛假的。

隨著荷莉絲跟我相處的時間越多（請參閱：成為不會一起出門的網友），我發現她是位事必躬親的媽媽，這種超級父母厲害到能用翻糖刻出東西，還會使用一種特別的無毒植物性洗潔精來清洗水果跟蔬菜。她做好了養育孩子的工作，而且很快就在Instagram上成為這個領域的權威。身為兒童發展專家的荷莉絲，堅信夜間保母是必要的。

「團結力量大。」她在一張照片底下貼文，裡頭是她跟另一個女人穿圍裙，上面沾滿了看起來像是寶寶腹瀉物的東西。

根據荷莉絲的說法，黛博拉（Debora）在她生第二個小孩時救了她一命。她跟著她到世界各地，訓練寶寶一覺到天亮，甚至還為她先生腳底按摩。我的忙碌程度還不到荷莉絲的一半。可是我對不必搓揉傑森這一點倒是覺得很棒。

荷莉絲對於照顧孩子有很高的標準。她是那種如果有時間就會全部自己做的女

10 哥倫比亞廣播公司（Columbia Broadcasting System）的簡稱，與國家廣播公司（NBC）、美國廣播公司（ABC）為美國三大商業無線電視聯播網。

人。要是荷莉絲覺得某個人很不錯，那麼對我來說一定也很不錯。

我連見都還沒見過，直接僱用了黛博拉六個星期。

□

我在某個週日小心翼翼地從醫院帶席德回家。有位護理師跟著我們到車子旁，把他八磅重的身體穩穩繫在安全座椅上。我焦慮到根本沒辦法注意一大堆的安全帶跟控制桿，很怕等我們回到家時，我可能得用剪刀救他出來。隨著在路上的每次轉彎，我的焦慮也越來越高。傑森緩緩滑進我們的車道，彷彿我們是準備搶劫的盜賊。車子一停好，拉上手煞車後，我們就立刻跳下車衝到後座。席德還有呼吸。傑森沒花時間試圖弄清楚怎麼解開帶扣，而是直接讓席德舒服地待在提籃裡。他解開三十磅重的提籃，就像抱著一顆水球那樣急忙走向前門。

在我懷孕的最後一個月，我們家已經變得一團亂。不成對的孕婦抱枕跟毯子隨意散落在每張沙發上，一堆堆未拆開的禮物擋住了廚房跟餐廳間的路，而所有杯子表面都留下了可可脂的指紋痕跡。

隔天星期一，門鈴響起，應該是黛博拉來了。狗狗們陷入瘋狂。傑森到處跑來跑去收拾東西，像個十八歲的男孩，而他的父母提前度完假回來了。我扶著經歷剖腹產的腹部，跛著腳步憂心忡忡走向門口。雖然我知道在另一邊等著我的是什麼，但我開始退縮了。席德離開我的子宮後，我突然覺得很情緒化，不想讓另一個人進來家裡。我想要冬眠。我想要用纏在我那把大圓梳上的頭髮做一個大巢穴，把我們兩個深埋在裡面。我想要張開嘴巴把他的小身體整個吞掉，讓他回到我的肚子裡，那才是他應該去的地方。

我深吸一口氣，鼓起勇氣打開門。

一位高個子黑人女性站在那裡，穿著醫院的藍色手術服，戴著大大的圓形墨鏡，一邊在手機上打字。

「我還怕我可能找錯地方了呢。」黛博拉露出親切的笑容，帶著三個一樣的LV手提箱直接從我身邊通過。「小東西在哪裡？」她熱切地說。

「誰？」

「寶寶啊！那個可愛的小小小東西！」黛博拉摘下墨鏡，走進廚房洗手。

傑森踮起腳尖帶著睡著的席德從後面房間出現時，她就開心笑了起來。

「唉喲喂呀！」她低聲說，一邊用毛巾擦乾手，然後像個專家從傑森懷中接走席德。

傑森對我笑，那副過度自信的表情彷彿在說：「這一切都是我的功勞。」

黛博拉抱著小東西坐到一張吧檯椅上，跟我們討論第一個星期要注意的事。她詢問我餵母乳的情況，以及我之前是否有過照顧新生兒的經驗。

我搖搖頭表示沒有，自我懷疑的淚水從我眼眶冒出。「我連他的標籤都還沒拆掉。」我內疚地往席德腳踝上那條醫用手環伸手，彷彿他是我在衝動之下購買卻無法負擔的東西。

傑森拍拍我的肩膀，希望提供一些安慰。我很想放鬆下來，可是我太焦慮了。我不知道怎麼照顧寶寶。我連我們的洗碗機都不知道怎麼用。關於家務該知道的一切，我都得向黛博拉學習。

黛博拉在客房打開她的行李，那裡最早是禪穴（在我超迷焚香跟前世的時候），後來當成「香檳房」（在我開始學鋼管舞的時候），現在很快就要變成席德的育嬰房了。黛博拉一定感覺到了混亂的氣氛。她從手提包拿出一大本聖經，放在她的枕頭上。

「我每天都要吸收聖靈之氣。」她邊說邊將雙手舉到頭上，似乎就要穿透我的屋頂被傳送上去了。荷莉絲提過黛博拉是五旬節教派的教友，而她沒跟寶寶在一起的時間幾乎都在讀經。我不介意她有這種熱情。我把這當成一項好的指標，表示她不會試圖在我睡覺時謀殺我，或是在隨選視訊服務點播任何色情影片。

我看著她鋪好毛巾，在床邊打造了一座臨時尿布檯。她在席德的搖籃裡噴灑了薰衣草精油，然後根據顏色整理好他的包巾。她問我是怎麼認識荷莉絲的。

「我們當了好幾年的好友，後來因為我們事業太忙就失聯了一陣子。」我撒了謊。

「她很不可思議。真是我見過最棒的人了。」

「是嗎？」我有點破音了。我突然感到一股青春期的嫉妒。

「當然啊。我們一起度過了最棒的時光。每天下午都會看溫蒂・威廉斯[11]跟E! News[12]。每週五都會做手腳美甲。真是我遇過最棒的老闆了。」

哈。我懷疑黛博拉是不是想用免費美甲唬弄我，不過她的表情看起來很真誠。荷莉絲有可能是最棒的老闆嗎？在我腦中總愛想像她的生活有不為人知的一面。雖然她不是《親愛的媽咪》[13]，但至少是個難以伺候、要求一大堆的自

11 Wendy Williams (1964-)，美國電視節目主持人。
12 美國娛樂新聞節目。
13 *Mommy Dearest*，於一九八一年推出的美國電影，改編自好萊塢女星瓊・克勞馥（Joan Crawford）女兒克莉絲汀娜・克勞馥（Christina Crawford）的傳記，描寫母親瓊・克勞馥如何虐待其領養的四名子女。

戀者，而早期的成功總有一天會隨著她的青春枯萎，讓她像諾瑪．戴斯蒙[14]一樣過氣、孤獨。我在我的滑翔機裡來回晃動，在內心與荷莉絲是好人的這個想法搏鬥。

「我們還是會一直傳訊息。」她接著說，一邊把頭髮綁到耳後，再用一條頭巾包起來。「畢竟我跟她住了四個月。這樣一定會很熟的。」她秀了張照片給我看，裡頭她跟荷莉絲在前往聖巴瑟米的法國航空航班上乾杯。

我露出笑容，找藉口離開去找傑森談話，他正光溜溜坐在馬桶上回覆電子郵件。

「我們必須僱用黛博拉至少四個月。」我堅持說。我得向黛博拉證明我們不只在經濟上跟荷莉絲一樣安穩無虞，還要證明我更有趣，也完全更有資格在我們的高年級戲劇中扮演美狄亞[15]這個角色。

「妳要讓一個陌生人在我們家裡待四個月？」

「這有什麼？我們已經有一個要待上十八年的傢伙了。」我說：「在一切有情感與理智的生物之中，我們女人是最不幸的。」我以我最標準的中大西洋口音嗚咽說著。

「《美狄亞》不是在講一個女人很恨她丈夫還殺了她的孩子嗎？」傑森尿完後就拖著腳步走進臥室，打開高爾夫球遊戲。

「而她丈夫的名字就叫傑森。我一定可以演得很棒的！」我擋住電視，學舞者緩慢行了個禮，接著假裝喝下一瓶毒藥，而這跟《美狄亞》的劇情一點關係都沒有，純粹只是展現在我履歷中「特殊技能」部分裡所列的精通模仿這一項。席德從我們床上中央用枕頭圍成的臨時嬰兒床裡看著，顯然在想像如果荷莉絲是她媽的話會怎麼樣。

傑森答應讓黛博拉再多待十個星期，主因並不是他認同我，而是希望藉此再也不用看我模仿了。

□

我很快就學到寶寶是上天給的禮物，而這個禮物還需要一百萬個其他禮物。不管你認為自己準備多麼充分，你還是會漏掉至少十幾個最重要的基本原則。

「他的睡衣在哪裡？」黛博拉翻找席德的抽屜，看起來很困惑。這是席德

---

14 Norma Desmond，電影《日落大道》（*Sunset Boulevard*，或譯《紅樓金粉》）中的虛構人物。

15 希臘三大悲劇之一《美狄亞》（*Medea*）之女主角。

第一次真正要在育嬰房睡覺，而他身上就只有一片尿布跟臍帶。

「什麼意思？」

「寶寶睡覺要穿東西。」

「我們不是才剛把他包好？我不知道還有寶寶睡衣這種東西。」

「有的，他必須穿衣服才能睡覺。」她像一位擔憂的社工在對少女媽媽說話。「而且妳也得買浴盆、溫奶器、屁屁膏、嬰兒床單、收納箱……」

這份清單還一直持續下去。她不自在地笑著說，她沒碰過像我準備這麼少的家長。在那天下午一段休息時間裡，她說她跟她最好的朋友烏佐（Uzo）談過這個情況，而他們會在週二的夜間禱告熱線中為我祈禱。我想像她和烏佐跪趴在地上哭泣著求耶穌基督拯救席德免於厄運，因為他的母親蠢到連寶寶睡衣都不知道，而且還在車庫裡藏了一根跳脫衣舞用的鋼管。

烏佐是黛博拉的好友，而且她一直講個不停。她剛好也是碧昂絲的育嬰保母。

「她當名人的育嬰保母好幾年了。」黛博拉邊說邊從冰箱拿出一袋蔬菜湯，弄了一杯她在《我們週刊》（*Us Weekly*）裡讀到的綠色飲料。「隨時都有狗仔跟著她。妳一定在各種雜誌上看過她。」黛博拉眉開眼笑的。果汁機不甘願地嚼碎一大堆冰塊、杏仁奶跟香蕉，黛博拉則是注視著我，以為我會因為她喝這種冰沙而稱讚她。

我的育嬰保母這麼熱衷這種遊戲，讓我感到很不安。我能理解髮型師會在乎名人的事——或是教練，甚至是廚師。但就連天殺的育嬰保母也會這樣？在洛杉磯還有哪個人不想費盡心機去拍自己的實境秀？黛博拉是個常上教堂的女人，是基督的信徒，而且這個女人每天至少要告訴我兩次她能夠跟天使溝通。不過即使是黛博拉也無法抵擋安迪[16]的誘惑。

□

荷莉絲開始每天傳訊息給我想知道情況。她親切過了頭，還問什麼時候可以來看看席德。她從沒來過我家，而我很猶豫要不要請她上門。我不知道我該怎麼跟她相處。高中時，每次我們互動完之後，我都會感到沮喪跟不夠格。就算現在我也很怕聽到她接了什麼新工作，或是交了什麼酷朋友。而且我看起來糟透了。我剛生過小孩，超重二十磅，乳頭還跟年糕一樣大。

我告訴荷莉絲我很想見她！我等不及了！不過可惜的是傑森正在經歷產後

16 指美國精彩電視台（Bravo）的脫口秀主持人安迪·寇恩（Andy Cohen）。

憂鬱症。我提議我們過幾個星期後再聯絡，暗中希望她那迷人的生活方式會讓她出城，讓我們永遠也不必見面。這並不是因為我討厭她。我只是不想讓自己受傷，也免得我為了讓席德比她孩子更出名而決定把他改成像是「艾弗里卡」[17]這樣更閃亮又更引人注意的名字。

□

「荷莉絲過幾個禮拜可能會來坐坐打個招呼。」某天早上我在將席德放進安全座椅時若無其事地說。我們要去西洛杉磯給醫生例行檢查，而傑森問黛博拉要不要一起去。我們不知道要怎麼不讓她去。把她留在家裡一天似乎很失禮。

當時黛博拉在我們家已經待了快一個月，而她已經跟我們相處得太過自在了。這不全然是她的錯。是傑森和我讓事情演變到那種地步的。我們兩個從小都沒有跟「職員」相處的經驗，而要在家裡指揮一位年紀較大的黑人女性感覺實在太像電影《亂世佳人》（*Gone With The Wind*）了。結果我們沒把黛博拉當成員工對待，而是當成了暫住的客人。我在家裡存放了她喜歡吃的所有東西：莓果、墨西哥玉米片、椰子水。我替她買了一件浴袍跟一件羽絨被。我甚至還把我的車子借給她去辦事。有些人知道如何應付像傑森和我這種明顯的共依存症患者，而他們可能會強制劃清自己的界線。可是其他人就會利用我們的友善，最後完全控制我們。

我不否認我讓這種情況發生，有一部分是因為要讓黛博拉覺得跟我相處比跟荷莉絲相處更快樂。

「我們可以吃Mr. Chow[18]嗎？」黛博拉在我們去找醫生的途中從後座插話。「烏佐都會去吃Mr. Chow。」

Mr. Chow是在比佛利山莊的一間高檔中式餐廳，我從九〇年代早期後就沒吃過了。那裡曾經是去見識名人和讓自己拋頭露面的熱門地點，不過近年來已經變成幾乎是觀光客的陷阱（但有很棒的生菜包）以及每輛TMZ[19]觀光巴士必停的一站。

「大概吧……」我說，但心裡覺得很煩惱，接著我從副駕駛座望向傑森。我已經跟黛博拉相處夠久，知道只要她想要什麼，就會在談判時稍微提到耶穌。

---

17 Afrika，亦指「非洲」。

18 Mr. Chow，由京劇大師周信芳之子周英華（Michael Chow）創辦的高級中式餐廳。

19 美國知名八卦網站。

「耶穌基督告訴我應該要吃點Mr. Chow呢！因為基督不喜歡你們昨天晚上給我吃的東西。」她暫停了一下，讀著手機上的訊息，然後繼續心不在焉。「我唯一能接受的壽司就是加州卷。」

黛博拉不只出奇地愛擺布人，而且老是在用手機。除了少數幾次我聽到她匯錢給一位在亞特蘭大的親戚之外，她通常都在跟烏佐閒聊。

烏佐是育嬰保母世界中的女王蜂。她是綁著紅色髮圈的希德[20]。她有一批比較低階的育嬰保母大軍，只要是她認為不值得花時間的人，就會被外包出去。烏佐似乎是個自戀又愛追求名氣的婊子。雖然她一定跟現任的雇主簽了保密協定，但她會無視規定洩露祕密，尤其是能夠讓她吹噓去了什麼新奇的地方或試過哪間餐廳。黛博拉很崇拜烏佐，也想要她擁有的一切。這也包括「三個B」。

「我的目標很簡單。」她在Mr. Chow一邊吸食蒜頭蝦一邊說；這時我們已經看完醫生了。「我要一輛賓利、一張黑卡，還有一個柏金包[21]。這樣我就知道我已經成功了。」

我沒有黑卡，沒有賓利，當然也沒有柏金包。柏金包的價格在各地從一萬到二十萬美金都有，這種貴到爆的手提包通常只有公園大道（Park Avenue）的那些公主才買得起。而且根據我的原則，我也無法想像自己會買。不過只要附近有人拿著柏金包出現，我一定會注意到。帶著柏金包對女生來說，就像是有根巨屌的人走進更衣室一樣。大家的目光都會移向你；大家的注意力都會轉變。當我在街上看見柏金包，就會像看見比我漂亮的女孩那樣看著它。那種感覺混合了嫉妒、渴望，以及不甘願的敬意。我會試著猜測拿著包包的主人是自己買的，或者她只是幫別人老公口爆換來的。如果她看我，我會露出笑容。必要時我甚至還會主動提供協助呢。無論再怎麼努力抵抗，我就是會棄械投降、卑躬屈膝，還有一點鬱鬱寡歡。

我盯著外頭兩個看起來很邋遢的狗仔，他們就站在泊車小弟附近。他們向一輛好萊塢觀光巴士揮手，上面坐滿了戴著遮陽帽、皮膚晒黑的白人。

「這些我都沒有。」我對黛博拉說，試圖把她拉回現實。

「烏佐生日的時候從碧昂絲那裡收到了一個Céline包。我的生日是下個星期。我就要五十歲了！那可是個大生日呢。」黛博拉讓這段話在空氣中迴盪，這時一位服務生走過來遞給傑森帳單。「畢竟一生可只有一次五十歲。」她講

---

20 電影《希德姊妹幫》（*Heathers*）中，只有姊妹幫的領袖能夠繫上紅色髮圈，為最具權力及最受歡迎的象徵。

21 賓利（Bentley）、黑卡（black card）、柏金包（Birkin），均為字母B開頭的詞。

得好像其他歲數就會重複似的。

「噢，我想要點個東西晚點再吃。」黛博拉用天真的表情看著我們。她告訴服務生她要外帶龍蝦義大利麵跟另一份蝦吐司。傑森瞪了我一眼，然後把信用卡交給服務生。

「不過妳倒是有一個Céline包呢……」黛博拉說。可見她在我外出時翻過我的櫃子了。

「那是仿冒品。」我防衛性回擊。「我是在土耳其買的。傑森，告訴她那是仿冒品。」

「那是仿冒品。」傑森說，他把席德交給我，然後說要去廁所就離開了。

「其實我也有一個山寨的柏金包。」我輕聲坦白說：「我是在城裡跟我朋友拉斐（Rafi）買的。我沒辦法接受花那麼多錢買真的包包。我沒那麼在乎那些東西。」

黛博拉震驚地看著我。她張大嘴巴。我看見浸軟的碎蝦肉在她齒縫間向我揮手。「妳會拿山寨包？」

「呃，是啊。有時候。」

其實我很愛山寨包。它們能讓我贏得尊敬與讚賞，就像真的包一樣，但我只需要花一點錢就好。

「我絕對不會的。黛博拉才不會為了山寨包屈服！」她在空中甩著一隻手臂強調著。

黛博拉跟我帶著席德走向泊車小弟。狗仔隊還等在那裡，這讓黛博拉很滿意。她隨便擦上口紅，然後從我懷裡抓走席德。我對那兩個穿破舊牛仔褲帶著望遠鏡頭的邋遢男人露出笑容，而他們在腦中的記憶庫尋找我的臉孔，最後找不到任何替我拍照的理由。

「奇怪。他們沒拍我們。」黛博拉失望地聳了聳肩。「我跟荷莉絲在一起的時候，大家幾乎是猛撲上來搶拍照的。」

我的胃部深處感到一股挫敗帶來的劇痛。我知道黛博拉在批評我。我自己都在批評自己了。就在這個時候，傑森出現了，而那兩個男人也突然活動起來。

「快點，黛博拉！去握住他的手！」我聽見自己說：「在他臉頰上輕吻一下！看他會不會抱住妳！」我脫口說出這些話。這就像聖靈住在我體內，只不過我是以卡戴珊（Kardashian）[22]的方式說話。

傑森尷尬勉強地抱了黛博拉一下，然後就跳進車裡，看起來很火大。我們一直到晚上才談起這件事。

22 美國著名的名媛家庭。

「我不能讓她失望！她實在太想要了。烏佐霸凌她，讓她覺得自己不是引人注目的育嬰保母，這樣太不公平了！」我就像個媽媽談論著處於青春期的過重女兒。

傑森不可置信地看著我。「妳聽見自己說的話了嗎？引人注目的育嬰保母？那到底是什麼意思？她是來這裡照顧我們的孩子。她能跟著我們出門就已經夠幸運了。」

「傑森！那是種族歧視！」

「種族歧視？我才不在乎她的膚色是什麼。我們才不必負責提升她的社會地位。」

「我們要！」我一說完才知道自己有多荒謬。

在我心裡，我知道傑森是對的，可是我忍不住。黛博拉就像《愛是非賣品》（*Can't Buy Me Love*）中的派屈克・丹普西（Patrick Dempsey）。她就像《窈窕美眉》（*She's All That*）中的蕾秋・萊・寇克（Rachel Leigh Cook）。她就像《恐龍尤物》（*The Duff*）中的恐龍妹。我能理解她的自卑情緒。而我覺得我的責任就是把她轉變成學校裡最酷的女孩。

再晚一點，我哄席德入睡，黛博拉則是坐在廚房裡吃她那份價值九十五美金的龍蝦義大利麵。我離開時，她攔住了我。

「這個嘛。我想了想妳說的話，然後……我想要見妳的賣家。」

「我——」我遲疑著，納悶她指的是哪個賣家，以及她到底翻過我的櫃子到什麼程度。「拉斐嗎？」

「我對這件事祈禱了，而我認為妳是對的。必須先從山寨柏金包開始，然後一路往上爬。等一下。」黛博拉用一隻手遮住我的嘴，另一隻手則是移到耳邊，就像特務一樣。「嗯哼，對……好吧……是。我明白了。」她點點頭，目光凝望遠方，跟空氣對話。

我心裡有一部分很希望傑森在這裡看到她跟基督對話。另一部分則是覺得慶幸，因為這樣他一定會發現黛博拉比我還會演戲。

「聖靈同意了。他要我擁有黑色魚子醬皮革搭配金色帶扣的。妳明天可以帶我去嗎？」

「呃……」

我實在不想帶黛博拉去見拉斐。最近幾個月，我開始覺得我會因為向他買非法商品而被逮捕。我甚至還從手機刪掉了他的號碼，只透過我的朋友愛黛兒聯絡他，而我其實並不在乎愛黛兒（Adele）會發生什麼事。可是黛博拉看起來既渴望又脆弱，而我有辦法可以幫她。我可以給她荷莉絲無法提供的禮物。我想，如果不這麼做應該算殘忍吧。

隔天上午，我打給愛黛兒，請她安排拉斐跟我見面。愛黛兒發牢騷又發出哀鳴聲，但其實並不是因為她不想這麼做，而是因為她的嘴只能發出那種聲音。

「為什麼我一定要幫妳做這些事啊？我又不是妳的助理。」

「我知道。如果妳是我的助理，我這樣占妳便宜一定會很不自在的。」

愛黛兒說她會聯絡拉斐，然後再打給我。兩分鐘後我的手機震動起來，我沒看螢幕就接了。

「嗨。」

「嗨。」有點熟悉的聲音說。

我看了一下來電顯示。是荷莉絲。

「荷莉絲！妳好嗎？不好意思，我以為是別人打的。」我試圖從尷尬的靜默中恢復。

「我下個星期會去妳附近的地方開會，然後我有個禮物想順便送過去。週一妳方便嗎？」

「好啊！真是太棒了。」我在廚房來回踱步，想找東西吃來解除壓力。

「酷。那再把路線傳給我，我大概中午會到。說不定我還可以帶午餐呢。」

我親切地接受，跟她說我們很快就能再聊了。掛斷電話後，我深吸一口氣，然後吞下半個布里乾酪。我提醒自己距離週一還有一個星期，在這段期間裡任何事情都可能發生。說不定荷莉絲得取消碰面。說不定提茲（Teets）會被車子撞到。說不定我得緊急接受子宮切除術。

幾秒鐘後，愛黛兒回電，說拉斐可以在三十分鐘後到她工作的地方。我非常需要能分心的事，於是跑上樓換了一件運動長褲。席德睡在傑森身上，我問他如果我們離開他們一小時可不可以。我說我有點事要辦，要找黛博拉一起去。如果是女人，可能會質疑我的動機，不過如果是男人，只要講得夠快，他們通常就會接受。我連珠砲講了一堆廢話，說蓋爾森超市（Gelson's）在特賣球莖甘藍，然後我要去找一間環保的乾洗店，以及陰道高潮的迷思。他點點頭，啜飲著咖啡，然後開始倒數時間讓我閉嘴。

我們坐上車，前往愛黛兒工作的地方，黛博拉則是高興到不行。我的孩子才幾週大，而我已經開始上工了，只不過這次不是為了我自己。我是為了我的育嬰保母。

我們抵達時，發現愛黛兒正在外面一塊假草皮上等我們，草皮後面有一塊大型招牌寫著：大洋公寓。她是西好萊塢一帶的房仲（那裡根本就不靠海洋），而在我認識她八年之後，她幫我找到一間有一扇窗戶臨街的臥房時，還是對我收了很高的費用。時間一久，我們變成了好友。

我選擇不在我出的第一本書寫到愛黛兒，是因為當時我們大吵了一架。我忘了爭吵的細節，不過我想起因是我用我一枚耳環的背面劃開了她胸部之間的一個囊腫。我通常不敢洩露這麼多朋友的事，因為我怕他們後來在書上看到時會對我不滿，可是愛黛兒有一點很酷，那就是她不讀書。我是指，是的，她可以閱讀。但由於她缺乏注意力，所以她選擇不看書。事實上，她仍然以為我在第一本書中提過她，所以如果你碰巧遇見她，請幫我掩護一下。

愛黛兒是個大塊頭女孩，一頭金色鬈髮框住像獅子的橄欖色臉頰。她是一位猶太美國公主，成年禮的主題是「在尼曼購物」。十六歲時，她的父母買給她一輛福斯Cabriloet敞篷車，車牌還寫著「Toy4ADY」（給小愛的玩具）。四十歲時，她父親終於停止支付帳單，在經濟上跟她切斷了關係。愛黛兒欠了一屁股債，皮夾裡塞滿了刷爆的信用卡，最後只好用超低價把她所有正牌精品包跟鞋子賣給她爸的新老婆。愛黛兒本來相當排斥山寨包，在走投無路時只好重新考慮。現在，她不但是最嚴格檢視拉斐產品的人，也是他最好的客戶。

互相寒暄過後，一輛米黃色的豐田汽車在附近停了下來。拉斐下了車，他是個年紀稍長的以色列人，穿得一身休閒風。

「珍妮。好久沒聊了。」他賣弄風情地說。

我介紹了黛博拉，然後要拉斐給她看所有的山寨柏金包。他打開後車廂，秀出一大堆盒子和袋子，標示全都是日文。拉斐把手伸進塞在後方角落的帆布袋，取出一個很漂亮的黑色柏金包仿冒品。

「這有保證卡、鎖頭、皮革提帶。」他說。黛博拉試包包時笑到都齜牙咧嘴了。

「我好喜歡！」

「很棒，是吧？愛黛兒？愛黛兒？妳同意嗎？」我張望看愛黛兒，她已經爬進拉斐的後車廂了。

「我想要新的Chanel Boy包，可是這些看起來不夠好。」愛黛兒發著牢騷，好像這些包的缺點都是拉斐的錯。「你有什麼紀梵希（Givenchy）的包嗎，迷你潘朵拉（Pandora）？」

「愛黛兒！快點出來。妳不需要另一個包啦。」我厲聲說。

她知道我說的沒錯，於是勉強鬆開手，羞怯地從後車廂爬出來，就像因為偷開別人生日禮物而被罵的小孩。黛博拉把可能要買的包包遞給愛黛兒，而她拿到光線下仔細檢查。「嗯，看起來很不錯。妳應該買。」

有了愛黛兒如名人般的認證，黛博拉完全被說服了。她付給拉斐幾百塊的現金，然後我們就跟他道別。愛黛兒回去繼續工作，我們則是回去找傑森跟席德。

整段回家的路上，黛博拉一直打開新包包的盒子偷看，很擔心要是沒檢查可能就會不見。世界上的一切都很美好。黛博拉充滿喜悅，我也能當個大好人。如果這樣都不能讓她覺得我就是「最棒的老闆」，那我也不知道還有什麼辦法了。

□

接下來幾天，黛博拉的柏金包都放在床邊，穩穩擺在她的聖經上，動也沒動過。「先求有，再求好！」成了她的新座右銘。我問她有沒有告訴她朋友們關於這個包的事，而她強調她沒有。每次我去看她時，都發現她在逛愛馬仕的網站。

「妳知道他們還為包包製作了雨衣嗎？我才剛在eBay上標了一個。」黛博拉在房間裡月球漫步，一邊將雙手舉向天花板，像是要「大玩一場」的樣子。

雖然我完全不知道柏金包有雨衣，不過黛博拉這麼投入想要裝飾她的新包包，真是讓我高興。這就像小女孩收到了一個漂亮的新娃娃，她的興奮有種感染力；我忍不住想要讓她開心。

「妳現在需要一條絲巾纏在包包上。」

「對喔！我得弄一條新絲巾。紫色的好像不錯。」

我開始在腦中想像用紫色的愛馬仕絲巾給黛博拉驚喜，當成她到時候的生日禮。雖然我自己沒買過愛馬仕，但現在我一心只想改造黛博拉，就像改造我自己一樣。

□

星期一來得比我想的還快，而且沒發生狗狗死掉或是子宮脫垂的情況。荷莉絲一定會過來，我再怎麼也阻止不了。

十二點十五分左右，門鈴響了。這一次，狗狗們又激動了起來，傑森又像被制約一樣在屋裡跑來跑去整理東西。

「荷莉來了，小東西！」黛博拉抱起搖籃裡的席德，帶著他走向前門，彷彿是要去見他親生母親。

我一整個晚上都在煩惱到底要不要化妝。我決定穿運動長褲，因為我不能讓荷莉絲知道我費盡心力想要表現給她看——我不想這麼輕易就放掉主控權。畢竟我們可是在我的地盤上，而我要讓她跟我一樣感到不自在。

我在最後一刻突發奇想，把頭髮抓起來綁成髮髻，露出額頭上的疤痕，這個疤只有從小認識我的人才會見過：在我右邊眉毛上方的一個淺色T字型切口，這是我九歲時經歷車禍後唯一留下的證明。這道疤痕不會讓荷莉絲吃驚，她以前一定看過了。我甚至聽過謠言說如果不是我的臉受了傷，育樂中心本來是要找我拍廣告的。不讓頭髮遮住我的臉，目的是要傳達：我會從誠實、脆弱的角度面對她。或許當上母親對我們女人而言不只是新的篇章，對身為朋友的我們來說，也是新的開始。

黛博拉打開門，連看都沒看就直接衝向荷莉絲。她緊緊擁抱荷莉絲，把席德的小身體夾在兩個人之間。荷莉絲穿得樸實而輕鬆，是一件貼身的吊帶短褲搭配涼鞋。她的嘴脣是混珊瑚色，黑色長髮則是編成辮子——你得看YouTube教學影片才會知道怎麼編成那樣。我立刻對自己的疤感到難為情，於是扯掉髮髻，用力甩開頭髮，像個色情女星從緊張不安的祕書轉變成辦公室蕩婦。接著，我假裝要尿尿，然後跑到樓上。傑森看見了我。

「妳要去哪裡？」他擋住我去廁所的路。

「我只是想弄掉眼睛裡的東西，」我說。

「才不是。妳是想要化妝。別這麼做，」他告誡我：「妳長大了。」

「別那樣說。聽起來好像我很肥。」我急忙從他身邊掠過。

幾分鐘後，我穿著一套無袖連身裙跟一雙好穿的高跟鞋走下樓。荷莉絲正忙著在黛博拉的房間裡敘舊。

「妳會在這裡真是太瘋狂了呢。」我性感地靠在門邊，咬著像消防車一樣紅的嘴唇。

「是啊。我們一起經歷了又長又瘋狂的旅程，對吧？」她的語氣沒有諷刺，沒有怨恨。她既坦率又平易近人。她只問寶寶的事，還透露她親餵的時候辛苦到不行。她聊到她的大兒子，還說他在第二個寶寶出生時有多麼嫉妒。荷莉絲沒有試圖美化自己。她也沒有要競爭的意思。她就只是很真誠。

我拿了杯飲料給她，然後我們就走回客廳坐下。她給了我一條她親自為席德編的毯子，還從她最愛的熟食店帶了一盒三明治過來。她的大方再加上我過多的雌激素，讓我好想大哭。我對所有嫉妒她的那些時刻感到羞愧，也對想像把她推下懸崖的事感到羞愧。我沒說出來，因為從某種奇特的角度來看，我不必說。她已經知道了。我們承認過去的事，這點不言而喻，而且無論我們之前對彼此有什麼爭執，大部分也都放下了。

就在我開始卸下防備時，我聽見黛博拉在後面的房間尖叫了一聲。荷莉絲從座位上跳起來。我跟著過去。

我們到了黛博拉的房間時，她正在尖聲講電話。

「奶奶！妳在醫院？不不不！」她發出能讓血液凝結的尖叫。她失控崩潰了，就像手提包裡鬆開的衛生棉條。

黛博拉開始啜泣，荷莉絲握住了她的手。我反射性握住她另一隻手，表現出很關心她情緒潰堤的樣子，就像荷莉絲一樣。

黛博拉用脖子夾住手機繼續講：「好的，奶奶，我們必須祈禱。親愛的天父，我不要求九十三歲，不要九十四歲，不要九十五歲，我要求的是一——百歲，我的天哪！」黛博拉的眼睛翻到後腦杓，同時像福音派教徒的牧師擺動著身體。最後她掛掉電話，把臉埋進荷莉絲的胸部。

「妳認識奶奶的，荷莉絲。我想我們要失去她了。」

「妳得去看她。要我開車載妳去嗎？」荷莉絲提議。

「我也可以載妳。」我稍微讓嘴脣顫動表示關心，同時試圖插入對話。

「不。我必須自己去。」黛博拉對著她的前老闆說，情緒也立刻鎮靜下來。

「哎呀，我覺得妳不應該開車的。」荷莉絲像個母親在說話。

「我幫妳叫Uber！」我插話，語氣更像母親。

荷莉絲堅持要黛博拉接受我叫Uber的提議，而她也答應了。我叫了一輛休旅車，這主要是為了荷莉絲而不是黛博拉。黛博拉先去冰箱拿了一瓶聖沛黎洛（Pellegrino）氣泡礦泉水，然後走到外面等車。

她一離開後，荷莉絲跟我對看了一眼。

「嗯……剛才是怎麼回事？」

「她一向都很戲劇性。」荷莉絲嘆了口氣。

「是啊，她很棒，不過……稍微有點難纏？」我小心翼翼測試水溫。見到她們這麼親近之後，我得注意自己的用詞。

「哎呀，珍妮。妳買了柏金包給某個人，對方會這樣也無可厚非吧。」她開玩笑說。

「我還能怎麼做？她吵著要啊！」

「珍妮，我很有名，但我連一個真正的柏金包都沒有。」荷莉絲突然嚴肅地說。

「珍妮，我很有名」這幾個字傷害太大，讓我暫時無法聽見接下來的話。我愣了一會兒，然後困惑地看著荷莉絲。

「那不是真的。我帶她去找賣山寨包給我的人。」我停下來，突然發現告訴荷莉絲我帶黛博拉去找賣山寨包給我的人，也就等於告訴荷莉絲我有買山寨包的門路。

「什麼意思？那個柏金包是假的？她跟大家說那是真的，是妳買給她的。我是從我朋友碧昂絲那裡聽到的。黛博拉的朋友是她的育嬰保母。」她若無其事說著，彷彿跟碧昂絲當朋友是再自然不過的事情了。就像她不希望我把她朋友碧昂絲誤認成我可能認識的其他碧昂絲——例如狗狗美容師碧昂絲、連鎖藥局收銀員碧昂絲，或是我在大學時可能認識的許多碧昂絲。

一方面，我很氣黛博拉散播謠言說我買給她這麼昂貴的禮物，這讓我就像個輕浮愚蠢的神經病。另一方面，我氣自己把祕密告訴了荷莉絲——現在她知道我的柏金包是山寨版了。為什麼黛博拉要讓我陷入這麼尷尬的局面？她沒想過對烏佐撒謊會害到自己嗎？她這麼想要得到認同嗎？

我低頭看著手機亮起的通知；黛博拉已經到醫院了。我把畫面往下拉，準備評論司機，結果注意到了費用。只有二十塊美金。我再仔細看，發現黛博拉並不是去聖文森醫院（St. Vincent's）。她在日落大道的Arby's速食店下了車。

我把手機拿給荷莉絲看，而她跟我一樣失望。關於奶奶在醫院的事，黛博拉是不是在撒謊？她有生病嗎？奶奶是不是還活著？我已經不知道該相信什麼了。荷莉絲希望我在黛博拉回來後能夠跟她釐清一切。她也允諾會跟她朋友碧昂絲說明情況。我勉強露出笑容，荷莉絲則是迅速拿出手機傳訊息給某個人。

「解決了。」她抬起頭看著我，對我微笑。「我知道妳並不想讓那種流言傳來傳去，不過妳跟黛博拉談的時候還是盡量有點同理心。要從她的角度出發。」荷莉絲邊說邊收拾東西準備離開。（大概是去碧昂絲的家吧。）

黛博拉在五個鐘頭後回來。她身上有烤牛肉跟草莓奶昔的味道，而她說奶奶只要在醫院再待一個晚上就可以回家了。顯然她會完全恢復。我追問了一些我知道她無法回答的問題。可是我越逼問，聽到的謊言就越誇張。黛博拉不會輕易認輸的。

「所以妳說是中風？」我問。

「他們認為是這樣……但現在可能不是了。我穿著育嬰保母的衣服，結果他們誤以為我是真正的護理師，就叫我進去幫忙了。我沒阻止他們，因為我想知道奶奶發生了什麼事。但經過了一整天，我想那只是上帝關愛地輕拍了她一下而已。目的是要叫醒我們全家人，妳懂吧？」

「不。我不懂。」我厲聲說；我坐在筆電前，差一點就要刷下五筆不能退貨但我一定會後悔的訂單。

黛博拉對我的失望不為所動。「烏佐打電話來，於是我跟她視訊，讓她看見我坐在休旅車裡。我現在真的很有風格了！是一流的育嬰保母，怎麼樣啊？」她誇張地對著沒有人的房間問。

我在吧檯椅上轉身，準備質問黛博拉關於包包的事，但我又忍了下來。她的表情充滿了喜悅。她驕傲地在房間裡走來走去。就在當下，我完全明白她為什麼要說謊了。這跟奶奶無關，因為我知道她只是想吃Arby's而已。原因是那個包。這跟我在荷莉絲來拜訪時遮住疤痕的理由相同。我想要看起來很酷、很有自信，就像她一樣——至少我覺得她是這樣。

也許黛博拉跟我一樣——好吧，她是病得比我嚴重一點，而且比我虔誠許多。不過在內心深處，我們都只是想覺得自己夠棒。我太清楚她覺得自己不夠格，所以不忍心打醒她。

質問黛博拉的謊言只會讓她丟臉。不管是山寨或正品，那個包都給了她一些信心，讓她不會覺得自己很遜。黛博拉希望育嬰保母圈子裡的人認為她夠棒，才能為會買柏金包的億萬富翁工作，這就像我想讓荷莉絲相信我的額頭完美到有資格為美膚保養品拍廣告。我不必站在黛博拉的立場就能明白她想得到尊敬。我每天都會這樣。我想到荷莉絲，以及她暗自感到的惶恐。我在腦中重播我們的會面，想知道她是不是也想對我證明什麼。也許她根本就不是碧昂絲的朋友。也許她在手機裡傳訊的「B」其實是白靈（Bai Ling）。我可能永遠也不會知道。

黛博拉跳舞的動作放慢下來，我也開始以新的角度看待她。她還沒準備好接受真實的自己，而我也是。我們都還在努力證明自己，想變得更棒。雖然我知道我不能為她打她的仗，但我決定其中一些小戰役的結果，這也無傷大雅吧。

□

我把信用卡遞給銀髮售貨員時，環視著展示間，覺得很丟臉。我看見一大堆超愛更新動態的婊子，各種年紀都有，她們戴著琺瑯手鐲、提著大型皮革托特包自拍。

「這真是精品呢。」女人邊說邊將一條以騎馬為主題的紫色絲巾摺成完美的正方形，然後小心放進一個大小相當的亮橘色盒子裡。「妳會永遠擁有它的！」我看著她像機器人一樣檢查我的信用卡，試圖猜測我的工作是什麼。

我看了一眼收據，接著驕傲地把頭髮綁成明顯的髮髻，再聳聳肩膀。

「哎呀，」我說：「五十歲只有一次嘛。」

3 地方的辣嬤

在空中巴士A330的走道上來回連續餵席德六個小時後，我的雙腿持續疼痛，而我的胸部就像上方隔間裡那些氧氣面罩一樣洩了氣。我現在的位置靠近廁所，而我可以看見傑森的頭靠在餐桌板上睡覺，他還真是幫了大忙。我把席德舉起來，讓他看見他老爸誇張流著口水，結果我的右膝蓋突然感到一陣劇痛。

我在那個星期剛開始時為我們三個人預訂了這趟夏威夷之旅，原因則是我突然發現黛博拉正在計畫逃離我的生活。我們簽約的時間快結束了，到週末時，她就會搬進新的家庭，那裡有新的席德，還有一對會分泌乳汁的新乳暈。從生下寶寶以來，這是我第一次自己一個人面對。

這次度假的安排有點衝動。通常我喜歡慢慢安排度假。除非是在我吃Ambien安眠藥的時候。我記得傑森跟我剛開始在一起時，很常在早上六點聽到敲門聲，而我們叫的車會在車道上等著立刻載我們出門，天曉得我們要去哪裡。不過那些日子已經過去了，主因是傑森叫我把他的Ambien處方箋藏起來，而我也忘記放在什麼地方了。這場旅行跟嗑藥無關。（畢竟我還在餵母奶。）這趟旅行還有某個更強烈的動機。黛博拉在星期六上午離開了我們家；她跟我們一起住了四個月，無論瘋狂與否，我都很依賴她了。她的黑人基督教電視節目跟誇張的育嬰資歷能讓我感到安心。我覺得很安全也受到保護，因為我知道不管發生什麼事，身邊隨時都會有一個專家。黛博拉的離開代表了新章節的開端。我正式成了某個人的媽，而且沒有人當我的榜樣。我覺得我好像拿到一輛閃亮新跑車的鑰匙，但那只是因為我撒謊說我會開手排車。*我他媽的根本不知道怎麼開手排車。*而且我當然也不知道該怎麼照顧好寶寶。於是我不假思索就行動了。到了星期一，傑森、席德跟我搭上了前往檀香山的班機，去看唯一一個比我更不了解小孩的人：我媽。

在理智上，我知道拜訪我媽是個冒險的想法。她缺乏母親的天性，這正是我一開始僱用黛博拉的原因。除此之外還有一件事，那就是我受不了聽她自稱為NILF，也就是「讓人想上的阿嬤」（A Nana I'd Like To Fuck）。可是我嚇傻了，而且不管這麼做好不好，原始的恐懼都會透過某種神奇方式驅使我們去找自己的母親（就算她們是天殺的瘋子）。儘管那些年我被丟給保母，被丟給父親，她還告訴我絕對不會為了孩子而活，我還是希望現在上了年紀又退休了的她沒以前那麼賤，或許她會認為自己做錯了，因此想要親近我。或者撇開其他不談，我想我們至少可以偶爾一起開心，偶爾享有真心相處的時光，就像衛生棉條廣告裡的那些母女。

我從走道望向傑森，他已經往後靠著座位，還發出輕微的打呼聲。雖然傑森在過去幾個月幫了大忙，但他也是新手爸爸，而且為了教我冷靜還變得有點太神經質了。無論對或錯，我都需要我媽。於是我說服他飛去夏威夷，向他保證在海灘上照顧孩子會比較輕鬆。

過去五年，我媽跟她老公傑夫（Jeff）住在拉奈島（Lanai）上的一棟分時度假別墅。根據維基百科，拉奈島有時又稱為鳳梨島，是夏威夷群島之中面積第六大的。換句話說，那裡基本上就是最小的島。我想可能會有一、兩座更小的島，但我很確定只有熱帶鳥類跟小人國的人會住在那種地方。拉奈島不只是休息放鬆的理想地點，而且那裡夠小，我媽沒什麼其他事好分心的，只能把注意力放在我身上。

□

在檀香山降落時，傑森收拾著我們如爆炸般散落的行李，我則是帶著肚子膨脹的寶寶下飛機。精疲力盡但鬆了口氣的我們，從潮濕的露天機場走到一座規模更小的航站，那裡有一架螺旋槳飛機正在等著我們。我們倉促登上前往拉奈島的飛機，期待跟另一邊的某個人團聚，因為那個人還沒像我們一樣抱嬰兒抱到手臂都快斷了。我竟然開始覺得一個十七磅的寶寶很重，這讓我有點不好意思。我大學時的電腦更重呢。不過我最近在健身房弄傷了一隻腳，所以額外的重量也讓情況變得更糟。等到我們站起來要離開海島航空（Island Air）班機進入拉奈島的機場時，我的腳已經跛了。我蹣跚通過小機場的臨時行李提領區時，我媽跟她的狗一起跳著過來找我。

在我急忙跟我媽取得聯繫時，我忽略了一個小障礙：一隻十二磅重的黑白色花貴賓犬，名字叫洛基。

變成大人要學會的其中一點，就是要接受妳母親的狗過著妳一直想要的童年生活。那並不是牠的錯，只是牠走運在更好的時機遇見她。她終於準備好負起責任了。她是試過幾次（對象是我跟我妹），弄死了幾株植物，最後終於接受要不斷餵食、澆水，以及用嬰兒濕紙巾擦某個人的屁股。洛基正在過著我一直想要的童年生活。牠擁有我媽全心全意的愛與關注；他們很少分開。洛基是隻有血統的貴賓狗，跟提茲不一樣。牠的父母都是比賽狗，而牠是在特曼庫拉（Temecula）[23]一座繁殖場打造，具有最頂尖的血統。對我而言，洛基看起來一直很像是畫了眼線的麥可．傑克森。他們有一樣的小鼻子，而且有不均勻的兩種膚色。洛基是黑色或白色並不重要，因為牠兩種都是。牠的腳對身體來說實在太長了，所以每次牠移動時，看起來就像重演「顫慄」的影片。雖然洛基很可愛，不過我媽的溺愛把牠變成了嬌生慣養的溫室花朵，只吃碎雞肉沙拉，不肯踩到濕草地上，而且出門還有自己的抱枕。我心裡有一部分憎恨洛基，但另一部分佩服得要死。牠做了什麼我沒做過的事？牠知道什麼我不知道的事？我想要研究牠的一舉一動，學習牠的策略，最後奪走牠的地位。

我媽一看到席德，就拿出她的iPhone開始照相。

「妳的腳怎麼啦，Choppy？為什麼像海盜一樣走路？」

我媽在我八歲時不小心讓廂型車的滑門切斷了我的無名指，從那時起她就叫我Choppy了。Choppy不是指切斷我手指的行為，而是「Chop-chop[24]，珍妮」，因為她覺得要是我動作快一點，就能夠避免這場災難了。她當時的丈夫是一位整形外科醫生，名字叫史都（Stew）；他嘗試幫我縫回手指時，護理師問他要用哪種敷料，結果我大喊「田園醬，謝謝。[25]」整間手術室的人都大笑起來。就在那個時候，我開始認為我童年的痛苦只能不斷經由陌生人的認同來療癒。

23 位於加州的一座城市。
24 催促人「快一點」、「趕快」的意思。
25 「敷料」與搭配沙拉的「調料」在英文中皆為「dressing」。

「我不知道。我猜我的身體狀況從懷孕就一直糟到現在吧。」我說謊。事實上我非常清楚我走路像海盜的原因。我又開始健身了。但我並沒有像一般人慢慢回到軌道上，而是在跑步機上瘋狂奔跑，就像剛經歷一場難看的離婚那樣發洩。我知道恢復到我的最佳體重需要時間，而我也對自己非常有耐心。

直到我在全身鏡裡看到自己。我的屁股比以前更寬，臉看起來像是被一整窩蜜蜂叮過，而且在我剖腹產疤痕的下方有個隆起，我覺得那一定是醫生忘記取出的剪刀。我都不認得我自己了。到預產期的過程非常慢，所以我有時間接受現實，像是穿比較大件的牛仔褲，以及看不到自己下面那裡。然而從可愛健康懷了孕的小姐到沒懷孕的樹懶怪物，這可是一夕之間的轉變。我們的社會對懷孕的母親很寬容。我們會讚揚她們，鼓勵她們穿貼身繃帶洋裝秀出成熟的腹部。直到她們的孩子呱呱墜地為止。然後，我們會立刻針對她們。我們會批評她們。我們會貶低她們。我們會要她們恢復原狀，因為光是看著她們就讓我們感到絕望和厭惡。

我試圖在表面上優雅自信地接受這副新身體，但在內心我卻對自己感到丟臉，並且努力想要回復正常。有時在晚上，我會站在淋浴間裡，覺得身上像是穿著七公釐厚的合成橡膠。我的下腹部還是麻木的，而且從側面看就像一片迷你的大陸棚，在比基尼線下方驟然下降。在剖腹產後，醫生會建議先等待十六個星期再從事激烈運動。我很驕傲自己只等了八個星期。我會走進健身房，大聲告訴教練對我寬鬆一點，因為我才剛生完寶寶，然後我會拖著大屁股到跑步機上身材健美的人隔壁。在我覺得自己特別圓胖的時候，我會把席德的年齡講得低一點，讓我的腰身看起來更令人佩服。每個星期我都會縮減他的年紀，而這段期間裡我的屁股已經減掉五磅了。回想起來，我覺得那樣說謊很可笑，但我覺得沒有安全感而無法誠實。

我媽跟傑夫幫忙搬我們的行李，我則是跛著走到吉普車後座，為席德繫好安全帶。

「妳說妳在健身房會慢慢來的。」傑森在車上只有我們時沒好氣地說。

「我是啊。」

「妳什麼？」我媽邊說邊跟洛基跳進前座，然後翻看她的新照片。

「很高興來到這裡。」我笑著說。

「很好！水蛇（Moc）[26]有些時間被延誤太久了！」我媽喜歡這樣稱呼自己。我妹幫她申請了一個Instagram帳號，名稱是*watermocasin25*，從那時起她就叫自己水蛇了。她會決定使用水腹蛇，是因為我媽屬於水相星座，生於中

26 watermocasin即「水腹蛇」，主角母親以此簡稱自己為「Moc」，此處譯文簡稱為「水蛇」。

國人所謂的蛇年，而水腹蛇是她唯一能想到的有毒水蛇。奇怪的是，我媽竟然不覺得生氣——從她知道水腹蛇因為具有毒腺所以下頷很大之後，大概只氣了一分鐘。等她相信這個暱稱不是針對她的外表後，她就很開心地接受了。叫她水蛇有時候比叫她媽媽容易，因為這個稱號概括了我對她的兩種情感。水腹蛇是一種會享樂的腹蛇，喜歡在海灘上閒晃、在湖裡裸泳，還有在孩子出生以後立刻消失。雖然水腹蛇只會在被激怒時有攻擊性，但只要被咬一下就會造成永久肌肉損傷、內出血、失去手腳，或者死亡。

我們五人在平整的大路上前往馬內爾灣（Manele Bay），路旁是一整排來自庫克群島的松樹。

「別擔心，席德，我會把你照起來像胖子那些角度的照片都刪掉。」我媽朝後方說。

我看著傑森。我們結婚了六年，他還是忍不住對水蛇的坦白感到驚訝。

「結果你還納悶我為什麼會有進食障礙。」我壓低聲音說。

抵達住處後，我媽帶著我們一一去看上次我們來過之後曾經變動的地方。她指著翻新過的柚木草坪椅、大理石料理檯，以及為洛基訂製的天篷床。那張床讓我停下了腳步。我小時候一直很想要一張那種床，但我不確定我是不是跟我媽提過，因為在我能夠睡天篷床的童年時期，全都是跟父親一起過的。

在我妹跟我十一、二歲的時候，我媽建議我們離開聖地牙哥（San Diego），搬到亞利桑那州跟我爸一起住，因為她認為她再也無法照顧我們了。雖然那段時間很痛苦，但我把被遺棄的情緒轉移到更有建設性的事情上，例如變成我爸的女朋友。到了二十幾歲時，我可以理性地跟我的治療師談這件事（其他時間都是在談我當我爸的女朋友），用翻白眼跟不在乎的笑聲來處理我被遺棄的問題。我對這件事毫無感覺，原因是我告訴自己我對她毫無感覺。

但我無法否認，在跟洛基對上眼神時，我感到了一陣刺痛。說不定牠有我也想要的滑板車——還有桃紅色的直排輪，還有大紅唇造型的手機，還有透明機殼的呼叫器。我把席德的小身體當成鋁箔袋果汁擠壓著，然後走進客房把他喝掉，決定不參加這場介紹行程了。

「Choppy！等一下！這可是最棒的部分呢。」她就像個準備在猴架上做出特技動作的小孩。傑森沒等我就繼續走。我媽太專注在她的壁式燭台上，根本沒有發現。

「燭台真是決定房間好不好看的關鍵啊。」我聽見她的聲音穿過牆壁傳來。

水蛇永遠都在翻修她當下稱為家的地方。每六個月我至少都會收到一次她的電子郵件，裡面的照片有廚房的新擋水板、淋浴間的新磁磚等等。每一次她都會全神貫注在整修的過程上。然而，等到完成之後，她又一定會找理由說要改頭換面，接著就搬到別的地方。小時候，我們每年都會搬家，有時候到不同的州，有時候還是在同一個街區。從我對我媽有記憶以來，她的環境永遠都在變動。而在她還年輕的時候，會變動的也包括她的玩樂對象。身為一家之主跟女人的她，總是靜不下來也用情不專。她可能這一分鐘是個寵愛孩子的母親，但下一分鐘又變成完全的陌生人。

我承認自己得到了一些真傳。我跟她一樣有這些傲人的紀錄：突然中斷關係、與人疏遠、試圖戰勝自己的弱點。我明白那種衝動，但我決心要打破這樣的模式。無論身為人母讓我有多麼不自在，我唯一打算跑去的地方就是跑步機。

我坐下來，讓陣陣作痛的小腿減輕一些壓力，而這時我媽跟傑森進來了。「覺得怎麼樣？」我媽邊說邊拉起新的藍綠色床罩一角。「我在選顏色的時候可能因為吃了感冒藥而有點興奮過度。」

「愛死它了。」我說謊。

「可能稍微亮了些，」傑森說：「不過——」

我媽開始垮下臉，而我在傑森把話說完之前阻止了他。

「不，寶貝。這很完美。」

這就像我小時候見到我媽那些男朋友的時候，想對她的裝飾發表看法根本沒有意義，而且只會傷她的心。我發現只要笑著等情況改變會比較簡單。

那天晚上，我把席德放進他的旅行搖籃睡覺，然後整個人倒在藍綠色的床罩上，心裡想著床罩到聖誕節就會換成桃紅色了。

傑森揉揉我的背，鼓勵我對這趟旅行保持正面態度。他把島上我們最愛的潛水地點全都列舉出來，說他很興奮能夠測試他那組新的水肺裝備。在對母親混雜的情感之下，我也很感激能夠住在這麼漂亮的地方了，儘管我的床並沒有天篷。

□

席德在凌晨三點左右開始哭，而我沒辦法站起來抱他，這時我就發現事情不對勁了。

「寶貝，」我對睡在旁邊的傑森說：「我的腳沒辦法踩。感覺怪怪的。」

傑森在床頭燈旁的藍綠色床罩上迅速翻過來。「什麼意思？」

「我真的不知道。腳腫到沒辦法走路了。」

傑森叫我別動，他去看席德。他回來時，席德在他的懷裡，因為肚子餓而傻笑著。他沒張開眼睛，嘴脣啪一聲直接鎖定在我身上。這時傑森彎曲我的腳又伸直，像物理治療師一樣。

「這樣會痛嗎？」

「不會。」我說。

「這樣呢？」他邊說邊輕敲我的膝蓋骨。

「只有站起來的時候會痛。」我含著眼淚說。

傑森等席德吃飽，然後換了尿布，再把他放回搖籃裡。看著席德在傑森懷裡飄走，而我只能黏在床上坐著，這讓我覺得很無力也很無能，就像一台人體加油機。

由於時差問題，早上我醒來的時間比平常更晚。令我驚訝的是，席德跟傑森都還在睡。我試圖踩了踩我的腳，感覺情況沒有改善。我滾下床，在大理石地板上用雙手和膝蓋爬向浴室。

在我抵達之前，我媽擋住了我。

「Chop？妳在做什麼？」她一隻手拿咖啡，另一隻手抱著洛基。

「我的腳廢了。我沒辦法走路。」

我媽歪著頭看我，像是第一次見到數獨遊戲的人。

「妳用一隻腳要怎麼潛水？我猜我們可以直接把妳丟下水，然後在水裡幫妳繫上氣瓶。」

雖然我應該比較希望得到一點關心，但我不得不佩服她嘗試解決問題的能力。她總是會叫我「振作」、「克服」。我小時候生病或受傷時，她總有辦法讓派對繼續下去。她會製作看牙齒後用的可攜式包冰頭帶、針對生理痛在家打的點滴，而且永遠都有Percocet止痛藥的完整處方。從某個角度看，我媽身為護理師這點實在是太方便了。而從別的角度看，這也真是討厭死了。有個在醫療界工作的父母，就表示你不會得到任何同情，除非你是死於愛滋病。「噢，妳肚子痛嗎？哎呀，至少妳不會死於愛滋病。」雖然這並不能當成她缺乏同情心的藉口，可是每天都看著那些真正的病痛，會麻木是一定的。我爸是位醫生，所以我父母的工作就是照料有「嚴重問題」的人們。比較起來，我的病痛似乎永遠都很輕微……

從我在門邊的位置，可以聽見席德在哭。傑森醒來時發現床的另一側沒人，嚇得過度換氣了。

「沒什麼事吧？寶貝？寶貝？」他大聲叫我。

我爸媽對病痛毫不在乎，所以我並不意外我會嫁給一個在這點上跟他們完全相反的男人。傑森是個會過度反應的人，而且是最高等級的。原因除了他對疼痛的門檻很低，而且他是個演員。他會把我認為的小事升高到完全的災難層級，這已經發生無數次了。他踢到腳趾的時候，就會像被燒紅的撥火棒捅進屁眼那樣開始尖叫。

「噢我的天哪！操！」他會嗥叫起來，然後像卓別林那樣坐跌下去，痛苦地在地上扭曲著。

有時候我會笑他在演戲，不過大部分時間我會忽視他而衝上前去——我媽現在就是這樣對我。我根本就不希望會這麼痛。我從沒想過要小題大作。他很好。而且他沒愛滋病。

「寶貝？」他又喊了一次，然後跳下床急忙過來找我。

「怎麼了？」我現在躺著往上看著我媽。

我向傑森解釋說我不敢站起來，怕讓腳更痛，可是我得去尿尿，又不想吵醒他。我還是得尿，不過席德正在吵著要離開搖籃來找我的胸部。於是傑森去抱起席德，我則是像學步的小孩爬上我媽身體，把她的肩膀當成枴杖撐進廁所。

「這太誇張了。」我媽說。

「島上有醫生可以看嗎？」我洩氣地在馬桶上說。

「茂宜島（Maui）才有。」

茂宜島要搭船四十五分鐘才會到。想到要帶著我的腳過去讓某個執業護理師用高級繃帶幫我包紮，感覺就超浪費時間的。父母都是醫療專業人員的另一個麻煩，就是你會變成對醫學無所不知的自大鬼。只要我需要處方箋，我爸就會幫我寫一份。如果我想看專科醫生，就可以直接去看。我可以立刻說出一大堆醫療界的行話：皮下（subcutaneous）、過敏性反應（anaphylaxis）、高脂血症（hyperlipidemia）。只有一次我誤給我高中男友的父親贊安諾[27]而不是善胃得[28]，除此之外我其實很內行的。從許多方面來看，我覺得我一輩子的累積，就是為了可以在某天衝過焦慮圍觀的老百姓，跟他們說：「大家讓開，我是醫生的女兒！」

我媽從浴室扶著我到外面那幾張新的柚木草坪椅，而席德正焦急地等著我。我親餵他，然後跟傑森說我暫時還不想看醫生。我打算去飯店問看看有沒有枴杖。

傑森替席德換了衣服，然後體貼地幫我換衣服。

「Chop Chop，小珍！」我媽從她的私人高爾夫球車上大喊，彷彿是後座有個垂死病患的救護車駕駛。

「上個月我們在聖地牙哥的時候，我找人把這東西的調速器給拆了。」她

27 Xanax，一種抗焦慮藥物。
28 Zantac，一種抑制胃酸分泌的藥物，適用於十二指腸潰瘍、良性胃潰瘍等症候群。

在前往飯店的路上猛衝，一邊向我們坦白。

「調速器是什麼？」

「就是一種沒辦法讓妳屁股彈起來的煞車，知道吧？去你的調速器！」

她讓車子衝過一個坑洞，藉此證明她的論點。有時候我會看著她，希望自己也能那麼酷。在她的內心深處，永遠都是那個倔強的十六歲女孩。那個女孩忍耐了因為偷跑出去看齊柏林飛船（Led Zepplin）而被殘忍的母親用皮帶抽打。那個女孩在哈雷機車的後座裸露上半身抗議戰爭。就算她傷害我那麼多，我最深層的渴望仍然希望跟她打成一片，獲得她完全的接納，最後進入她的內心。但她就跟以前小學時那些漂亮又受歡迎的女孩一樣，永遠以更金黃的頭髮和更新的鞋子領先我兩步，永遠不會讓我跟上。

我媽把高爾夫球車直接停在泊車台前方，然後叫服務員別碰。她向他保證她會馬上回來；他天真地相信她了。

我坐在車上，一隻腳撐著，一邊看著這個穿皺馬球衫、被太陽晒黑的衝浪小子，我媽則是蹦蹦跳跳進入大廳去找飯店經理。我已經習慣我媽無視規則想做什麼就做什麼了。水蛇最著名的一句話就是「規則不適用在我身上」，而在大多數情況下，似乎也真的是這樣。她會在限時二十分鐘的卸貨區停車一整夜、直接穿過機場的警戒線，還在我十五歲時幫我弄了一張假身分證，因為她說這樣我就能「繼續跟她一起混了」。在她的惡作劇中參上一腳，有種令人興奮的感覺——加入騙局，即使只是為了弄到在Nobu餐廳裡最棒的位置而耍小手段。看著她行動，就像是看著詹姆斯．龐德走進宴會，輕鬆自如進入後面的房間，偷走最高機密裝置，喝下三杯香檳，然後溜進附近碼頭一艘逃脫用的潛艇。

十五分鐘後，我媽突然從大廳出現，帶著一對枴杖，還有大概是從餐廳裡某個人桌上直接拿走的一盤鳳梨。她拿了一片鳳梨要泊車小弟直接從她的手上吃掉（他也真的這麼做了），然後就回到車上駛離。

「好了Choppy！我們有枴杖了。這是酒保艾倫的，不過他說他的前十字韌帶斷裂已經復原得差不多了，這個禮拜都可以借妳用。」

酒保都很愛我媽。她喝酒就像魚一樣，而且總是有辦法說服隔壁桌的人喝掉放在她肚臍上的一杯酒。只要一直讓她吃東西，並且不在午夜過後灌她喝龍舌蘭，她就會繼續穿著衣服，也能跟大家好好相處。

回到住處時，我撐著酒保艾倫的枴杖跳下車。我猜艾倫有六英尺高，因為每次我靠在枴杖上的時候，雙腳就會離開地面，整個人懸空，像是雙槓上的體操運動員。我找了張椅子坐下，傑森則把席德交給我。他在笑，而且因為曬了太陽變得暖暖的。

「他是不是又餓了？」我在找我可以給他而傑森無法提供的東西。

「我覺得不是。」

「說不定他想睡一下？」

「不，他才剛醒。」

席德開始亂動，想要拿在地上的玩具。我把他放到地上，拿了一顆枕頭撐住他的背部。

「Choppy！那個枕頭不行，那是洛基的。」

我轉頭看見洛基在角落一臉不爽。他正在咬從出生就有的一個小玩具：寶寶鞋。洛基超喜歡那個東西，永遠不會讓它離開視線。這些年來，我媽已經好幾次拆掉它再用看起來類似的玩具塞進去。我想到我媽在我小時候會把房子裡沒被螺絲固定的東西都丟掉。這包括我的神力女超人（She-Ra Princess of Power）公仔、我的海洋美人魚娃娃，還有我的可卡犬羅斯帝（Rusty）。

洛基跟他的寶寶鞋待在住處，我們其他人則前往海灘。我試著適應我的新枴杖，可是一直被沒受傷的那隻腳絆到。傑森胡亂摸索著枴杖，想要調低一點但沒有用，還是太高了。我不想擋住（或卡在）他的潛水計畫裡，所以我慫恿他搭船出去潛個幾次。傑夫在我發現之前就消失去打高爾夫球了，所以現在就剩下我、我媽，還有席德。

我沉浸於圍繞在水蛇長得過大的腳趾節上那些純銀趾環；她的腳趾因為長年穿著蛇紋高跟鞋在酒吧跳舞而變形了。我看著那些腳趾重複地埋進沙裡，然後又再次出現，看起來就像鸚鵡彎曲的爪子，永久棲息在一根看不見的樹枝上。我腦中閃現她年輕時的畫面——那麼充滿希望，那麼目中無人。我記得那一波波亞麻色的頭髮瀑布似地落在她的背後，她那件繩子變皺的比基尼，她那些壓克力材質的法式指甲。我記得我會到海灘躺在她身邊好幾個小時，希望她能夠注意到我，靜靜看著她的皮膚在太陽下散發出青銅色。只要她不在家，就是出去約會了。我會進入她還有餘溫的房間裡，知道在上床睡覺之前是見不到她的。我會溜進她的衣櫃，試穿她的低胸洋裝。我會用她的迪奧（Christian Dior）口紅塗畫自己，我會用她的凱文克萊（Calvin Klen）迷戀（Obsession）系列淡香水浸濕自己。我想要她的一切，然而她卻一直這麼疏遠我。我趕走睡意，我趕走她的追求者，一切都是為了想跟她在一起久一點。

我回到現實的時候，才突然發現傑森離開以後，我就只能依賴我媽的幫忙。我被困在海灘椅上了。如果席德需要什麼，或者更糟的是如果我需要什麼，就得靠她來處理。

點了一杯啤酒跟一杯咖啡之後，我媽輕輕脫掉她的上衣，露出仍然很完美的胸部。我看著她，一方面覺得羞愧，一方面又很羨慕。

「怎樣？」她真誠地問。

「妳的奶跑出來了！」

「Chop，妳知道我一向都是上空做日光浴的嘛。這可是我的專長。別擔心，我會在服務生走回來之前遮住的。」她說話時，服務生就站在她旁邊，把兩杯飲料遞給她。

「妳知道我這對奶能保持這樣就是因為我沒餵妳母乳吧。當時這麼做並不酷。」

「我知道。」我敷衍地說。我幾個月前就料到我媽會對反對哺乳這件事大放厥詞了。

「配方奶救了我的奶！」

「我有吸過嗎？」

「妳試過啊，隨時都想呢！可是我得拿棍子把妳拍走，妳就像隻瘋狂的小鳥。」她啜飲啤酒，露出笑容，這等於解釋了我的暱稱在Choppy之前叫小鳥的原因。

後來，席德在我雙腿之間搭的臨時帳篷底下睡著了。接下來四個鐘頭，我都在聽我媽大談她最愛的三個主題：她在聖地牙哥的公寓、我妹的邊緣型人格，以及我爸在離婚三十二年之後仍然無法和她擁有正常的朋友關係。

「應該說，事情早就過去了。我有做過什麼讓情況變得更奇怪嗎？」儘管她這樣抗議，我認為我媽心裡有一部分還是很高興她跟我爸之間仍然有種尷尬的氣氛。最讓我討厭的是他們在私底下很友好。我爸只有在孩子面前才會假裝不想跟她有任何瓜葛。他會在有好處時利用她、打電話給她詢問意見或打聽八卦。可是他在打電話問八卦時會公然說謊。我爸的自尊心太強，不會承認跟要和他離婚的女人說過話。而我媽的自尊心也太強，不會配合他的謊言，所以總是讓他們陷入僵局。

我們聊到我即將出版的書。也就是關於她的章節。

「天哪！妳不會說我有一大堆男朋友吧？傑夫不會喜歡的！」她故作端莊說著。

「應該不會。也許吧？我不知道，那應該會很有趣的。我小時候有趣嗎？」我好奇地問。

「嗯哼……妳可能是吧……其實我沒在注意。」她望著水面，似乎真的在試圖回想。「不過我覺得妳走路會內八。所以妳那條腿才會掛掉。妳知道妳有點內八吧？」

我媽在傑森回來之前拉回上衣。他身上有鹹味，看起來在海上玩了一天很滿足。我盡量替他感到開心，不罵他讓殘廢的我跟一個女人困在島上，而且除了我以外，所有人都吸過她的胸部了。

「你玩得開心嗎？」我裝出笑容問。

「寶貝，妳哪天一定要出來。就算只是坐在船上也好。太漂亮了。我們在第一教堂（First Cathedral）[29]看見兩群飛旋海豚，而且水清澈極了。」他說話時像個想當海洋生物學家的熱情學生。傑森抱起席德，我們開始收拾東西。

我越不用到那條腿，感覺就越痛。我把身體摔向我媽，強迫她扶我站起來。

「我不能一直用枴杖。太難用了。」

我媽提議去問飯店有沒有輪椅。

「這樣我們推著妳的時候，妳至少還能抱席德。」傑森樂觀地說。

我誤以為自己坐了一天半之後就能完全恢復。結果沒有。還差遠了。事實上，我還覺得情況變糟了。

「我受不了了。我要繼續照顧我的孩子，而不是看他像《獅子王》舞台劇那樣飛進又飛出我的生命。」坐著輪椅漫遊整座島，大概是唯一比跟六十歲的上空女人一起坐在海灘上更丟臉的事。我這輩子另一次坐輪椅，是在我十三歲的時候。我媽帶了一群血友病患者到迪士尼樂園，當時為了不必排隊，我們訂了一張身心障礙通行證。那些男孩都不想坐到輪椅上，所以我媽逼我坐。我永遠忘不了陌生人跟園區工作人員的憐憫表情。小女孩會一邊小聲跟父母說一邊指著我。在其他情境下可能會對我笑的可愛男孩則是當作沒看見我。在這座主題公園中，我是格倫戴爾（Grendal）[30]。不過，這次我同意坐輪椅漫遊的提議了，因為席德比我的形象更重要。尤其是在這座夏威夷的「第六大」島上。

那天傍晚，傑森跟傑夫把高爾夫球車開回飯店，我媽則是幫忙我照顧席德。水蛇坐在浴室的洗手檯上，看著我讓席德在浴缸浮來浮去。我讓他往後傾，而他的頭髮就像風扇一樣在臉孔周圍散開。他似乎很開心，舒服得想睡覺，而且慶幸的是他完全不知道我的腳跟我媽都有問題。洗好之後，我把他抱出水裡，讓我媽用毛巾包住他。由於我無法行動，所以在我要求幫忙時，她沒得選擇只能照做。在房間裡的三個人之中，只有我媽的兩條腿可以正常行走。這讓我不必顧慮我的自尊和壓抑，因為我不怕她會拒絕。她沒有選擇的餘地，

29 拉奈島的知名潛水地點。

30 完成於西元八世紀的古老英語傳說史詩《貝奧武夫》（*Beowulf*）中的妖怪。

只能接受，我心裡真是高興極了。

把席德安置好以後，我媽就走回來扶我出浴缸，而我都還沒問她呢。驚喜的我舒服地穿上她那件讓烘乾機烘得很暖的厚絨毛圈浴袍，然後試著享受她緊緊懷抱住我的感覺。

「接下來就交給妳可以嗎，Choppy？洛基的晚餐已經在烤箱放了超過一個小時，牠可是很討厭煮過頭的肉呢！」她把我的臉轉向洗手檯，然後放開。

我生著悶氣。除了自由放養的雞，不如讓洛基自己做個奶油乳酪三明治，然後乖乖等妳回家，畢竟妳可是兩天前就開始有個約會了？

她快樂地蹦蹦跳跳離開房間進了廚房，看起來就像個少女，而少女的男友在她替人照顧寶寶時來找她。我看著鏡中成年的自己，對自己幼稚的想法感到愚蠢。我不能讓我媽無法照顧好我所引起的挫折感超過我無法照顧好席德而引起的挫折感。但現在的情況就是這樣。

一個鐘頭後，傑森跟傑夫帶著酒保艾倫的舊輪椅回來了。輪椅的寬度跟一輛smart牌小車差不多。

「我猜那傢伙常常受傷。」傑夫聳了聳肩。

我一直很想坐尺寸過大的輪椅，這樣我就會覺得自己超級瘦，但這簡直是有輪子的雙人沙發。我忍不住好奇艾倫是不是需要接受胃束帶減重手術。

隔天早上，我耐心地坐在我的輪椅長椅上，我媽則是推著我在飯店附近繞。這已經是最接近在嬰兒車裡讓我媽推著走的感覺了。她說那樣會讓她看起來像是推著購物手推車的遊民，所以通常她會讓其中一個男友抱我，或是直接把我塞進她的包包裡。跟使用枴杖不同的是，我少了她就無法操控輪椅，而我也不打算嘗試這麼做。我又變成了寶寶，坐在一個大胖子的嬰兒車裡。這完全符合我對她的期望：在我身邊，完全任我處置。

我從斜坡進入餐廳，我使用了大廳廁所裡最大的隔間，而且我被起重機吊進了游泳池。

傑森坐在一張陽傘下吃著辣鮪魚捲，在我媽操作升降椅把我放進深水區時，他用雙手遮住了臉。

「我愛你寶貝。」我大聲說，讓他無處可躲。我開始接受自己的殘疾，而我不會讓傑森置身事外的。他是我先生，發過誓無論我健康或生病，有沒有腳，都會一直愛我的。

進入水裡幾分鐘後，我的行動問題完全消失了。我的四肢變輕，想去哪裡就去哪裡。我在新月形的泳池裡來回，穿過一群群在白天喝醉的蜜月夫妻以及學習使用呼吸管潛水的孩子們。我在水中尿了幾滴，測試是否有會讓附近的人知道你偷尿尿的染料。

「看起來不錯喔，Choppy！」我媽用鼓勵的語氣大聲說。我回頭看見我媽在笑。她的眼睛注視著我。

「看這招！」我大聲回應，然後往下潛，做出倒立動作。

我浮上水面時，她已經沒在看了。結果她正讓席德掛在熱水澡桶上。

「媽！妳在幹嘛？他不能進去那裡啦！」我游向隔壁的按摩池，一路上清空了膀胱，然後要她把席德拉出來。

「傑森？」我望向傑森，他昨天一整晚沒睡陪席德，現在臉上蓋著《國家地理》（*National Geography*）雜誌睡著了。

「游泳池對他太冷了，」她說：「他比較喜歡這樣，因為這裡比較像子宮。」

「媽，妳不能把寶寶放進熱水澡桶。」我大聲說，一邊聽著自己說話調整語氣。

「不能嗎？又沒有那麼燙。」

「我很確定不能。」我愣了一下。其實我從沒讀過任何關於寶寶與熱水澡桶的文章，不過話說回來，基本上我也沒讀過任何關於寶寶的資訊。「我幾乎可以百分之百肯定。」

「不好意思，寶寶是不是不能進按摩池？」我輕聲問一個從旁邊經過的泳池清潔工。

「對。當然不行。」他先看我，再看我媽，然後看著他的經理，接著就走掉了。

「抱歉了，席德。妳媽真是有夠掃興的。」她翻白眼，拉起席德，然後帶去給傑森。我想跟上去，但又記起來我還沒辦法走路。

我媽一直沒來用升降椅幫我離開泳池，於是我決定該是去看醫生的時候了。事情非常不對勁，對於我的腳跟我媽都是，而我需要針對這兩件事聽取專業意見。

「如果你們兩個想要搭渡輪去茂宜島，我可以跟席德一起混。我認識一個女孩大概可以載你們去急診，不過我想你們應該沒辦法照到MRI，畢竟太倉促了。」我媽吃掉傑森剩下的壽司捲。我從眼角餘光看見有一小塊辣鮪魚正在前往席德尚未受到玷汙的嘴唇，而我攔截了它，啪的一聲用力拍掉。

「傑森還很想睡，而且對茂宜島完全不熟。妳得帶我去。」

「我？」她聽了很震驚。

「對。妳是我媽。」我提醒她。

「那誰要照顧席德？」她相信自己找出了計畫中的漏洞。

「席德得跟我們一起去。我擠的母奶不夠他留下來喝。」

我媽的臉垮了。她知道中了我的圈套。

□

遠征號渡輪（Expedition Ferry）穿過白色浪花，在海面上下甩動，奮力前往拉海納（Lahina）港。海水激烈拍打著窗戶，而我媽正望著外頭，就像偷抽菸而在放學後被留校察看。

「洛基錯過下午散步一定會很生氣的。」她呻吟著說。我們腳下轟鳴的引擎聲，讓我幾乎快聽不見她發牢騷了。雖然她聽我的話一起來這一趟，不過這就像一場要價過高的脫衣舞，我覺得自己激不起熱情，而且比之前更可悲。

抵達拉海納後，我們跟我媽的計程車司機朋友琪琪（Kiki）碰了面。琪琪是位亞洲女性，說話超級大聲又尖銳，聽起來就像有台機車在一輛半掛式卡車底下磨擦。她接近四十歲，懷孕六個月，這是她第三個孩子。她的褐紅色廂型計程車有各種裝飾，包括狂歡節的串珠、儀表板上的草裙舞搖頭娃娃，還有請人吃的海苔。在我們前往島上另一側的一小時路程中，一捲九〇年代輕搖滾的混音帶從未間斷地播放著。離開拉奈島之前，我跟卡胡魯伊（Kahului）的一家急診中心預約了，他們答應如果我的腳情況不好，就會幫我照ＭＲＩ。

到了急診中心後，我們要琪琪跟我們一起進去，然後抱著席德。她抱著他來回搖動，他則是茫然地盯著她，納悶我是不是放棄了要獨自做好母親的角色，僱用了另一個育嬰保母。我媽帶我進了一間檢查室，跟我一起等醫生過來。

「妳跟琪琪有多熟？妳確定席德跟她在一起沒問題嗎？」

「她是最棒的。她載我去機場好幾年了。」她講得好像琪琪是個很棒的司機，就不可能會是個綁架犯。我提醒自己琪琪已經有兩個孩子了，而且還有一個在肚子裡，藉此安撫我的焦慮。她已經忙到不可開交了。她比我更清楚偷走席德只會帶來更多壓力。

一位被太陽晒傷的醫生走了進來，他戴著一條鯊魚牙齒項鍊，還有一個金色的圓形耳環，這是中年危機的普遍象徵，也讓我感到懷疑。

「你是真的醫生嗎？」我不小心脫口而出。

「哈！我想是吧。」他說，然後他看著我媽，她似乎也在用眼神問同樣的問題。

「ＭＲＩ機器在哪裡？」我媽瞇起眼睛看著走廊，像是起疑心的緝毒署探員在尋找堆積如山的毒品。

「是啊，我們得檢查這個。」我指著我的腳說。

「妳是怎麼弄傷的？」他忽視我們，繼續檢查。

「跑步。」

他把我的腳舉起來，動作幾乎跟傑森一模一樣，讓我看出他或許不是真的醫生。我媽翻白眼，指著手機上的時間。這是我跟我媽最親近的時候了，因為我們擁有共同憎恨的對象。

「妳沒骨折。」他還在玩弄我的腳。

「我知道，但一定有什麼問題。我不能踩。我們照一下MRI吧。」

「其實我們這個地方沒有MRI，而且老實說，照不出什麼的。最好的處理方式是放輕鬆，讓它自己復原。」

我幾乎可以聽見我媽在說我早就告訴過妳了。

「所以你是指不必處理？」我不高興地問。

「對。沒什麼能做的。我想大概只是肌腱炎吧。」他話說完就催促我們離開，顯然想趕快回到他的生活，繼續衝浪、晒太陽，還有告他的前妻。

「那是什麼意思？我要怎麼做？」

「首先走走路吧。」

「什麼？」我以為我聽錯了。

「是啊，不動一動只會讓情況惡化。妳最好開始施加點壓力跟走路。」

我看著我媽。她也看著我。我覺得我像個在學校保健室的孩子，剛剛才發現自己的體溫比正常的還低一些。我媽跟在我後面走出檢查室，推著我的空輪椅，而她對我的那一丁點關心也逐漸消失了。

在我們回拉海納的路上，琪琪的低傳真喇叭大聲播放著雪兒（Cher）的〈假如我能倒轉時間〉（*If I Could Turn Back Time*）。水蛇已經釋懷了，她埋頭看著手機，每次等紅燈時就讓我看一下她家裡辦公室可能要安裝的壁床照片。我心不在焉看著每張照片，這就像飛機上的電影，我沒力氣去關掉。

「我一直覺得傑夫比較適合住在自己的空間，而不是跟我和洛基共用一個房間。」她若有所思地大聲說著。

「一點也沒錯。」我點點頭，然後隔絕我媽，在心裡認同雪兒的歌。我太強勢，無法告訴她我很抱歉（拉她來茂宜島），我太驕傲，無法告訴她我錯了（關於我的腳），我知道我很盲目（至少比半身不遂的人更盲目）。而我開始明白，假如我能倒轉時間，也什麼都改變不了。

□

幾天後，我登上班機，飛往洛杉磯以及現實生活。我們在檀香山起飛時，我低頭看著密集的沙灘，街道上滿是租來的野馬（Mustang）敞篷車。我對我的腳傷及其強加在我身上的自覺感到悲哀。雖然我的腳沒斷，但一部分的我斷了。除了治好我的腳，我猜我也希望能夠在夏威夷修補一段從未正常過的關係。我希望我媽想要照顧我。我希望她把我放在第一位。比洛基重要，比男人重要，比她自己重要。然而要寄望她改善我過去的經驗，不但徒勞無功，時機也不對。我得把席德放在第一位。比我自己被剝奪的童年重要，比我對洛基的抱怨重要，比我對酒保艾倫是否接受過減重手術的變態好奇心重要。我應該好好當個家長，席德也應該好好當個在嬰兒車裡的寶寶。機艙裡的燈光變暗，我們飛到了雲上，這時我讓椅背向後傾，然後輕聲啜泣。

「妳沒事吧？」傑森低聲說，他感覺得到我的呼吸不規則。

「我會沒事的。」我微笑著把手伸進媽媽包。

「要幫妳拿面紙嗎？」

「不用，這個就夠了。」我抽出洛基的寶寶鞋，然後舒服地躺回傑森懷裡。

4 睡狗屋

在我懷孕九個月的時候，傑森決定當時是買新房子跟徹底改變我們生活的最佳時機。他說的不完全有錯——我們家一點也不適合小孩。雖然年輕夫妻或一九八〇年代的毒販可能會覺得我們的舊家很舒服，不過我們家掛在懸崖邊，而且到處都是尖銳物品跟鏡面的桌子。他覺得我們搬進的房子應該要更適合孩子成長，更不適合吸古柯鹼。

到了七月，席德五個月大，我們終於搬進了新家。他還是無法一覺到天亮，而他最喜歡的新遊戲是等到凌晨兩點鐘開始尖叫，彷彿又被割了包皮似的。我在幾星期前犯了個錯：我掛在他的嬰兒床旁，胸部垂在他嘴邊，讓他像倉鼠一樣一直吃。現在他以為隨時要喝奶就有，而且每個小時都是Happy Hour。

於是，半夢半醒的我下了床，從狹長的走廊前往他的育嬰房。我進入房間時，室內伸手不見五指。他一直尖叫，而我的胸部也漲得像安全氣囊，隨著尖叫越來越大。我抱起他，坐到我的搖椅上餵他。浴室的門微開著，而我無論如何都想把它關上。

呃——也不是無論如何。開著的門會讓人心神不寧。那會讓幽靈想做出蠢事，也會慫恿人闖入民宅。我不知道我是怎麼知道這些的。這是我生來就知道的。

傑森又像母雞一樣驚慌衝了進來，無緣無故胡亂摸索了一番，因為他要我知道他也醒了。我們已經過了當父母的第一階段，那時我們還會大方地付出時間，樂於互相幫忙，而現在邁入當父母的第二階段後，我們所做的一切都是在競爭。如果我在夜間起來，而傑森沒有跟著起來，我就會讓他感到羞愧。要是他換了尿布，也會馬上讓我知道這是他見過最可怕的尿布。

我輕聲要他關上浴室門。他照做，然後閒晃了幾秒鐘就回去睡了。席德就像我媽在自助餐無限暢飲調酒一樣猛喝，在一個鐘頭後就不省人事了。

我緩慢起身踮腳走回他的嬰兒床，把他放進去側躺著。就在那個時候，我的目光發現了某件事。我在鏡子裡的倒影。我在浴室鏡子裡的倒影。

那扇天殺的浴室門打開了。

空調沒開，那扇門是三十磅重的橡材，所以不可能被輕微的氣流推開。警報器沒響，所以沒有人闖入。在我看來，只有一個合理的解釋：鬼。

我衝出房間關上門，試圖冷靜下來。「寶貝，你可以過來一下嗎。」我在走廊上大喊。

傑森在幾分鐘後出現，很明顯是剛醒，但假裝自己一直醒著。我站著用背抵住席德的房門，彷彿一群飢餓的僵屍正想要從另一邊闖入。

「怎麼了？還好嗎？」

他的眼睛張開，嘴巴在動，但其實還是睡著的。我提高音量，確認引起他的注意。

「你可以進去裡面看看浴室門是開著或關著的嗎？」我不想暗示正確的回應是什麼，因為老公們都受過訓練，會說出能讓你立刻閉嘴的答案。我也不想警告他可能有鬼的事，心想要是我讓他們啃食他的靈魂，這樣就能讓我跟席德有更多時間可以逃跑。

他打開門，搖搖晃晃進了房間，打開一盞燈，然後又走出來。「門開著。」

「開著是什麼意思？」

「我不知道。也許是關著的。」

「不，才不是，傑森。門是開的。你剛才檢查過了。你得把席德帶出來。可以請你把他帶來給我嗎？」

我突然想到了。我把我唯一的孩子跟惡靈一起關在同一個房間整整五分鐘。這種父母真是太糟糕了。我對自己感到厭惡，不過奇怪的是這讓我覺得自己跟我父母又親近了些。

「把他帶給妳？他在睡覺啊。」

傑森準備離開，可是我擋住了他，把他的身體推向席德的房門——如果房子著火時我也打算這麼做。「**把孩子帶給我**。」我說。

把兒子安全抱在懷中之後，我搶先傑森回到了臥房。席德的嘴又咬上我的乳頭，整個人像個巨大的耳環掛在我身上，而我沒穿胸罩的乳房就這樣拍打著身體。我檢查房間各處確認安全，然後就鑽回我的羽絨被下，把枕頭翻到床的另一側。

「妳在幹嘛？」傑森困惑地看著我，就像剛在屋子裡輸了一場賽跑，而且他還根本不知道自己是參賽者。我的貴賓犬提茲先生（Mr. Teets）從吉娜（Gina）跟哈利（Harry）另外兩隻狗身上踩過，蜷縮在我的雙腿之間，就像一條貞操帶（顯然是要努力保護我免於在睡覺的時候被撒旦強暴）。

「我現在要睡你這邊。我不敢睡我那邊。那裡太靠近門了。」我把席德放在一顆枕頭上，不過仔細看他躺的好像是吉娜，而我整個晚上就這樣躲藏起來。

傑森沒力氣反駁，要不然就是他不知道鬼一定都會先吃掉最靠近門的人。總之，他回來床上後就閉起眼睛睡著了。

□

隔天早上，屋子裡的一切看起來都不一樣了。我見到了我無法忘掉的東西。小時候我常大聲說我絕對不想要看到鬼現身，因為我一定無法應付，大概還會精神崩潰。我發現對著我覺得懷疑的每個房間宣布這件事是很好的方式，這樣我的訊息就可以傳給死後的靈魂，又不用直接出面指出特定哪個地方藏著鬼魂。

「你們不必現身了，鬼魂。我媽一個人就已經把我搞得夠糟了。」我邊做事邊一派輕鬆地說。

諷刺的是，我唯一認識見過鬼的人就是我媽。

「哎呀，Choppy，妳就不會點些蠟燭，讓那個地方看起來充滿珍妮式風格嗎？」

「充滿珍妮式風格？我根本不知道那是什麼意思。」我對電話說。我在露台來回踱步，傑森則是從廚房沒好意地看著我。

「我的意思是去弄點鼠尾草，清理一下不好的氣氛。」

「媽，這不只是氣氛不好而已。我看見鬼了。記得妳之前看見鬼嗎？」

「不記得。什麼時候？」我媽有種不可思議的能力，可以封鎖她生命中的重大事件，而且其他人可能還會對那些事印象深刻：她的大學畢業典禮，她的第一段婚姻，而現在顯然也忘了所有與吵鬧鬼的互動。

我走回屋內，將手機夾在耳邊，而我相信鬼會在腦癌殺死你之前下手的。

「媽，記得妳告訴我妳有一次中邪了嗎，當時我們是在柯羅納多幫妳妹妹看家啊？」

「是嗎？」

「什麼意思？妳怎麼會不記得那件事？妳說它坐在妳胸口把妳壓在床上，還小聲說妳的乳頭很完美，跟十分硬幣一樣大。」

「它提到我的乳頭跟十分硬幣一樣大？聽起來是有點耳熟啦。我不知道，我把童年的很多事都封印了。」

「那是五年前的事！」

我忙著向我媽解釋她已經過了中年，席德則是忙著用頭撞傑森，大概是想讓即將長出惡魔角的頭皮舒服一點吧。雖然我不打算再打給我媽，但我還是說會再打給她，然後就掛斷電話。

我從傑森那裡接過席德，讓他去準備開會的事，接著我就若無其事在家裡到處跟著他。不管他走進哪個房間，我也會走進去。如果他要從烘乾機拿東西，我也會突然開始要洗衣服。如果他要泡第二杯咖啡，我也會碰巧要烤一片吐司。當我跟席德全身脫光跟他進入淋浴間，而我建議我們三個人一起洗，他才大聲叫了我的名字。

「珍妮，房子根本就沒事好不好。是妳自己腦袋亂想。妳得再繼續吃樂復得了。」

我心裡有一部分相信他。另一部分則懷疑他承諾把席德獻祭給另一個空間，用以換取他演藝事業的成功。

繼續吃樂復得？我心想。在《失嬰記》（*Rosemary's Baby*）中的鄰居是不是用它向米亞·法羅（*Mia Farrow*）下藥？我很確定是。

由於我媽在抓鬼部門是個沒用的東西，傑森也正式成為「恐怖電影裡不相信鬼直到被鬼用魚叉刺穿的傢伙」這個角色，於是我轉而向我媽的代替品尋求建議。

□

瓊安·亞瑟（Joan Arthur）是我在一年半前透過Instagram交的朋友。我知道她是誰，因為我們的假朋友全都一樣。她是一位成功的編劇，最著名的一點就是告訴電視台他們想對劇情做的改變都毫無意義。我記得在幾年前短暫見過她，當時我是去她替ＡＢＣ寫的前導影片試鏡。我沒得到那份工作，也沒再想起她（除了希望她的前導影片不會被選上之外），直到不小心看到了她的Instagram。瓊安的頁面是有故事的，這跟我追蹤的大部分帳號不同。她的聲音很好認很獨特。她很自戀、死不認錯、滑稽、混亂，而且誠實得毫不留情。她就是我嚮往成為的那種說書人。想當然，我很渴望得到她的友誼與認同。我追蹤了她幾個星期，希望她也會追蹤我，結果她沒有，於是我覺得受到了傷害，在腦中上演了一齣尖叫又激動的分手戲碼，然後刪除她的帳號。後來有一天，就在我懷席德的幾個月前，她突然傳訊息給我，告訴我她聽說我很有趣。我不知道她怎麼弄到我的號碼，我也不在乎。她問我想不想一起吃晚餐。我很想得到她的好感，所以答應了。

那天晚上，我到了西好萊塢那間非公開、僅限會員的蘇活屋（Soho House），踩著不牢靠的長階梯上樓。勉強通過等著停車的隊伍後，我被守住電梯的雞歪獅身人面像擋了下來。

「我跟亞瑟小姐有約。她在等我。」我希望有這麼簡單就好了。

「這個名字沒有預約。有別的名字嗎？」一位深色頭髮的高個子女人從紅木講台上低頭對我笑，她的兩個鼻孔長在根本沒發育的鼻子上。

我試了瓊安的姓、我的姓，然後是一連串亂數、驚嘆號、&符號，最後獅身人面像驕傲地眉開眼笑。

「找到了，」她說：「是瓊安．亞瑟。」

「我說過了。」

「妳說過？」她往後靠，假裝不知道；她穿著貓跟鞋，一副過度自信的樣子。

終於抵達空中花園後，服務生帶我到一張桌子，有個帥氣的女同志留著看起來花了很多錢打造的金色波浪髮型，戴著一副反光的雷朋眼鏡，坐在沙發上看手機。

「親——愛的。」她的語氣像是跟失聯許久的愛人重聚。她把瀏海撥到一旁時，我看得出她年紀比我大，可是她的身體看起來大概只有十四歲。她把手機丟到她的巴黎世家（Balenciaga）機車包，然後開口說話。

「這裡的食物很糟，不過氣氛我很喜歡。妳應該不是很重視食物的人吧？」她從早餐中拿起一塊佛卡夏麵包聞了聞。「摸摸我的腹肌。我愛游泳，而且我沒生過小孩。」我順從地摸摸她的腹肌。簡直跟石頭一樣硬，就像放過夜的法國麵包。「妳不打算生小孩吧，親愛的？如果妳要生，跟妳當朋友就沒什麼意思了。帶嬰兒的人是最糟糕的朋友。」

「我……才不會。」我充滿信心說。

三個月後，我懷孕了。瓊安對我變成真人版俄羅斯娃娃的事不太興奮，不過只要我體內只有一個迷你的我，她還能夠接受。「妳不會想要生超過一個小孩吧，親愛的？一個還算時髦，兩個就是他媽的惡夢了。」她傳了這樣的訊息給我。我想像她開著裝防彈玻璃的黑色賓士G-Class越野車在日落大道上狂奔。

「當然不會啊。」我撒謊。

在那次沒有食物的晚餐後，瓊安跟我在精神上建立了不可分割的連結，我們都是左撇子雙子座，而且都有酗酒的母親。不管從我身上冒出多少個俄羅斯娃娃，我知道瓊安都不會棄我而去的。我們每天都會傳簡訊或講電話八次，有時候只是說個「親——愛的」就掛掉了。以前我那些只是玩玩的對象一開始會嫉妒，說不定還有點受到威脅，不過他們以為這就像我所沉迷的事，覺得熱度終究會過去的。但這不像傑森的前女友或是我在巴利運動健身中心（Barry's Bootcamp）的那些教練（我不想讓他們知道我結婚了），我並不是因為自尊心而尋求瓊安的關注。她對我而言不只是朋友，也是個老師。她會照料我。她記得事情的日期。她會送花跟寫卡片。她會威脅殺掉在工作上不幫忙我的人。她就是我一直想要的母親——而且更棒，因為她不像我的親生母親，會把男人看得比我重要。

就算我老媽不願意接受我家鬧鬼的事，我知道瓊安・亞瑟一定願意。

□

「最後，我認為它就住在這裡。」我緩緩帶著瓊安進入席德那間育嬰房的浴室。

「嗯哼……親愛的？」瓊安走向掛在洗手檯上的古董鏡，盯著裡頭看。

「是？」我好擔心她會問我有沒有看到一個淘金潮時期的寡婦穿著喪服也盯著我們看。

「妳覺得我長得像《反斗智多星》（*Wayne's World*）裡的葛斯（Garth）嗎？」瓊安在鏡子裡玩弄她的瀏海，然後把頭側向一邊。「我猜我可能要把頭髮留長了，因為大家都在我的照片評論說我長得像他。」

瓊安的虛榮心並未讓我覺得困擾。我父親可是會在生日時要求大頭照當禮物的人；真要說的話，這樣感覺很親切。其實，當下我真的寬心了許多。如果瓊安能夠自在地在我家鬧鬼的浴室裡自戀欣賞她的頭髮，那麼可能真的沒有鬼想把鏡子當成通往地獄的傳送門。安心之後，我向她道別，一直到五分鐘後我們才講到話。

「我都還沒問妳覺得我家怎麼樣。」我坐到電腦前，不想打字，於是在Google查詢我自己深色頭髮的照片。

「噢。絕對鬧鬼了，」瓊安說：「我等不及要離開那裡了。」

「什麼？」我用力敲鍵盤。

「中杯可樂。」她回答。

「妳在跟我講話嗎？」

「不是，女孩，我在麥當勞。」

「妳可以認真一點嗎？鬼的事呢？我家真的有嗎？」

「是啊，親愛的。我一走進去就聞到他了。」她冷淡地說。

「他？」我環視房間，驚慌起來。

「我一向可以感應到鬼。我在影視城區（Studio City）的家裡就住著一個憤怒女王。他以為自己是艾倫．史貝林（Aaron Spelling）節目上的作家。很明顯是受到了威脅。他常想要趁我睡覺的時候弄破我的艾美獎。」

「真不敢相信妳知道有鬼還把我一個人留在我家。」我尖聲說。我受傷了。我也因為自己對另一個非親生的母親生氣而感到失望。

「親愛的，他是個友善的鬼，他是猶太人。」

這個回答並沒有讓我滿意，於是我掛掉電話，跑到屋外。我打給傑森，告訴他瓊安確認有鬼，我們必須馬上跟我們的房仲聯絡。

「『確認有鬼？』」傑森的聲音高了八度，這種聲音我以前只聽過一次，那是在我們度蜜月時，我開玩笑地咬了他那話兒的頭。

我一隻手摀住嘴巴說話，免得讓鬼知道我的計畫。「寶貝。你為什麼這麼緊張？我們只要讓房子重新上架，搬回舊家就好了啊。」

由於我們的舊家規格很特別——也就是有一條看起來像極限運動半管形滑道的車道——所以在市場上還乏人問津。如果我動作快，就可以打包好在週末搬回去。

「及時行樂吧。」我驕傲地大聲說。

「我要殺了瓊安，」傑森咕噥著說：「這又不是什麼公開的壁癌問題之類的。如果妳打給房仲，他會覺得妳瘋了。」

「他本來就覺得我瘋了。」我提醒傑森當初我堅持要先在新家紮營，確認這裡不像泰特和拉比安卡（Tate/La Bianca）謀殺案的現場[31]，才肯進入託管程序。我站在外面，看著游泳池附近，現在很確定這裡看起來就是泰特和拉比安

---

31 指一九六九年由首腦查爾斯・曼森（Charles Manson）創立之邪教組織「曼森家族」犯下的殘殺案件。

卡謀殺案的現場。

「對，結果妳說妳覺得很好。」

「那是因為我懷孕了，全身充滿荷爾蒙。現在，我的子宮已經空了，而我又要從一個充滿恐懼與懷疑的地方重新開始。」我走進客廳，確認女管家麗塔（Lita）沒在失控抓著席德搖晃。

「我們不搬家。」他掛掉電話。

□

我向麗塔解釋為什麼我要她在我洗頭時坐在浴室裡陪我時，覺得很不好意思。

「妳什麼都沒感覺到嗎？」洗髮精跑進我的眼睛裡了。

「沒有。」麗塔讓席德在她大腿上彈啊彈的，而她坐在馬桶上，試圖不盯著從我胸部流下的那道乳汁。

那天是星期二，我在聖塔莫尼卡的「媽咪與我」（Mommy and Me）課程已經遲到了。我很興奮能帶席德出門，更興奮的是我自己可以出門。席德似乎對鬼的事不太在意，這只有以下其中一種可能：那個鬼魂是友善的，要不然就是席德的靈魂已經被奪走，而我正跟惡魔的後代住在一起。

把麗塔一個人留在家裡讓我覺得過意不去，但還沒過意到不去不必洗我的內衣褲。我告訴她衣服可以慢慢洗，但要是碗盤開始在廚房裡飛來飛去，就不用一定要洗了。

在聖塔莫尼卡舉行的「寶寶的第一課」（Baby's First Session），是那種非常令人討厭的課程，你必須在打算懷孕的一年前登記參加才行，所以我當然是靠我妹的關係才能在最後一刻加入。

「如果妳沒認識的人，是有可能進去，但妳絕對沒辦法上到艾比（Abby）的課。而要是妳沒能上到艾比的課，那妳不如自殺好了。」她說。我妹說話永遠都很直。

顯然在聖費爾南多谷區那裡還有另一種「媽咪與我課程」，但如果你跟別人說你是去谷區上課，他們就以為你超過四十歲，是個選角指導。

我答應去上聖塔莫尼卡的課，主要是因為我感覺到社會的壓力。以前，我從來不會屈服於傳統，可是後來我真的得表現給某個人看：席德。我知道他再怎麼樣也不會記得（直到我妹在他年紀夠大時向他鉅細靡遺描述我所有的缺點），可是我想要讓他覺得我很完美。而根據我的朋友以及我在Instagram上追蹤的陌生人，完美的意思是要跟其他媽媽與寶寶交際。

我用力搥對講機，想要從聖文森東翼上鎖的玻璃門進入。電子郵件介紹信中大概附了一組我應該要記住的密碼，但只要主題裡有「媽咪」、「團體活動」或「孩子」這些詞的電子郵件我都不會讀。後來我偷偷跟在一位比較負責任的家長後面溜了進去，接著帶席德到三樓的教室。

課程已經開始了。我解開席德嬰兒車上的安全帶，脫掉鞋子，躡手躡腳走進去。全班都轉過來看著我，好像我是撒旦一樣。於是我再次檢查席德的額頭，確認沒有明顯的666記號。接著我把他放進圈子，旁邊是個戴Missoni[32]頭巾的小女孩。八個介於三十至三十五歲的女人盤腿坐在格子圖案的海綿狀地板上。有些邊餵母奶邊對自己的身材發牢騷。有些吹噓自己的孩子可以睡過夜。我發現有一個叫米瑞爾（Mirial）的金髮女孩特別討人厭，因為她會把所有人說的每一個字轉換成手語。在場的寶寶都不到六個月大，儘管有兩個看起來像中年的猶太裔會計師。我敢肯定他們全都不懂手語。

「在我們唱再見歌之前，有任何事想要討論的嗎？」我們的導師艾比問。

看來課程是十點十五分開始，不是我以為的十一點十五分。艾比望向我，露出微笑，似乎我妹已經向她警告過我是個超級健忘的人。「我們去星巴克自己上課吧。」我輕聲對席德說，而其中一個會計好像正在替他計算稅金。

開始唱歌之前，討人厭的金髮女孩米瑞爾開始急著亂扯一通，彷彿課程一結束，她就會被丟回家單獨監禁，直到她老公下班回來，再用那話兒用力打她的頭。「嗨各位，米瑞爾又來了。」她用手語比了自己的名字兩次，好像是要等我們照做回應她。「總之，我的『那裡』自從生了小傑格（Jagger）以後就一直很不舒服。」我發現唯一比沒必要使用手語更煩人的媽媽，就是把自己小孩命名為傑格的媽媽。

艾比解釋說她的雌激素因為哺乳而降低了。她建議擦乳膏。

「這裡有人遇過鬼的問題嗎？」我說。我看著席德，擔心他光聽到那個字就會像吸血鬼一樣開始尖叫。

「妳是指幻影嗎？」艾比回答。

「不是，比較像是真正的鬼影。不是《歌劇魅影》那種，比較像《陰間鬼影》。」

室內一片靜默。米瑞爾比著手語的手在頭上扭曲成角。會計師娃娃開始大哭起來。

然後課程就結束了。在我試著把胡亂踢打的席德繫回嬰兒車時，艾比走到我背後，輕拍了我的肩膀。她是位個頭非常嬌小的女人，膚色蒼白，脖子上掛

32 義大利時尚品牌。

滿了誕生石項鍊。

「我不想當著大家的面這麼說，但我真的相信有鬼，而我認識一個很厲害的靈媒對這種事很在行，如果想要的話妳可以去找她。」她告訴我會把高人的電話傳給我，要我別擔心。

離開建築時，我經過一座小型大理石噴泉，然後弄了點我認為是聖水的東西灑在席德臉上。他沒有融化，但是看起來不太高興。在開車回家的路上，我試著讓氣氛愉快些，所以不斷重複播放「頭兒肩膀膝腳趾」。每次等紅燈時，我都會看後照鏡確認他是不是醒著。他一直醒著。我心裡有一部分納悶他可能是那種會張開眼睛睡覺的人。另一部分則懷疑他是夢魔。

對某個東西同樣關愛與恐懼，這種感覺很奇怪。我不知道我是不是有讓他開心。他無法告訴我。我不知道他是不是想殺我。他被綁在安全座椅上。我只知道我對他的愛很猛烈——到了瘋狂的程度。然而懷孕時那種親密的安詳感，那種只能透過肌肉鬆弛劑和一杯紅酒複製的飄逸感，現在全都突然消失，變成一股越來越巨大且無法抑制的恐慌。

我才在我們設備完善但住有惡鬼的家門前停下，席德就睡著了。我看了一眼屋子樓上的窗戶，確信我會從其中一道窗簾看見《天魔》（*The Omen*）裡的那個小孩往外窺視，結果一切看起來都很平靜。麗塔的車子不在了。通常她會工作到比較晚，不過我知道她有更大的可能是被趕走而不是被變走，所以我盡量不去想太多。我停好車，等傑森回來，不想先吵醒席德。

我環視茂盛綿延在山坡上的綠色植物，我看著陽光從上方像扇子的棕櫚樹之間穿過。我掃視尋找沒有標記的印第安人墳墓。我告訴自己應該要開心，一切都很棒。可是就算手套箱裡那根吃了一半的蛋白棒也無法壓抑我強烈的不安。

我看了手機，發現一則艾比傳來的訊息。她說的靈媒名字叫伊莉諾。我立刻打過去。

「喂，我的名字是珍妮．茉倫，呃……畢格斯（Biggs）跟——」在我完成留言之前，另一個來電的聲音嗶嗶響起。

我按下接通，是伊莉諾。

她的聲音聽起來很柔和又富有同情心，而且有點不太像我預期的「到有光的地方，卡蘿．安」[33]那種感覺。我一方面想在她說出會害我去住旅館的事情之前掛斷電話，另一方面又屏息以待想聽到毛骨悚然的內容。

在想要跟需要之間拉扯的我脫口而出：「妳認為我家鬧鬼是因為我真的認為鬧鬼了我的天哪嚇死我了。」

---

33 出自電影《鬼哭神號》（*Poltergeist*）的台詞。

電話另一邊安靜許久，接著傳來一陣像是有隻雞尾鸚鵡被塞進微波爐的聲音。終於，伊莉諾開口了。

「是有一點鬧鬼。」

「有一點鬧鬼？那是什麼意思？怎麼會是有一點鬧鬼？那個鬼是小不點嗎？」我看著後座的席德，突然想到在《禁入墳場》（*Pet Cemetry*）裡殺了自己母親的小男孩。

「我認為那個靈魂其實是一隻大狗。」

「是一隻狗？」我停止呼吸了兩分鐘，現在終於鬆了口氣。我知道狗狗天性就很善良，這點跟人不一樣。

「對。」

現在我仔細想想，狗狗鬼魂還滿合理的。自從我們搬過來後，哈利跟提茲就不停在牆上做記號。原本我以為只是在用那話兒決鬥的遊戲，其實可能是牠們都想向先前的住戶搶下地盤。有一隻狗狗的鬼魂似乎滿有趣的。傑森一直很想領養一隻鬥牛獒犬或標準型貴賓犬，可是我們太常旅行了，而且舊家的空間也不夠大。也許一隻大狗狗的鬼魂正是我們需要的。哈士奇，很好照顧，無所不在。

「像是大紅狗[34]Clifford嗎？那是我想像的樣子。因為我有三隻小狗，牠們力氣沒大到能打開浴室的門。」

「牠的體型比較像可卡犬。」

「提茲討厭可卡犬。」我這麼說，希望至少能讓她改變說法為比熊犬。

「噢，牠還有一個老人夥伴。」伊莉諾的微波爐嗶嗶響。雞尾鸚鵡沒發出聲音。「那個人住在妳家附近。他會教你兒子一些歷史。」我想像一個戴三角帽的男人飄浮在席德的嬰兒床上方，考問他有誰簽署了《獨立宣言》。現在，我不只是怕鬼，我還有點覺得被冒犯了。宇宙將這個亡靈指派給我，是因為認為我是個很爛的歷史老師嗎？還會有鬼來找席德指導其他我不在行的主題嗎，例如工業藝術跟算術？

□

我把嬰兒監視器放在床上新的傑森那一側（原來是我的那一側），這樣我就不會在毫無心理準備的情況下看見飄浮老男人的手從鏡頭上揮過。監視器永

34 於一九六三年出版的《大紅狗》（*Clifford the Big Red Dog*），出版至今已超過五十年，是陪著美國孩子一起長大的經典童書。

遠都跟著傑森，原因是在我確認有鬼之前就已經怕死了這種東西。這就像所有的監視器一樣，只要你盯得夠久，某個東西就會浮起來。室內感覺比平常更冷，更加確定了這裡不是只有我們而已。

「有誰的中型犬最近被謀殺了？」我邊問邊爬上床到傑森旁邊。我之前在網路上看過一個地方鬧鬼的最主要原因是鬼不知道自己已經死了。「傑瑞（Jerry）跟麥克（Mike）的那隻拉薩犬叫什麼名字？」

跟傑森同一間健身房的某個人在兩個月前不小心害死了自己的狗。那隻狗有天早上在他上班前溜進了車子後座，後來下午的時候就被發現「睡」在儀表板上。

「珍妮！再也別提起那件事了。我是認真的。這是傑瑞碰過最痛苦的事。而且那是一隻獅子狗。好像叫西摩（Seymour）的樣子。」傑森愣了一下在想名字。

「──摩？」我大聲說，然後在床邊垂頭往床底看。

傑森看著我，一副不可置信的表情。「珍妮，妳是大人了。我要妳表現得像個大人。鬼不是真的。這是我們的家。妳不能再害怕我們的家了。」

這個想法聽起來好簡單。我真心希望我做得到。我不想害怕我的新家。我不想害怕我的新生活。但是我害怕。恐懼到了極點。

接下來一個月裡，我發現我到哪裡都在談鬼的事。工作會議、電視提案、狗狗美容。我從全食超市（Whole Foods）買了一包三根裝的鼠尾草棒，然後到每個房間裡用煙霧畫出三角形。我打開所有的門窗，反覆說著「如果你不屬於這個世界，就請離開」。我甚至還要麗塔整晚待在席德的房間裡，看看她有沒有發生什麼事。我睡得越來越少，而席德睡得越來越多。我知道我得做出改變了。

我的治療師倩卓拉——最近我才讓瓊安．亞瑟去找她做完整的精神評估——認為我可能把其他痛苦的事投射在我家了。我認為這是有可能的。但同樣可能的是那隻鬼這輩子還有未完成的事，所以才會接觸我。

某天下午，傑森帶席德去公園，而我坐在前院跟倩卓拉做電話治療。我比較喜歡透過電話談，因為倩卓拉的辦公室在城裡另一側，而且要是我對她說的話感到無聊時，我就可以看推特。提茲坐在我的大腿上發呆，吉娜跟哈利則是到處尋找變硬的鹿便便。

「說不定我就像琥碧．戈珀——」我話說到一半，出現了另一通來電，於是我接了起來。是靈媒伊莉諾打的。我告訴她等我一跟治療師談完就會立刻回電問她意見。我沒說是什麼事；我猜她知道。

我在二十五分鐘後打電話過去。「好，」我說：「倩卓拉認為這整件事是典型的投射案例。」我等著伊莉諾表示看法。

「恐懼會以不同的方式顯露出來，珍妮。」她過了一會兒說。「也許這跟房子、鬼無關，而是跟妳害怕當母親有關。」

我看著電話，確認我已經結束跟倩卓拉的通話了。她跟伊莉諾說的話開始變得非常像。兩個人都試圖以理性解釋我完全不理性的恐懼。真討厭。

我抓住話題，轉進雜草裡，這樣比較安全。「其實我覺得狗還好。我只是不太喜歡老人夥伴這件事。有辦法隔開他們嗎？」我開始想像跟伊莉諾和倩卓拉三方會談。跟治療師和靈媒來一通三方會談的電話，搞不好會解決我一輩子的問題。

「妳不能逃避自己的心魔，珍妮。在妳起身行動之前，必須先問自己真正害怕的是什麼。」

「妳覺得他們可能是惡魔？」我想要再追問下去，不過瓊安．亞瑟跟我的房仲艾瑞克．凱斯曼（Eric Kessleman）在大門外按了門鈴。我掛掉電話。

我走近時，只看得見瓊安的下半身。她的上半身被跨過地界線的酪梨樹遮住了；她正嘗試爬上圍籬。

「我想你們應該換了密碼吧！」艾瑞克大喊，這時瓊安的一隻Marni牌靴子正好踢在他頭上。

我在手機上輸入密碼打開大門，把大門瓊安的身體從樹裡拉出來。瓊安的鞋跟夾住大門，像個競技牛仔騎著進來。我在車道上走向他們時，艾瑞克伸手幫忙瓊安爬下來。

「沒錯，親愛的，那實在太容易爬了，而且我才幾十歲而已。」她看著艾瑞克。「想像如果我是個高大又勃起了的年輕黑人會怎麼樣！你賣的還真是好東西呢。」瓊安拉起她的修身窄管工作褲，然後假裝擁抱我，在我背上擦了擦手。「有人帶了乾洗手嗎？」

我向艾瑞克解釋我可能想要再賣掉房子，但我沒在電話上詳細說明。我覺得最好等到我們見面時再提起超自然現象。

艾瑞克四十幾歲，是位英俊的同性戀。他總是穿著外套搭一件開領襯衫，戴著一副看起來是要用功念書的小眼鏡。他開的車不花俏，說的話不花俏——我信任艾瑞克。他似乎是理解了自己生命的那種人——會讀艾克哈特．托勒[35]並在伊沙蘭[36]參加自我疼惜（Self Compassion）研討會的那種人。雖然我從沒去過艾瑞克的家，不過我能想像那裡聞起來會有檀香跟礦泉水的味道。艾瑞克

35 Eckhart Tolle，歐美知名的心靈導師與作者。

36 Esalen，指位於美國加州的伊沙蘭學院（Esalen Institute），以心理治療及靈修聖地聞名。

這種人才不會屈服於一隻鬼狗跟牠的老人夥伴。

「基本上我只是想要你看看我們改變過的地方，然後告訴我你覺得我們會不會虧本。對了，傑森不知道你在這裡，而且我們不能告訴他。」我帶艾瑞克經過水池到前門。

瓊安面向他，把我沒勇氣說的話全說出來了。「這裡鬧鬼了，女孩。」她用一種不祥的口吻說。瓊安把每個人都叫成女孩，不管對方的性別是什麼。「鬼狗。老人夥伴。」

「我知道了。」艾瑞克保持冷靜，抬起頭看著木樑天花板。「把廚房打通是很大的變動。」他說。

雖然艾瑞克試圖保持樂觀，但我感覺得到他表面下很失望。他對他的工作成果感到自豪。如果他的客戶不開心，那麼他也不會開心。而他在這裡的客戶們不開心。呃，應該說只有一個客戶。另一個客戶完全不知道這件事。

在我們從長走廊前往育嬰房時，我連珠砲說了一長串我們為了重現西班牙殖民風格所做的改造。室外披薩烤爐、Miele牌咖啡機的造型、十五台隱藏的監視攝影機、所有門窗上的生物辨識免鑰匙栓鎖。

「美食家與怪咖。這是我幫他們取的綽號。」瓊安拿起放在俱樂部椅上一件席德的外套，試圖穿進去。

「傑森想要裝Toto牌的馬桶，我則是想要護城河跟吊橋，不過我們兩個當時都是失業狀態，所以我們認為應該要暫緩一下。」

我用力推開育嬰房的門，希望可以抓到那個老人夥伴坐在我的哺乳椅上嗑著菸斗，結果沒用。

「親愛的，這個我穿剛好耶！」瓊安邊說邊把自己塞進席德的外套。

艾瑞克沒有明確的想法。他坦白說要在這麼短時間內賣到好價錢很難，然後估計要是我們等個一年再賣，就很有可能打平。

「一年？我沒辦法。不是有很多人會翻新轉手房子嗎？我覺得我這樣也算吧。」

艾瑞克解釋說披薩烤爐雖然是很有利的條件，但完全沒能增加房子的面積。

「這裡隨時都可以全部拆掉再重蓋出更大更漂亮的東西。」瓊安提供的解決辦法花費永遠不會低於一百萬美金。

「或者你們可以搬回舊家，然後出租這裡——」在艾瑞克說完話之前，傑森就帶著席德從前門衝了進來。

我看著棲息在席德書架上的貓頭鷹時鐘。他們提早回來了。如果傑森抓到我跟瓊安．亞瑟和房仲在席德的房間，我就完蛋了。要是艾瑞克．凱斯曼在傑森做好心理準備之前跟他談，這場交易就吹了。

傑森在走廊上大步前進，地板吱嘎作響。

「寶貝？」他大喊。

在無處可去的情況下，我只好趕緊把艾瑞克跟瓊安藏起來。我用力打開席德那座可怕衣櫃的落地門，將艾瑞克塞進去。「在這裡等，」我壓低聲音著急地說：「事情解決後我再來找你。」

瓊安跟著過去，然後坐到他的大腿上。「不介意我坐在你身上吧，女孩？我算瘦了。」她驕傲地說。我當著他們的面關上門，保證會盡快回來。

我掃視房間，確認一切看起來都很正常後，就關掉燈光，轉身離開。

就在這個時候，傑森出現了。他抱著席德，而席德的超脫合唱團連身衣上全是他吐的奶。傑森動作生硬地在我臉頰親了一下，接著從我身邊經過，去幫席德換衣服。

「摸摸我的腹肌。」我走上前要幫忙時，聽見櫃子傳來低語聲。

「什麼？」傑森分心著問。

「沒事，寶貝。公園玩得如何？」我大聲說。

「很好，除了席德吐得車上到處都是以外。我真是個白痴！我不應該在開車回家前給他喝奶的。」傑森出於習慣覺得慚愧。我變得越來越無法接受他罵自己或揍自己了。對我而言，傑森已經不再是傑森了。他曾經是個小男孩。這個小男孩想要讓自己很完美，而他從未像我們的孩子一樣感受到毫無保留的愛。我真希望可以回到過去拯救他。我真希望可以回到過去拯救我自己。

傑森握住席德一隻腳，另一隻手則抓了片新尿布，然後他看著我，露出笑容。

「妳竟然自己一個人在育嬰房，我覺得很棒。這是很大的進步。」

我露出笑容說要接手，不過他拒絕了。我的胸部很漲，已經準備好釋放母奶，可是席德才剛吃飽。

「妳去擠奶吧。我來弄他睡覺。」他溫柔地說。

我他媽的能怎麼辦？傑森真是幫大忙了。我就是想要他在凌晨兩點鐘的時候能夠這樣。如果我反駁，那麼我過去兩個月所有的抱怨就不算數了。如果我不反駁，瓊安跟艾瑞克就會困在衣櫃裡一個鐘頭。

考量過兩種情況的優缺點之後，我覺得培養共同養育孩子的良好氣氛比艾瑞克．凱斯曼舒不舒服更重要。於是，我離開了育嬰房，回到臥房，耐心地看著監視器。傑森抱著席德輕搖，還輕輕在房間裡跳起了舞。我的脈搏加速；我祈求瓊安可以乖乖坐好，等著我回去。席德往上看著天花板，大概正在學習蓋茨堡的戰役，而這時突然傳出了聲音。

「親——愛的？」櫃子裡發出細語聲。

傑森轉過身，盯著櫃子看。櫃子沒動。他好奇走近了。

「女孩？」櫃子問。

傑森看起來很困惑。我們是新手爸媽。我們很累。是他的錯覺嗎？他抱著席德，伸手想要打開落地門。門沒動。也許他為了怕寶寶開門，把門卡錯邊了。我從臥房叫他，希望能讓他分心。

「寶貝？情況還好嗎？」

「我很好。」他大聲回應。

令我訝異的是，傑森突然不再試圖開門，而是把席德放進了嬰兒床。我鬆了口氣，但也感到恐懼。自從我們結婚以來，他到底有多少次像這樣，以為自己聽到聲音後又置之不理？我可能會在滿是血的浴缸裡死掉或殘廢，而傑森大概完全不會注意到，除非他決定使用隔壁的淋浴間時發現沒人拿浴巾給他。

安置好席德後，傑森的注意力又回到衣櫃了。我丟下監視器，在走廊上衝過去想阻止他，但他就在我打開育嬰房門的時候打開了衣櫃門。傑森尖叫起來。艾瑞克尖叫起來。席德歇斯底里發作了。瓊安則是完全坐著沒動，彷彿席德那件寶寶外套能夠為她提供保護色。

□

傑森過了好幾個星期才原諒我差點瞞著他賣掉房子的事。不過經過伴侶治療跟幾次敷衍的口交之後，我們達成了共識。

幾星期後，我跟傑森和席德坐在美國航空的休息室裡等待飛往紐約的班機，這時我突然想到，我所謂的鬼或許不是搬家就能夠擺脫，而是會占據在我心中的。也許說我害怕那間房子比承認我害怕當媽更容易。我不想一直執著於入侵者的事，或者我到底能不能成為我兒子的好老師。我不想成為「媽咪與我」團體的邊緣人，或是那種叫管家看著自己洗澡的女主人。我不想被恐懼左右。我想要成為的母親，是可以在聽見前院有怪聲時，直接空手走出去，然後穿著一件浣熊皮背心回來。

我需要席德相信我。我需要相信我自己。

所以我暫時答應繼續住在新家。

登機廣播聲傳來，休息室裡也開始清空。

傑森趕緊跑去廁所，我則是一邊整理我們的手提行李，一邊祈禱席德的過敏藥生效了。這時突然有隻手碰了我的肩膀。我轉頭就看見傑瑞，他是傑森在健身房的朋友。

他戴著棒球帽，遮住了一頭瘋狂的鬈髮，身上穿著一套喀什米爾羊毛材質的運動服，像是在大聲說：「我的另一套運動服比這套更貴。」

「嘿，是妳。我還沒見過這位小兄弟，不過已經看過一堆照片了。」傑瑞伸手拍了拍席德的頭，而我想像他以前就是這樣拍他那隻死掉的獅子狗西摩。

「情況如何？」我用同情的語氣問，暗示著我已經知道他不小心害死了自己的狗。

「妳知道的。很難熬。麥克整整兩個禮拜都沒吃東西。每次我們經過寵物公園的時候，我都會歇斯底里發作。」傑瑞眼眶含淚，細數著西摩在他生命中留下的空洞。

我不禁覺得這次巧遇並非巧合，而是某種神奇的力量介入。雖然傑森說過千萬別向傑瑞提起西摩的事，不過也許西摩需要我向傑瑞提起西摩的事。如果我想抓住機會讓鬼狗狗跟牠的老人夥伴認同我，就得趕快行動。

我從眼角餘光看見傑森正輕快地走出廁所。他一邊在半空中甩動濕手，一邊直奔我們而來。我的機會就要錯過了。

「等你們從紐約回來，我們一起吃個晚餐吧。」傑瑞拿起他的背包跟紫色鈦金屬拉桿箱準備離開。

我想像在我們晚餐的尾聲，西摩利用我的身體去親傑瑞的嘴，就像《第六感生死戀》裡的黛咪．摩兒。

「傑瑞。」我抓住他的手腕，注視他的眼睛。傑森出現在我身邊，可是太晚了，我的話已經說出口。「這聽起來可能很瘋狂，不過……西摩想要你知道他原諒你了。」

傑瑞的臉失去血色，我一度還以為他可能會昏倒。

傑森看著我，表情很尷尬。我甚至可以看出他正在計算我之後得幫他吹多少次。目前他已經算到無限大了。

傑瑞戴上墨鏡好遮住眼淚。他靠近我耳邊輕聲說：「謝謝妳。」

「不客氣。」我大聲說，然後看著傑森，露出《媽媽通靈師》[37]的笑容。

「噢，還有一件事，傑瑞。那天車上還有其他人嗎？也許是個老人？」

37 又譯《長島靈媒》，由泰瑞莎．卡普托（Theresa Caputo）主演的真人實境秀節目，主角是在紐約長大的義大利裔天主教徒，和許多有陰陽眼的人一樣，聲稱從小就能看到鬼魂並與之溝通。因一頭蓬鬆金髮加上濃妝的亮麗外型以及描述事情的誇張反應而讓觀眾印象深刻。

5 地毯歷險記

男人的中年危機從買了跑車開始。女人的中年危機則從自稱為室內設計師開始。在伴侶治療中談過後，傑森跟我決定在做出任何草率的舉動之前，先嘗試在我們的鬼屋住一年。我們的治療師貝絲（Beth）鼓勵我，只要能讓我在新的空間裡感到舒服，做什麼都可以。

這代表布置家裡。畢竟我已經不是住在世紀中期現代主義的砲房了。我住的可是有屋瓦的大莊園，而且完全沒做愛。我需要能夠補足我這棟新建築跟禁慾生活的裝飾。我看見自己被非洲泥布和印度花布包圍。我想要好幾英里長的泰國蠟染布，還要在床上使用厚厚的玻利維亞毯（稱為*frazada*）。我要買波札那製的籃子，在裡面裝滿木柴。我的家會呈現一種兼容並蓄的文化衝突感，最好讓我看起來像是《康泰納仕旅遊者》雜誌（*Condé Nast Traveler*）的老練編輯，最差也要像個會收集部落面具、個性古怪的退休戲劇教授。

我一開始先到無數的釘圖（Pinterest）頁面搜索靈感，後來才明白我少了一個關鍵的要素：我需要一張摩洛哥地毯。這種東西無所不在。每當查詢令我羨慕到不敢追蹤的時髦人物，一定會在往下捲動頁面時看見他們最新的手提包照片，照片都會刻意從高角度拍攝，底下都有同一塊乳黃色的編織地毯，而整塊地毯都是黑色網格狀的花紋。這不是一般的摩洛哥地毯；這叫貝尼毯[38]。貝尼毯來自摩洛哥阿特拉斯山脈（Atlas Mountains）的中東部區域，在傳統上是當成防寒用的毯子。由於織工會刻意織得不精確以防產生「邪眼」，所以每一塊毯子都是獨一無二的。客觀來說，這些毯子都很普通，但任何潮流都是這樣（請參閱：勃肯鞋），只要見過夠多次，最後你會確信自己少了它活不下去。

我稍微搜尋了一下，知道一塊11乘14英尺的貝尼毯真品最多可要價兩萬美金。我實在超想要的，差點就去ABC家居店（ABC Home）直接訂了一塊。可是我有個孩子，月經也不規則，而且不願意在任何乳黃色的東西上花費超過五千美金。於是我上網瀏覽了一番。

一開始我先跟Etsy上一位名叫穆斯塔法的賣家談。我知道在Etsy上可以講價，於是小心隱藏起身分，假裝非常了解我在談的事。我不是在產後陷入掙扎的靈媒。我叫伯特蘭（Bertrand），是個雙性好奇的室內設計師，並且愛好旅行。在一次亂買枕頭時，我發現大部分的線上賣家都會給產業專家折扣。裝成伯特蘭的話，穆斯塔法應該就不會占我便宜了。畢竟伯特蘭可是很世故的。他有昂貴的品味，而且習慣為所欲為。如果穆斯塔法不能以伯特蘭要的價格提供他要的東西，伯特蘭就會直接走人。

我詢問一塊11乘14英尺的地毯，他馬上就回應了。他用破英文提出六千八百美金的價格。「你會設計住家嗎？」他接著問。

這是我表現專業的機會。我告訴他，對，我是個設計師。我說我跟分分合合的愛人崔佛（Trevor）以及我的黃金貴賓犬凱薩琳·麗塔·蹦斯（Catherine Zeta Bones）住在洛杉磯，但是我因為工作需要大量旅行。我告訴他六千八實在太貴了。伯特蘭可不會第一次出價就接受。如果必要的話，他甚至可能會旅行到原產地自己去買。

穆斯塔法要我千萬別去摩洛哥。「摩洛哥是非常不好待的地方。」他說：「又瘋又怪的獅子會吃人。牠們跟人類一起吃一起住。」

會吃人的獅子？他在說什麼屁話？穆斯塔法還真的想用獅子威脅勸退我不去摩洛哥？我覺得被騙也被玩弄了。伯特蘭絕對無法容忍這種事。我毫不遲疑，立刻離開對話，繼續找新的。

在網路上瀏覽幾天之後，我偶然在Apartment Therapy[39]上看見了一篇介紹

38 Beni Ourain 為居住於非洲阿特拉斯山脈（Atlas Mountains）的部落，由十七支柏柏爾人（Berber）部落組成，以當地所產羊毛手工編織而成的貝尼毯而舉世聞名。

阿努（The Anou）的部落格文章。阿努是一個由工匠組成的團體，其中包括女性織工，而他們住在高大的阿特拉斯山脈中一處叫Ait Bougoumez的山谷。二〇一〇年，來自聖地牙哥的丹・卓斯科（Dan Driscoll）就在摩洛哥境內鄰近那裡的艾濟拉勒（Azilal）區域為和平工作團（Peace Corps）服務。他很訝異他遇到的織工們幾乎都身無分文，就算把他們的高檔掛毯賣給公平貿易組織也一樣。丹認為解決之道就是幫他們建立一個網站，讓這個團體可以直接接觸消費者，不必透過中間人。阿努就是這樣產生的。

我詢問後，得知只要花一千六百美金，阿努就會替我織一塊11乘14的貝尼毯，還可以免運費寄到洛杉磯給我。雖然他們的地毯很漂亮，不過除非是在印度的血汗工廠大量生產，我還真不知道怎麼能這麼便宜。因此，在下訂單之前，我傳了一封電子郵件給丹，說明我想要的東西，還有再次確認他不是奴隸販子。丹立刻就回覆了。他強調自己這麼做是出於善意，還告訴我如果有任何問題，隨時都可以打給他。

丹似乎是那種經常使用到瑞士刀所有功能的人。他大概知道至少三百種繩結的打法吧。他可以赤手空拳殺死摩洛哥街上的獅子。他很精通所有我不在行的領域，而且都能做得很好。我想像他每天喝的水都是從仙人掌擷取，睡在貝都因人的小屋裡，而且跟我說他希望我沒結婚。

某個星期三上午，我終於打給了丹。我困在西好萊塢尖峰時間的車陣中，而在我「無聊又坐在車上」電話清單裡的人都沒空聊，所以我決定試試打給丹。其實我沒有什麼問題要問的。我猜我只是想確認他沒詐騙我，不過更重要的是我覺得他一定很渴望多認識我一點。

電話才響兩聲就接起，聽起來是年輕人，有明顯的加州口音。

「我是丹。」

「嘿，丹。我是珍妮！」我真為他感到興奮。他終於跟我講到電話了。

「嗨。」他無動於衷地說。「有什麼事嗎？」對丹而言，要壓抑住熱情一定很辛苦。他有多少機會直接跟買家說到話呢？尤其是可以用Google在網路上查得到有性愛場景的人？他裝成這樣還滿可愛的。

「我只是想在下訂單之前跟你談清楚這整件事。我上次想要交易的那個傢伙說如果我不向他買，就會被獅子吃掉，所以我只是想謹慎一點。」

「獅子？哇塞。這裡沒有獅子。」嗯哼。我是要給丹跟我說笑的空間，而他完全沒收到暗示。丹不像我想的有趣。

「丹——我來自洛杉磯。我只是想知道那塊地毯會超好看，是真品，而且

---

39 美國知名居家布置網站，網址為 https://www.apartmenttherapy.com。

真的只要一千六而已。你保證你不會只是想敲詐我吧？你網站上的那些女人該不會只是在環球影城的外景吧？」

「哈。」我笑了，心裡很得意終於惹毛他了。「不，我向妳保證，我們是真的在營運，而且我們保證地毯會完整無缺送到妳家門口，否則妳可以退費。」

就在這時候，一陣靈光乍現。「你知道嗎，我很想找一天去看看你們的營運情況。可以嗎？」我只是半開玩笑地說，想稍微確認一下他不是在環球影城的外景而已。

他聽起來很懷疑。「妳知道柏柏爾人（Berber）不會講英文吧？」

「他們會說法文或德文嗎？」

「不會。」

「西班牙文呢？雖然我不會講，可是我知道瑪丹娜（Madonna）那首〈美麗的島嶼〉（La Isla Bonita）所有歌詞。好吧，別告訴其他人，我還知道一首嘻哈鬥牛梗（Pitbull）的歌。」

「他們說的是當地原住民族的語言。我很確定妳沒聽過。」

「真酷。這可能會加分。通常完全聽不懂我說什麼的人都會喜歡我。」

丹愣住了，感覺像是無法相信。

「嗯，我覺得妳不會喜歡的。妳去露營過嗎？」

「沒有。」

「到山上健行過？」

「魔術山[40]。」

「曾經睡在地板上嗎？」

「我主修的是戲劇。」

雖然丹輕笑著，但顯然他永遠學不會信任——閉上眼睛，讓他的身體被其他演員們抬到半空中。他也很明顯不想讓我拜訪。丹沒有直接說出口，不過他暗示的是我應付不了阿特拉斯山。他可能也在暗示我沒辦法以戲劇主修的身分應付，不過那可能只是我自己的心理投射而已。

□

那天晚上，我買了地毯。我在上床之前向傑森哭訴，我在網路上認識一個不善社交的陌生人竟然完全沒愛上我，而且他還笑我竟然想去阿特拉斯山脈看那些織工。我想得到認同，不過傑森只是翻了白眼，然後側身躺到我身邊。

40 指位於加州的「六旗魔術山」（Six Flags Magic Mountain）。

「噢，我相信妳一定可以應付的，安德森・庫柏（Anderson Cooper）[41]。聽起來正好是很適合妳的旅行。」

雖然他的挖苦刺傷了我，可是我忍住沒反擊。

隔天上午，我搜尋了一些資訊。這是我學到的：合作社在阿特拉斯山脈的深處，距離馬拉喀什（Marrakech）五個鐘頭路程。如果我要去，就得飛到非洲，穿越卡薩布蘭卡（Casablanca），搭更小的飛機到馬拉喀什，僱一位司機載我開六個小時的車進入山區，在見到織工之前還要再走三英里的路。我從來沒那樣旅行過。通常我的假期就是坐在沙灘喝著貴到爆的冰茶，一直想著我穿比基尼的樣子好不好看。這會是一次超酷的嘗試。是我有一天可以告訴我兒子的故事。所以我可能要先投資一雙防水靴。

□

過了一陣子，時間來到三月，我們住在紐約市。傑森在為一齣百老匯秀試演，而由於我不肯自己睡在洛杉磯的家，所以跟他一起困在東岸了。知道我的地毯終於送回洛杉磯時，我傳訊息要麗塔在席德房間裡的煙霧偵測器前面打開那個巨大的包裹，而她並不知道煙霧偵測器其實是監視攝影機。麗塔聽見我的聲音從偵測器傳出來時有點嚇到，不過還是照我說的話把地毯稍微往左移一些。從顆粒感很重的螢幕上看起來，那條地毯很完美。

「去你的ABC家居！」我用勝利的語氣說。

幾天之後，我很驚訝收到了丹的一則訊息。他沒忘記我有興趣去見他的織工——大概是因為我每兩個星期就傳訊問他吧。我一直在追蹤他們緩慢成長的Instagram帳號，覺得要是他們懂照明以及搭配漂亮手提包從高角度照相有多重要，一定會有更多人按讚的。可是除了幻想該怎麼幫助這些女人之外，我也自私地想著她們可以給我什麼。照片裡的女人似乎有經年累月的智慧，不只因為她們沒用防晒乳，而是因為她們經歷過我這顆出自戲劇學校的腦袋無法想像出來的困苦。她們什麼都沒有，卻又擁有一切。她們在意的事很簡單，那就是在擁有化妝放大鏡和可以消除皺紋的app時慢慢開始欣賞自己。她們非常純真，而我希望獲得她們的認同。

丹給了我一個提議。如果我願意在我的社群媒體上張貼關於阿努的文章，為他們參與的一場獎金競賽拉一些票，他會親自帶我去合作社。

我很高興丹終於Google了我還認為我能幫上忙，於是答應了他。我在推特

41 美國知名記者、主播、電視節目主持人。

上張貼了一則訊息，而我的追蹤者也接受挑戰，馬上跟我一起進攻投票網站。不幸的是，由於阿努的票大部分都來自摩洛哥以外的地方，所以他們被取消資格了。不過丹向我保證他說話算話。如果我準備好去拜訪，他就會為我帶路。

這就是我一直在等待的機會，我要讓席德（還有傑森，還有丹，還有穆斯塔法）知道我的能耐。

我隨即就知道不能帶傑森一起去。他要工作到八月，而如果我想去見丹，就得在四月底前到那裡。除此之外，我必須在沒有傑森的情況下做這件事。傑森一直都會幫我訂機票，從我們約會時就是這樣了。那是他在我們的關係中所扮演的角色。他是計畫者，而我是執行者。他是獵人，我是獵人的朋友，愛大聲說話，會喝醉，還不小心用十字弓射中獵人的臉。我最大的恐懼是哪天他死掉了，而我永遠不知道該怎麼取回我的美國航空飛行里程。這趟旅行讓傑森幫我就會像是作弊。雖然我喜歡作弊，但我希望這件事很困難。我必須證明自己，而我不能讓傑森為我證明。

我絞盡腦汁想找個完全不會讓人有安全感的旅遊夥伴，結果想到了我媽。水蛇最適合這趟旅行了。她喜歡新的體驗，不介意弄髒自己，而且好幾年前就在情感上拋棄我了。

「抱歉啊，Choppy，看我金髮碧眼這樣實在太正了，不能去摩洛哥。」電話在她說話時劈啪作響，似乎我打去時她正在梳頭。

「妳也已經六十二歲了，媽。再也沒人想要妳了。」我聽見圓梳刷扯過她那頭稀薄金髮的聲音。

「他們想要的。妳應該看看我在寵物公園時見到的表情。」我真愛聽她吹噓在寵物公園發生的事，講得好像那是我超想加入的專屬俱樂部一樣。

「妳一定得去，因為傑森不肯讓我自己去。」

「我不行。他們討厭女人，而且討厭我們的總統。」

我媽一點都不懂全球的政治，但這並不能阻止她有激烈的看法。嫁給傑夫這個來自中西部的忠實共和黨員十年後，她現在會傳這種訊息：「布魯斯．詹納（Bruce Jenner）[42]割掉他的蛋蛋時，應該直接送給歐巴馬的。」

我告訴她會給她幾天時間考慮我的提議，在同一個星期過幾天後再討論。兩個鐘頭後，她轉寄給我一篇福斯新聞（Fox News）的文章，裡面寫著伊斯蘭國（ISIS）打算在突尼西亞（Tunisia）發動攻擊影響觀光。

「抱歉，Choppy，我跟傑夫談過，而我們認為那太危險了。我實在太吸引

42 美國電視名人，曾為一九七六年奧運十項全能競賽金牌得主，後來接受變性手術成為女人，改名為凱特琳．詹納（Caitlyn Jenner）。

人注意了啦。」

我考慮打給她，解釋摩洛哥和突尼西亞其實是不同的國家，國界甚至不相鄰，但我已經可以想像我們的對話，而那聽起來比在突尼西亞被炸碎更糟。

後來我想到：蘭道夫（Randolph）和布蘭登（Brandon）。他們不是我一開始會想到的朋友；我們不算太親近，而且一直到最近我們都還分別住在東西岸。可是我越想越覺得其他選項都是有代價的。

蘭道夫二十六歲，是半個菲律賓人，皮膚光滑，而且我也想靠皮拉提斯得到他那樣的屁股。他在經濟上不必工作就自給自足，而他唯一做過的工作就是當他母親更衣間的營運長。他是獨子，在邁阿密南海灘（South Beach Miami）長大，從高中就公開出櫃了。他在十八歲時搬到紐約，希望可以遇到夢中情人，或許還能在實境秀中演個反派。

我是在五年前去阿瑪菲海岸（Amalfi Coast）[43]度假時認識蘭道夫的。當時傑森才剛花了三個月拍完一部電影，我則是剛花了三天寫好一則推文。我們都累垮了。當時我躺在泳池邊，試著構圖為我度假時的雙腿照出最美的照片，結果有個亞洲男孩突然冒出來走近我們，他有均勻的青銅膚色，戴著大大的聖羅蘭（Yves Saint Laurent）墨鏡，身上穿的是凡賽斯三角泳褲（Versace Speedo）。

「嗨，我知道你們在度假，我也不想打擾你們，但我只想說我是忠實粉絲。」

傑森在他的位置上坐直起來。他克制不住受人崇拜的感覺——這就像給寶寶吃榛果巧克力醬一樣。

「真酷。謝謝你。」傑森施展魅力說。

那位時尚達人愣了一下。「噢，不是你。是你太太。珍妮？推特上的？」

傑森的臉垮了下來，我則是從椅子上彈起來，彷彿剛得到了美國小姐的頭銜。這是我這輩子第一次被陌生人認出來——除了有一次我跟斯基特．烏爾里奇（Skeet Ulrich）在《法網遊龍：洛杉磯》（*Law & Order: LA*）合作時，他認得我是「會帶著狗去健身房的那個女孩」。

「你叫什麼名字？」我尖聲說，一邊還盡量忍住興奮的淚水。

「我叫蘭道夫，那是我男友布蘭登。」

他指著一個猶太人版本的克拉克．肯特（Clark Kent），對方有六英尺二英寸高，脖子上掛著一條浴巾。我看得出布蘭登身上有某種特質讓傑森立刻卸下了心防。如果說蘭道夫是個獨自坐在遊樂場附近的怪人，布蘭登就是剛抵

43 知名旅遊景點，位於義大利。

達的妻子與小孩，立刻轉變了他，讓你放心把嬰兒車留在他身邊。也許那是因為他來自紐澤西州（New Jersey）的同一個郡，或者是因為他不知道什麼是「@Jennyandteets」[44]。總之，傑森看開了。我們四個在那天晚上一起吃飯，從此就一直保持聯絡。

我提起要找蘭道夫和布蘭登跟我一起去摩洛哥時，傑森就放心了。布蘭登跟傑森一樣是個計畫者，如果情況失控，他知道怎麼聯絡美國運通（American Express）的旅行服務人員幫忙。

布蘭登和蘭道夫打電話給我，用免持通話的方式詳細討論計畫。他們一開始先問我們要住哪裡。因為我不知道合作社的確切位置，所以沒辦法提供什麼細節。我不知道附近有什麼城鎮，也沒有地圖上的座標。我告訴布蘭登，根據丹的說法，織工的位置是刻意隱藏起來，以防他們被投機分子詐騙。

「等一下，丹是誰？」布蘭登試著弄清楚。

「是她在網路上認識的人。沒關係啦。」蘭道夫沒好氣地說，顯得很不耐煩。「我們加入。我應該要穿什麼呢？」

「這個嘛，可能會冷死人或熱到爆，所以我要帶一件毛衣、幾件牛仔短褲、傑森前女友的長袍，還有一雙羅馬鞋。」

「別提起有萊茵石的伊莎貝爾・瑪蘭（Isabel Marant）[45]，因為我超想要的！我得去血拼了。」蘭道（Randal）開始喘氣起來，顯得很興奮。

一切都妥當了。我還剩一個小小的障礙。我忘記我邀請了我的好友兼前男友的女友凱特去看《搖滾芭比》（*Hedwig and the Angry Inch*），時間剩不到一個星期了。那是她最愛的音樂劇，而我有認識的人可以讓我們到後台。我不想害凱特失望。我們都被同一根屌插過，這就已經夠令人失望的了。凱特這些年來一直是最棒的朋友。我們幾乎算是姊妹了。屌姊妹。我不能讓她失望。

為了能夠顧及凱特與旅行，我必須在四月十一日前回到紐約。布蘭登和蘭道夫會在倫敦出差到四月七日，但他們願意在八日到馬拉喀什跟我碰面。我找不到可以讓我在八日抵達的飛機，而我又因為自尊心不肯找傑森幫忙（尤其是在要他幫忙讓我進入《搖滾芭比》的後台之後），於是我自己訂了一班在六日抵達的飛機。這表示要在馬拉喀什獨自住一個晚上。這個不安的想法正好讓我很興奮。

「你知道嗎，」我後來向傑森解釋：「如果要了解山區，我必須先了解城市。」

44 作者的推特帳號。

45 法國時尚品牌。

「隨便妳怎麼說，安德森。妳比任何人都了解前線。」

隨著時間越來越近，我也開始對我的旅行計畫緊張起來。雖然丹會斷斷續續回覆我的電子郵件，但他的態度一直都很模糊。也許我媽說的沒錯。也許摩洛哥很危險。也許那裡充滿了恐怖分子。我想像自己的頭被枕頭套套住，在一座廢棄的防空洞裡向即將對我下手的人求情。

「嘿，我知道你們是極端主義分子之類的人，你們看過《搖滾芭比》嗎？因為我有這星期六的門票，如果我沒去，我的屌姊妹就會抓狂。什麼？噢，就是屌姊妹嘛。對，因為兩個人都被同一根屌插過，所以這輩子都會連繫在一起。不是同時啦。阿拉花瓜，冷靜點嘛。」

□

那天終於到來，而我準備的程度就跟兩個星期前差不多。席德正在地板上抓狂尖叫，因為他的保母娜歐蜜（Naomi）不讓他拿著叉匙在家裡到處追提茲。我把他摟進懷裡，在跟他吻別時忍住不哭，然後向他保證我很快就回來。娜歐蜜要我放心，說他跟她還有爸爸在一起會很好的。我知道她說的沒錯，但這無法阻止我的身體想要同時上吐下瀉。

抵達機場時，我對摩洛哥的焦慮已經減少到變成輕微的擔心，而這種情況在一杯香檳和一顆安眠藥之後就輕易改善了。我搭上飛機，在位置上安頓好，就飄然進入了夢鄉。

一在馬拉喀什降落，我就迷失在迂迴的入境檢查櫃台之間。等到護照蓋好章，我上了一輛車，前往飯店。窗外，老舊的車輛在土紅色的街道上四處穿梭。成群的男人坐在攤開的毯子上販賣紀念品和花生。這裡感覺有點像墨西哥，只是少了芝蘭口香糖（Chiclet）。如果你去過墨西哥，那你應該也算去過羅馬尼亞、摩洛哥、土耳其、希臘。在我這個美國人的眼中，這些地方有點混在一起了。破舊的建築、由莫妮卡・貝露琪（Monica Bellucci）拍的過時廣告看板、每個人都在喝可口可樂Light。我欣賞這裡的純真，但我也忍不住有種優越感。

登記入住很簡單——簡單到我開始自大起來。我在長長的桃花心木走廊上輕跳著前往房間，一邊稱讚自己前來摩洛哥的決定。雖然我很想念席德，不過在當下我更想念以前的生活。我又是以前的珍妮了——年輕的珍妮、有趣的珍妮、衝動的珍妮，她會做出完全不切實際又愚蠢的事，就因為那些事可以當成很好的故事。這種感覺很棒，就像輕鬆穿上了你從大學就一直扣不起來的牛仔褲。

我走過威嚴的拱道，進入一間大小適中的套房，室內充滿了富麗的紅色與暗綠色。一塊阿拉伯式的網格屏風將開放式磁磚淋浴間與一張樣式複雜的雕花床分隔開來。床腳邊擺著銀色餐盤，上面放了一盤新鮮的棗子跟一杯有薰衣草香味的杏仁奶。我在天堂。穆斯林的天堂——就是他們保證自殺炸彈客可以去的那種天堂。從我的窗戶，可以看見自梅迪納廣場（Medina Square）突出來那座著名的庫圖比亞清真寺（Koutoubia Mosque）頂部。

我打開拉桿箱，換了衣服打算繞城裡一圈慶祝勝利。悲慘的是，我在打包的時候沒太認真想應該要穿什麼。我只塞了一堆各種顏色的圍巾跟田園上衣到一個袋子裡，以為到這裡之後再搭配就好了。可是無論我再怎麼混合跟搭配，最後看起來都會像是《基督誕生記》（*Nativity*）裡的博士。我選了一件長裙、一件無袖背心，以及兩條看起來一樣討厭的圍巾。

我實在太不好意思到櫃台問方向，於是用一條圍巾充當頭巾遮住臉，難為情地走出前門。

我等了十五分鐘尋找車陣中的空檔，然後穿過街道到庫圖比亞花園（Koutoubia Gardens）。我才走沒幾秒鐘，就有一個黑色眼睛留山羊鬍的男人在注意我。他看起來像是我上一個Uber司機跟電影《即刻救援》（*Taken*）裡一個壞蛋的混合體。

「嘿，妳好！不好意思。」

我沒理他，繼續往前走。

「是我啊，烏薩瑪（Ussama）！還記得嗎？在飯店啊？我才剛幫妳登記入住的。」他的語氣彷彿在暗示我是個種族主義者，不在人群中認出他。

「噢，抱歉。我一下認不出你，因為我還有時差。」我撒謊。

「我現在也穿了便服。」他微笑往下看著自己的緊身牛仔褲，以及在這種天氣穿起來一定很熱的 **Patagonia** 牌羽絨背心。「我要去大廣場跟我太太還有雙胞胎女兒碰面。」

在他講完女兒這個詞之前，我已經拿出手機，讓他看席德的照片。

「我有個兒子。他一歲。這是他在公園，而這是他試著把自己的小雞雞塞回身體裡面。他喜歡扣子。」

烏薩瑪忽視我，似乎把我當成只會念劇本的爛演員。

「對了，妳要去大市集買東西嗎？妳想買地毯嗎？」

「不，其實我已經有了。我要去山裡見那些製作地毯的女人。今天我只是到處晃晃而已。」我開始感覺得出這場對話會往哪裡去了。

「對妳這樣嬌嫩的花朵來說，山裡實在太危險了。」

雖然我很滿意被誤認為嬌嫩的花朵，但我很不高興又有一個男人說我沒辦法自己應付，所以我開始失去耐心了。

「我現在想要一個人走走，謝謝你幫忙。」我準備離開，不過他還是緊迫盯人。

「妳很幸運。今天是柏柏爾人市集的最後一天。真正的柏柏爾地毯。明天呢？妳就找不到囉。妳的運氣很好。來吧，我帶妳去看。」烏薩瑪帶我穿過庫圖比亞花園，臉上掛著虛假的笑容。我注意看他的眼神，確認了他並沒有在我的飯店工作，或在任何飯店工作。

我在一次到伊斯坦堡的旅行中學到，如果有人說要帶你到某個特別的市集，大概就是要帶你到小巷裡強暴你。我並沒有真的被強暴。當時我跟傑森在一起，被一個具有威脅性的本地人困住，後來有一群用空汽水罐當足球踢而且沒穿鞋的小孩出現，對原本要襲擊我們的人身上那件Members Only牌外套吐了口水，讓他轉移了注意力，我們才有驚無險逃掉。也許那傢伙只打算搶劫我們，或是他打算砍掉傑森的頭，再用他被斬首的頭侵犯我。我永遠都不會知道了。重點是，我知道根本就沒有什麼柏柏爾人市集。

當他抓住我的手臂，拉著不甘願的我從四輪馬車和騎摩托車的年輕人身邊經過，我突然好氣自己。我才離開飯店大門幾分鐘，就讓自己陷入《即刻救援》的場面了。我擔心自己不夠格，結果現在完全證實了，而我卻還想要來摩洛哥證明自己。夠了。我他媽的絕對不會讓烏薩瑪詐騙我，或是搶劫我，或是讓我需要即刻救援。

烏薩瑪拉著我穿過五條車道，往一道沒標示的鋼鐵大門去。

「進去吧，去看看。」他熱切地說。

「**不要**。」我大吼；我媽教我如果有陌生人說想要摸我的下面時就這麼做。

烏薩瑪對我突然變得這麼直接嚇了一跳。而我對自己突如其來的鎮靜也感到不安。我通常不是那種會堅持己見而傷害別人情感的女孩。我會為了快點從約會中抽身而跟我從沒打算見面的人法式舌吻。我很驕傲自己站穩了立場，然後推擠著往相反方向離開。

離開他的視線之後，我的電話響了。是瓊安・亞瑟。

「親——愛的！我剛到Joan's on Third餐廳買了一杯十五塊美金的果汁，親愛的？瓊安變胖了。」

「親愛的？我差點在摩洛哥上演《即刻救援》了。不過我現在沒事了。」

「什麼？哇靠，女孩。妳在哪裡？妳知道嗎？」

「不太清楚。」我環視四周，試著找回方向感。「我的周圍有燈。很多黃銅燈。而且我覺得我剛看見一輛推車推著一隻驢子的後腿。」

「別掛斷，女孩，我從Google地球上找妳。」我等她。「妳是在梅迪納嗎？」

「對。」我自信地說。我是正在跟索爾・貝倫森（Saul Berenson）講電話的凱莉・麥迪森（Carrie Mathison）[46]。

「向右轉。」她要我這麼做。「妳看到了什麼？」

「我在一個市集中間。」我往四處看，發現我站在德吉瑪廣場（Jemaa el-Fna）的中央，也就是梅迪納的中心地帶。這塊開放的場地擠滿了過大的柳橙汁攤位、賣牙齒的男人、馴猴師、弄蛇人、彩繪紋身師、童工。我很安全。在我告訴瓊安之前，有個歐洲女人問我介不介意跟她女兒一起拍張照。我掛掉瓊安的電話，很興奮離家這麼遠還能被認出來。

「謝謝，茉莉公主（Princess Jasmine）。」小女孩裝模作樣說。

我因為遇到烏薩瑪再加上這套裝扮被誤認為迪士尼公主而覺得很焦躁，強忍住淚水趕回了飯店。到達的時候，我的恐懼變成了憤怒。我堅定地走向服務櫃台人員。

「嗨，我會在這裡再待兩天，我需要一位全日導遊。事實上，可能要有人隨時看著我比較好。」

「好的，女士，我會替妳找導遊。妳要找地毯嗎？他的價格最棒了。」櫃台人員用狡猾的語氣說。

「我已經有地毯了！」我怒氣衝衝地說。

雖然我試著保持堅強，但還是忍不住覺得很挫折。我是個在陌生之地的陌生人，在這裡就連好人也想要讓我付高價買地毯。

「對了，有沒有一個叫烏薩瑪的人在這裡工作？」

「沒有。」

「我想也是。」我毫不畏懼扯掉臉上的圍巾，大步離開。

□

我沒回房間，而是決定到花園攝取咖啡因，然後擬訂新的進攻計畫。三位德國少年跟他們的父母坐在我右側，而我偷聽到他們試著為母親翻譯菜單。

「Nein, cherve chaud bedeutet heiss! Heisse Kase.」

在我後方坐著一位很有魅力的法國老太太，她穿的是白色亞麻褲跟海軍藍西裝。她吃著一盤煙燻鮭魚搭配法式酸奶油跟切邊烤吐司，這時有隻小型㹴犬從她的腳下竄出來。我點了一杯咖啡，然後看著她的狗。

46 兩者均為影集《反恐危機》（*Homeland*）中的人物。

「日安。」女人點點頭。

「日安。妳的狗真可愛。我不知道飯店允許帶寵物。」我壓根兒沒想對她說法文。我的這身打扮就已經夠丟臉了。

「噢，嗯……」她停頓下來，把腦中的想法翻譯成英文。「菲菲（Fifi）不是我的狗。她是VIP。她是我一個朋友的狗。我只是幫忙照顧她幾個鐘頭而已。」

我後來知道，夏洛特（Charlotte）來自巴黎。她七十五歲，仍然擁有一雙細長性感的美腿，以及一頭蓬鬆有層次的灰色短髮。她的臉沒有為了抵抗地心引力而拉皮或去角質。她很驕傲地帶著皺紋。我幻想有一天也要做一樣的事，接著又馬上幻想做完全相反的事。夏洛特沒透露她旅行的原因，不過提到了她在城裡有朋友，所以常常過去。我告訴她在梅迪納遇到烏薩瑪的事，她很同情我，但並不意外。

「關於摩洛哥人一定要記住的事，就是每個人隨時都在對妳說謊。」她失望地搖著頭。夏洛特懇求我再給這座城市一次機會，並且提議在我吃完午餐之後帶我參觀。我很期待地答應了。

結完帳之後，我到外面看見夏洛特跟菲菲還有兩位法國老先生在一起。尚・喬治（Jean George）很優雅，皮膚是棕褐色，穿了一件硬挺的白色扣領襯衫配黑色長褲。他的愛人佛羅倫（Florent）就比較肥胖跟豔麗，穿著珊瑚色的褲裙以及尖尖的摩洛哥拖鞋。兩個男人不會說英文，逼得我只能肢解我花了七個學年想要精通的語言。午後的太陽在晴朗的沙漠天空西下，我們悠閒地走過幾個小時前令我感到害怕的公園。天氣很溫暖，適合穿得像《阿拉伯的勞倫斯》（*Laurence of Arabia*）那樣。賣水的人穿著亮紅色衣裝，戴著大大的柏柏爾帽，站在入口處一邊敲擊銅杯一邊要人給零錢。

夏洛特則是一邊向我說明，她的朋友住在巴黎，但他們在馬拉喀什市場附近的大市集區擁有一座庭園住宅，花了很多時間待在那裡。對巴黎人而言，馬拉喀什只要搭三個鐘頭的飛機，是個擁有房產的好地方。這裡很晴朗，空間又開闊，而且只需要一半的價格，就可以享受在法國南部找得到的奢華。你一開始可能會覺得這種選擇很奇怪，兩個公開出櫃的男人想在穆斯林主導的國家有一間度假屋。不過隨著我邊走邊看，我發現到處都看得見男同性戀。如果以同性戀等級來看，我會說馬拉喀什的排名正好高於棕櫚泉（Palm Springs）跟低於米科諾斯島（Mykonos）這兩個地方。我才從飯店外出第二次，這座城市就已經展現了不同的風貌。年輕的愛人們在街道上嬉笑。孩子們巴著母親的腿吵著要吃有杏仁糊內餡的新月形餅乾。我的第一印象彷彿是一道測驗。現在我已經通過了，這座城市也收起了偽裝的不祥外表，願意向我展現光彩。

我們抵達了尚・喬治和佛羅倫在大市集區的庭園住宅。兩側如迷宮般的走道通往小販，賣塑膠罐裝的堅果油、顏色鮮豔的成堆香料、便宜的金屬製品、小羊的內臟、乾果、絲綢，以及你在Cost Plus World Market[47]珠寶區可以看到的一切。我們一路上到他們那棟狹窄四樓房屋的屋頂，望向下方隨意蔓延開來的迷宮。夏洛特指向不同的建築，告訴我它們的由來。她對我解釋摩洛哥為什麼這麼安全。

「這裡的每一個人都是間諜。他們全都是國王的線人。他們不能讓觀光客發生壞事。他們想要觀光客留下來花錢。妳明白了嗎？」

我連摩洛哥有國王都不知道，不過我還是點了點頭，一副完全明白的樣子。菲菲看得出來我在撒謊。

尚・喬治給了我一杯義式濃縮咖啡，我很高興地接過。佛羅倫遞出一碗bon bon巧克力。

「噢不了，謝謝。我來自洛杉磯。」我相信他會明白的。

夏洛特的電話響了，她接起來。簡短說了幾句之後，她掛掉電話，告訴我有位司機正要過來接小狗。

「如果妳想要的話，可以跟菲菲一起搭回飯店。」她提議。

菲菲看看我，再看看夏洛特。要嘛她不喜歡這個計畫，要嘛就是她因為還沒吃到巧克力而生氣。佛羅倫笑了一聲。

「皇家狗狗。」他竊笑著。

夏洛特聳聳肩膀。「是這樣的，菲菲是國王祖母的狗。國王的祖母就是我的朋友。我們全都是皇家的朋友。妳明白嗎？」

「完全明白。」我會意地點點頭。我一點都不明白。

菲菲的司機抵達後，她就跳進前座，而我則是被降級坐後面。我看見夏洛特跟男孩們在屋頂揮手。

「妳沒事的！沒人會強暴妳的！」她大聲說：「國王知道妳在這裡！」她的話語在窄巷的牆面之間回響，車子則是倒車回到鵝卵石街道上，開進日落的陽光中。

□

那天晚上，我用Google查了摩洛哥的國王。他看起來很酷。認識夏洛特之後，我覺得安全多了。我很感激她的款待。如果有另一個人跟你一起旅行，

47 美國知名連鎖超市。

你一定會無法體驗到某些事。別人不會邀請你到他們的庭園住宅喝咖啡，或是通知國王你來了。他們會假設你跟你的同伴想要獨處，儘管你正因為他老是把你拍成像是你爸戴假髮的樣子而尖聲痛罵他。獨自一人的時候，才會有無限的可能，而且只有比你自己本人還漂亮的照片會上傳到你的iCloud。

就寢前，我又傳了一封電子郵件給丹，確認我們早上還是會見面。他回覆說會在十一點到我這裡的大廳跟我碰面。我給了他地址，同時告知他蘭道夫和布蘭登差不多也會在那個時間過來。所有人到齊之後，計畫是我們立刻坐上車前往阿特拉斯山脈。我希望丹明白「立刻」的意思是「在吃完咖啡跟點心之後立刻出發」。他的舉止讓我很難看出他到底是不是像我一樣必須每隔兩小時就要吃東西，或者他是個機器人。

隔天我很早就興奮地起床了。我知道要是我穿得像拿撒勒人耶穌（Jesus of Nazareth）走進大廳，蘭道夫一定會把我釘上十字架，於是我選擇顏色比較柔和的圍巾，嘗試低調一點的裝扮。我還是穿我在飛機上穿的那件軍綠褲。雖然這件褲子髒了，不過我覺得我們去的地方會更髒。我穿了一件絨面皮外套搭配褲子，這是我怕天氣變冷帶來的，另外我再搭了一頂大邊帽。現在我看起來不像《民謠大王佛斯特》（*I Dream of Jeanie*）的角色，而是像《鱷魚先生》（*Crocodile Dundee*）了。我走下樓，在門廳閒晃，一邊欣賞掛毯一邊等待丹跟我的同志朋友。

「珍妮？」

我轉過身，看見一個身材瘦長的白人跟一位年輕的摩洛哥女子向我走來。

「丹——！」

他跟我想像的一模一樣：運動員體格，與人保持距離，不會難以伺候。他這種人似乎會吃戶外用品店結帳櫃台賣的那種糖膠鬼東西。我敢用我的房子打賭，他一定有一雙蹼狀的跑鞋，還有一張大衛．馬修（Dave Matthews）*Live at Red Rocks* 的CD。

「嘿，很高興妳來了。」他的語氣暗示著他對於「瘋狂愛上我」還是沒有半點興趣。

在我認識他的同伴之前，布蘭登跟蘭道夫就出現了。布蘭登看起來頭暈目眩的，像是《驚險大挑戰》（*The Amazing Race*）裡的亞軍，而蘭道夫則是一副泰然自若的樣子，他穿了泡泡紗短褲、絲質襯衫，打了愛馬仕的領巾式領帶。

「呃，我沒碰過這麼糟糕的服務。」蘭道夫摘下他的貓眼墨鏡，輕輕撥開臉上的瀏海。「我們想要打電話來。」他用力拍了一下手機，然後疑惑地看著我。

「為什麼妳要穿得跟約翰・韋恩（John Wayne）一樣？」

「有嗎？」我假裝不在意，然後轉變話題。「嗨，我是珍妮。」我向陪同丹的年輕摩洛哥人伸出手。

「我是丹的夥伴，蒂法（Tifa）。我想我們通過電話。」她害羞地說，讓人完全無法分辨是指公事上或情感上的「夥伴」。如果丹和蒂法會上床，我猜應該是像魚一樣，兩人只會彼此繞著圈互撞胸口。

介紹完之後，我們一行人也到齊準備出發了。我們把行李拿到外面等車子過來。

我指向公園要蘭道夫看。烏薩瑪坐在一張長椅上。他看見我，於是我揮了揮手。

「那是烏薩瑪。他想要讓我在第一天就上演《即刻救援》，不過現在我們沒事了。顯然馬拉喀什非常安全。而且我覺得國王知道我在這裡。這是一體的。」

蘭道夫試圖集中精神，但還是對我的打扮無法釋懷。

「我只是聽不懂——」他用戴著卡地亞（Cartier）牌Love手鐲的手遮擋刺眼的陽光。

「我也是。可能是一種比喻的說法吧。」

布蘭登利用這多出來的幾分鐘，溜進了廁所洗臉，然後擦了小黃瓜眼部凝膠。丹和蒂法站在路上向一輛賓士揮手，那輛車裝飾了復古貼紙，看起來像是剛從魏斯・安德森（Wes Anderson）[48]影片的場景跑出來。

車子停在我們前面，我還想等比爾・墨瑞（Bill Murray）跳下車呢。結果出現的是一個叫陶德（Doud）的男人。他的體型像保鑣，頭上有一條黑色纏頭巾，整臉幾乎都被濃密豎立的鬍子蓋住了。他不會說英文，只會發出哼聲跟沉著臉。

「大家都準備好了嗎？」丹高興地說。

說到簡單的幸福感，我已經看得出丹跟我們是完全不同星球的人。他跟蒂法跳進前座跟陶德坐，而布蘭登、蘭道夫跟我擠在後座。車門關上，車子開始移動時，我變成了我在飛機上的樣子：一隻極其饑餓又被困住的動物。

「有人帶點心來嗎？我剛好餓了。」

布蘭登是車上除了我以外唯一的猶太人，他想的也跟我一樣。他拿出一包西班牙Marcona杏仁。

48 知名美國導演，有《歡迎來到布達佩斯大飯店》（*The Grand Budapest Hotel*）、《犬之島》（*Isle of Dogs*）等作品。

「這是我從倫敦買的，妳想吃的話可以吃。」

「**想**。」我伸手越過蘭道夫抓了一把。

「我們會在熟食店之類的地方停吧？」布蘭登緊張地問。

沒有什麼事比知道自己不能再吃東西更令人不安了。有時候就算是晚上去睡覺時也會讓我很焦慮。我注視窗外，尋找賣烤肉串的地方，普通沒關係，可是要道地。

丹回頭看著我們說了些話，但我完全聽不見，因為陶德的絲絨喇叭正在播放大聲到刺耳的柏柏爾人民俗音樂。

「看來要等我們抵達才能吃晚餐了。」布蘭登暈眩地說。

我們連續開了五個鐘頭。有一次我問能不能停車尿尿，可是丹沒答應。陶德用他的母語柏柏爾語（Tamazight）咕噥了幾個字，然後搖頭拒絕。丹解釋說最好永遠不要在摩洛哥的鄉間停下來尿尿。你可能以為只有你自己一個人。你可能好幾英里路以來都沒看見半個人。但是你走到小樹叢後面解放時，幾乎一定會有人站在你後面看。

「所以這些山脈才會這麼安全。其實山裡有一大群人。只是你們沒看見而已。」丹講得好像每顆岩石底下都住著柏柏爾人的家族。我不知道這些新的看法有沒有讓我覺得比較安全，但出於尊重，我還是忍住了。

最後，陶德在一處峭壁旁停下車，附近有個路牌寫著Gite Azoul。我疑惑地看了看四周。這裡只看得到紅色大峽谷跟遠處的一座清真寺宣禮塔，還有一個面無表情的可怕男人拿著一把鐮刀站在灌木叢後面看著我們。我盡量不跟他眼神接觸，於是看著被如畫般的山峰包圍的綠色山谷。空氣清爽又乾淨，讓我這個洛杉磯人的肺部覺得陌生。

「我們到了。」蒂法說。

「是嗎？」我看得出布蘭登已經在腦中打電話給美國運通了。

「只要走一小段下去就行了。」丹邊說邊笑著向拿鐮刀的可怕男人揮手。

「你認識他嗎？」我問。

「是啊，好人。他超好笑。」

陶德從賓士車像洞穴一樣的後車廂裡拉出我們的行李，露出滿嘴銀牙對我們笑，然後就回到車上開走了。

「等一下啊。」我呼喊著。「你確定我們不需要他了嗎？」

來不及了。陶德和丹各往不同的方向去。

穿著應該用來坐在日落大道Coffee Bean咖啡館的Ugg雪靴在岩石峭壁往下滑，讓我開始明白丹當初說只要走一小段路，其實是指如果先前有任何健康狀況就不應該來的。

在感覺像是跳著大石頭前進了四英里但實際上可能只是四分鐘之後，我們抵達了目的地，而丹顯得興奮。一位他稱呼為危險（Danger）的男人走過來招呼我們。他點頭致意，懷裡抱著一隻身體扭曲的山雞。他那棟三層樓的水泥家園跟附近其他建築成了明顯對比，而且根據我後來在Zillow[49]上搜尋的結果，這是山裡房價最高的。

「晚餐吃什麼？」布蘭登問；他像一隻在露天咖啡廳流著口水的拉布拉多。

「大概是那些其中一隻吧。」丹指著一座小圍欄，裡面有一隻消瘦的母牛跟一隻小山羊。

「所以是還沒準備好嗎？」我恐慌地問。

在混凝土建築內部，一個女人和她的兩個兒子正在開放式廚房泡茶。室內很暗，只有一顆從天花板懸垂的燈泡。危險帶我們走過一條破爛的長走道，聞起來像是有一套潛水服放在後車廂忘記拿出來了。我往上看見枝葉從剛塗好灰泥的屋頂探出，那是更早以前農村時代的遺跡。丹向我們說明，他在幾年前第一次來山谷時，危險就跟其他人一樣住在小屋裡，不過在向觀光客開放自己的家四年以後，他已經存了足夠的錢打造出我們現在看到的這座宮殿。

我們進了一個房間，這裡讓我覺得可能是奧薩瑪．賓拉登（Osama Bin Laden）曾經躲過的地方。在鋪著地毯的空蕩空間一處角落，有一堆毯子跟兩大塊泡棉。

「噢耶！有床可以躺真令人興奮極了！」丹看著蒂法，伸出手要跟她擊掌。雖然她配合了，不過我看得出在這一點上她很恨丹。

我不知道該笑還是該哭。我知道我想要測試自己的勇氣，然後跟我兒子分享，可是我沒料到要在看起來像是塔利班訓練營的蜜月套房裡過夜。布蘭登探頭看角落的廁所，臉上完全失去血色。

「各位？這裡沒有馬桶。」

丹和危險對話了幾句。

「是啊，他們還在使用蹲式馬桶。噢，還有我猜雖然現在沒水，不過希望明天早上就會有了。」我發現丹拍胸脯掛保證的事其實永遠不會發生。

「有一次我在中國用過那種馬桶，結果最後拉到了腳上。」我向蘭道夫吐露這個祕密。

「布蘭登不知道我會拉屎。」蘭道夫平靜地回答。

看過房間之後，蒂法、蘭道夫跟我到了緊鄰廚房的客廳。大型景窗展示著未被時間觸動的繁茂土地。蘭道夫等到丹走遠聽不見時才開始審問蒂法。

49 美國知名房地產網站。

「你們是一對嗎？還是你們曾經迷戀對方或者——？」

「我會迷戀每個我認識的人。」她插話。「我甚至有點迷戀你呢。」蒂法傻笑看著他。

「哇，我喜歡這個女孩喲！」蘭道夫輕拍蒂法的背，彷彿她是他在路邊箱子裡發現的一隻小狗，而且是有狂犬病的。

丹出現了，危險跟在他後方。

「晚餐準備好了！我想我們吃的是牛！」他把他放在桌上的筆電收走，接著就有個小小的塔吉鍋（tagine）[50]擺到中間。

「這裡沒有銀器，所以我們得用手。」蒂法從一個草籃裡抓了一片三角形的麵包，然後挖了些橄欖和洋蔥。在覆蓋著的蔬菜底下藏了一小堆骨頭。我覺得那原本可能是一隻絨鼠。我對我所能找到最大塊的肉宣示主權，然後迅速塞進嘴裡，證明我是這群人的領袖。「確定這是牛嗎？」

蘭道夫盯著窗外看，可是天色太暗，看不出那隻母牛是不是不見了。

「我光吃橄欖就夠了。」丹把一顆橄欖丟進嘴裡，接著往後靠在椅子上，好像這樣就飽了。

蘭道夫跟我狼吞虎嚥吃掉塔吉鍋剩下的東西，其他人則是盯著看。

「你們兩個真是比我大膽多了。」布蘭登說：「萬一你們生病了呢？」他把一條奶油夾在兩塊麵包之間，做了個三明治。

「我想要生病！」我說：「我還有嬰兒肥要減。」

「我也是！」蘭道夫捏著自己正圓形的臉頰，弄得一小塊骨髓從他嘴角突出來。

吃完晚餐，丹向我們解說隔天上午的行程。有一輛車會在七點過來，帶我們到合作社。下午三點左右，會有另一輛車接送我們回到危險的家收拾東西，然後又會有另一輛車等著載我們安全回到馬拉喀什。這個計畫聽起來還可以。雖然他太過誇大了住宿的情況，不過我還是相信一切都在丹的掌控之中。

周圍暗到我們無法目光接觸時，大家就準備解散了。丹高舉雙手，假裝打呵欠，然後對我們說晚安。蒂法雖然跟著走，但還是先徹底解釋清楚他們其實睡在不同的房間。布蘭登嗑下一顆褪黑激素，換上成套的絲質睡衣褲，然後進入賓拉登的房間消失了。

雖然我很累，不過蘭道夫非常清醒，想要聊聊我們兩個在推特上都討厭的人。我對我們的主人比較感興趣。

「等等。」我說：「我們可以再談一下丹的話題嗎？為什麼他不跟我們多

50 指摩洛哥人使用的陶鍋及以陶鍋燉煮的料理，又稱 tajine。

親近一點？還有我覺得，他並不是那種會在網路上張貼拿著#JeSuisCharlie[51]標語自拍的混蛋。他就像個真正的人道主義者，而且連臉書都沒用？很明顯，他有某個地方非常不對勁。你覺得是什麼？」

「妳覺得他討厭我們嗎？」蘭道夫壓低聲音說。

「是這樣就好了！我不覺得他在乎我們到會討厭我們。」

現在暗得伸手不見五指，而我竟然跟著一位冷淡的陌生人到了鳥不生蛋的地方。我怪自己沒為這趟旅行準備得更充足一點。我沒有多向傑森學習，也沒做功課。還有我為什麼會在這裡？好讓我證明自己有能力嗎？有迷路的能力？

□

我們到用餐區跟丹和蒂法碰面吃早餐時，我的眼睛充滿血絲，衣服也沒換。我們前一夜在危險懷中看到的那隻雞沒有發出聲音，而這說明了我們晚餐吃的是什麼。蘭道夫跟我整夜沒睡，一邊吃著堅果油薄餅乾，一邊討論米蘭達（Miranda）怎麼會認為自己是團體中的凱莉（Carrie）[52]。

我們睡眼惺忪等了一個小時，結果要載我們去艾濟拉勒的車一直沒來。丹走出去，然後又回來。

「那個，我剛才跟危險談過，他說我們錯過了車子。我猜今天比較早來吧。」他一派輕鬆地說。

「比較早？什麼時候？我們可以搭別的車嗎？陶德在哪裡？」要是我大老遠來到這裡只是為吃一隻天殺的雞，我一定會抓狂。就一個管理一群工匠的人而言，丹簡直爛到爆。

「陶德必須去撒哈拉沙漠（Sahara）載別人。」

「陶德直接從我們這裡開去撒哈拉沙漠？這合理嗎？」要是我待在陶德的賓士裡就好了。我會在瓦爾札札特（Ouarzazate）的一座堡壘裡休息，抽著草莓口味的水煙筒。

他沒理會我的問題。「一整天就只有那輛車而已。如果各位願意，我們可以走到隔壁鎮上，看看能不能在那裡搭到便車。只要走六英里就好了。」

□

51 紀念法國《查理週刊》（*Charlie Hebdo*）於二〇一五年遭恐怖攻擊的標語，意思為「我是查理」。

52 兩人均為影集《慾望城市》（*Sex and the City*）中的人物。

兩個半小時後，我們還在走。一塊塊修剪整齊像果嶺的草地沿著轟鳴湍急的水流連綿生長。蒂法解釋說有成群放牧的羊會負責修剪草地。

我開始覺得我們在繞圈走。午後的溫度開始攀升，這裡又沒有什麼可以遮擋陽光的地方。蘭道夫的汗都浸濕領帶了。我跟一個女人的目光相接，她和她的孩子辛苦地站在路邊收集木柴。我感到一陣劇烈的悲傷。我想念我的孩子。不知道他有沒有注意到我離開了，或是他在期待我回去，或是他正在試著學《天生一對》（*The Parent Trap*）想讓傑森遇到更合適的新媽媽，那個人的野心沒那麼大，比較有自尊心，要不然就是會做好吃到爆的藍莓鬆糕。

布蘭登的手機開始有訊號了，他立刻打給他的旅行社。

「對，兩個房間，三位按摩。今天晚上。我們大概七點到。珍妮？妳喜歡妳在馬拉喀什住的飯店嗎？因為我們要回去了，寶貝！」他笨拙地在半空中踢腳跟，像個超想拉屎的小妖精。我們在危險的家都沒辦法解放。我到洞口蹲了兩次，甚至還用我的 iPhone 放了一首希雅（Sia）的歌讓自己放鬆，結果還是拉不出來。

我們吃麵包補充體力，繼續在太陽底下烘烤著，這時有一輛無車窗的大廂型車經過。

「停住！等一下！」我衝到路上。車子停下來後，丹詢問駕駛能不能讓我們搭便車。那位本地人點點頭，讓我們上車。

「確定這樣安全嗎？」蘭道夫看著全被鋁質壁板包覆住的黑暗空間。拉門在我們進入後關上，讓我不禁懷疑是否還會再打開。車子在崎嶇不平的路上前往艾濟拉勒，我們則是在後面被甩來甩去。我們很接近成功了。

終於，大金屬門打開，我們全都下了車。在四十畝成排的作物另一側，有一座小型水泥建築座落於山頂。外牆上用白色噴漆寫著「柏柏爾人地毯」（Tapis Berberes）。我在網路上的所有照片裡都會看到那棟建築，有時深陷在雪中，其他時候則像是被沙漠高空的陽光晒得乾枯。這就是我那塊貝尼毯的出生地。真希望席德可以看見我。我完成了我一開始想要做的事。我超越了自己的極限。我在整段車程都沒尿尿、連續二十四小時不洗澡、睡在地板上、吃雞肉、搭強暴犯的便車來到這裡。

我帶著剛恢復的信心，像是從戰場歸來的軍人大步走向織工們。我的雙手伸進岩石之間，爬上通往合作社的最後幾英尺距離。我的腹部都是泥土，雪靴變成了覆滿灰塵的外殼，可是我到了。

「我到了——」我像《歡樂時光》（*Happy Days*）裡的方西（Fonz）驕傲地說。我拍掉身上的灰塵，俯視整個景象，腦中響起攝影棚觀眾爆發的掌聲。

我向右轉，希望會有一群住在山裡皮膚像皮革的女人興高采烈地歡迎我，結果是一個空可樂罐飛向我的頭。我摸了摸臉頰，確定填料沒有移位，然後往上看著罪犯。三個小孩站在我上方的一塊岩石上笑著。他們的臉色紅潤，肚子腫大（是因為碳水化合物而不是饑餓）。我撿起空罐（上面寫著要我跟「死黨」一起分享裡面的東西），然後走進合作社去尋找一個死黨。

「哈囉！」我在室內大喊。「是我啊，各位！Jennyandteets！」

進入之後，我才發現合作社其實只是個簡單的房間，有四面水泥牆，牆面前擺著一疊一疊又一疊的地毯。房間中央有一部樸素的長形織布機，上面有許多細線。坐在地上的十位女柏柏爾人轉過頭看著我。雖然其中沒有半個人像是可以當死黨的料子，但我還是保持開放的心胸。一位老女人帶著笑容走向我，她的臉上有刺青，圖案有點像是亂畫的。我盡量注意看著她的眼睛而不是那些古怪的標誌，那就像她給席德一枝筆，然後放任他自己一個人畫她的臉。

在我從這位新死黨的臉上開始玩連連看之前，丹和蒂法跟在我後方出現並為我翻譯。丹告訴她們我就是在洛杉磯訂了那塊大貝尼毯的小姐。

「真高興見到妳們！我已經看了妳們的照片好幾個月呢。」我運用手勢幫忙表達。老女人跟她的織工同伴搖著頭像是說「不」，想要提醒我她們不會說英文。蒂法將我的熱情翻譯給她們聽，不過她們還是茫然地盯著我看。

「這個嘛……」才過了幾分鐘，我已經沒什麼話好說了。我伸長脖子望向門外尋找蘭道夫和布蘭登。織工則是繼續工作，當成我不在場一樣。她們可不是每天都能見到客戶的。為什麼她們不感興趣？為什麼她們不為所動？

「妳們沒什麼問題想問我嗎？」我大膽地問，想要再獲得她們的注意。

蒂法跟一位正在將棉花梳進籃子的年輕女人講了幾句話，然後看著我。

「她們想知道為什麼妳會來這裡。」

我突然被問倒，愣住想了一下。

「呃，我……」前一分鐘，一切都還很有意思，可是現在卻很難清楚表達。「一開始是因為那些人一直說我做不到。可是我猜我來這裡最基本的原因是想要證明我有當個好母親的資質。」這個答案感覺很真誠，然而我說出口時聽起來又很薄弱。也許我私心希望這些在照片中看起來很多皺紋又很可怕的鄉下女人會跟我說她們有多佩服我。說我有多麼勇敢。說我是有史以來最厲害的媽媽。

我等著蒂法幫我翻譯。女人們點點頭，正在理解她說的話。其中一個人回擊了一個問題。我緊張地等待翻譯。

「她們想知道妳的孩子在哪裡。」蒂法說。

「噢。他在紐約。我想過要帶他來，不過老實說，這裡不太適合他。」我環視房間。「沒有iPad。」

蒂法沒有翻譯。她想了一下，然後婉轉說明柏柏爾女人是永遠不會跟孩子分開的。我轉頭往旁邊看。有個嬰兒被包起來躺著卡在兩塊地毯之間，面孔看起來像顆脫水的蘋果，年齡不超過一個月。另一位我一開始以為有啤酒肚的織工，原來是在罩衫底下綁著一個正在睡覺的寶寶。我被小孩包圍了。沒有任何人需要我的幫忙。真正需要我的人正在幾千英里外，大概正在幫忙傑森吃著他新女友做的藍莓鬆糕麵糊。

我明白在這個亞高山帶居所不可能獲得我迫切渴望的認同，於是走到外面，想藉由只有超級時髦的男同性戀能夠辦到的方式來提振精神。蘭道夫已經在等我了。

「我們想要回家。這裡一點都不可愛。」他板起臉，就像為了樣品特賣排隊兩個小時之後卻發現沒有他的尺寸。

「她們可以完全照你的意思客製——」我才開口解釋，丹就插話了。

「各位，恐怕我有壞消息了。」

「告訴他們我是安潔莉娜．裘莉（Angelina Jolie），而這是我的兒子麥鐸斯（Maddox）。」我一邊用防衛的語氣說，一邊抓住蘭道夫的手臂。

「預計要接我們的那輛車還在馬拉喀什，至少要五個鐘頭後才會到這裡。」

五個鐘頭。我已經受夠丹了。如果我的可樂罐不是空的，我會直接倒在他頭上。

蒂法提議我們離開合作社，到別的地方等車，因為其中一位織工覺得我用邪眼看她。

「是哪一個？」我焦急地環視四周。

「沒關係了。」蒂法跟我們邊走邊安慰著說，提醒我這只是文化中的迷信而已。心裡不自在而身體又便祕的我們閒晃著循原路下山。在我們剛到達山谷另一側的山脊時，我發現了一輛車。我瞇起眼睛想看清楚點。

「等一下，那是不是——」後車廂上的貼紙說明了一切。

「各位！那是陶德！陶德！」我尖叫著揮手，希望他會看見我們。

丹試著用手機打給陶德，可是號碼不通。（我猜陶德給丹假號碼就是為了避免會有像現在這樣的情況。）我覺得我們好像在《我們要活著回去》（*Alive*）的電影裡，而陶德是派來找我們的最後一支搜救隊。如果他沒接到我們，我們就會被遺忘——被迫在阿特拉斯山脈再流浪四個半小時，而且沒有食物或無線網路。我們不停大叫，但他的車還是緩慢地前進。最後，陶德終於從車上伸出手揮了揮。他看見我們了。

「我們得救了！」蘭道夫跑向車子，一邊揮動領帶示意停車。我腦中播放起勝利的音樂。我們不必找地方躲、不必再使用漫遊服務，也不必為了生存把丹吃掉了。

□

等我們回去並安全住進我們的五星級飯店後，就比較能夠從欣賞的角度看待這次的體驗了（特別是其中有一半是我們拉掉的）。蘭道夫與布蘭登和我一起來冒險，讓我覺得跟他們更親近了些，而雖然我很失望那些柏柏爾女人未如我所預期的啟發我，但見到她們確實令我重新審視自己的某些方面。我發現我其實不太喜歡辛苦的感覺，或是在少了我老公兼旅館服務員的幫忙下規劃假期。我發現當個大人並不表示要將「不行」視為挑戰。還有，旅行到世界的另一端並不能幫我逃離我在家裡覺得自己不夠格的感受。也許傑森並沒有認為我無法成功到達山區；他只是知道我會在發現那裡沒有冰茶或可以拍美腿照片的海灘椅時覺得不爽。也許我並不一定要當飛往戰區躲子彈的安德森·庫柏。也許我兒子需要的不是安德森·庫柏。我不想養大孩子後讓他擔心他衝動的母親會到世界各地去尋找創傷後壓力症候群。我想要讓孩子在安全感中長大，然後有一天可以在HBO演出模擬性愛。

也許我比較像布萊恩·威廉斯（Brian Williams）[53]，應該把日常的勇敢行為轉換成戰區。

□

我耐心等待著，我的計程車司機則是按著喇叭，對一輛擋住車流的大廂型車咒罵髒話。雖然從馬拉喀什到卡薩布蘭卡的摩洛哥皇家航空（*Air Maroc*）班機兩個鐘頭後才開始登機，不過我還是想早點到機場，以策安全。布蘭登和蘭道夫為了體驗溫泉景觀，決定在馬拉喀什多待兩晚，可是我必須回家找席德和我的屌姊妹。

我的目光從手機往上移，發現有六個擠挨在機車上的摩洛哥男人正指著我，然後點了點頭。其中一個人手裡拿著《可蘭經》（*Koran*），另一個人則是拿著 *Jack Daniels* 威士忌的瓶子。

我心神不寧，鎖上了門，試著想點正面的事。

提茲騎腳踏車。

提茲騎北極熊。

53 美國新聞主播，曾造假在伊拉克採訪時所乘坐直升機被敵軍砲火擊中的新聞。

提茲騎北極熊寶寶。

計程車開始緩慢移動，結果那六個男人突然包圍住我們。我尖聲叫司機快開走，不過我們無處可去。一隻手從司機的車窗伸進來，打開了乘客座的門鎖。我迅速思考，然後照連恩．尼遜（Liam Neeson）教的做，開始用盡力氣尖聲喊出每個人的特徵。

「鬍子。五英尺十英寸。穿耳洞。白色牛仔褲。左肩膀上有刺青。」

在我說完話之前，有個枕頭套蓋住了我的頭，然後他們就把我綁在一部機車的後座。我開始對綁架我的人胡言亂語。

「你們是色情販子嗎？你們應該去找我媽，她在聖地牙哥。你們是伊斯蘭國的嗎？我會被帶到廢棄防空洞拍影片嗎？你們應該要知道，只要我一覺得不自在，就會馬上開始失控大笑。就連看到其他人痛苦的時候也會。」

男人互相叫喊著，而我們高速穿越一連串彎曲的街道。我似乎聽見上方傳來警笛聲，然後是毫無預警的槍聲。一發火箭炮擊中了我們前方的車輛，讓綁著我的這輛機車失控旋轉。一切暫時陷入了黑暗。我醒來後，扯掉了臉上的枕頭套。襲擊我的人已經失去意識，倒在他的機車旁流著血。我從他底下抽身，在一條暗巷中奔跑。在我跑到盡頭之前，一輛黑色休旅車擋住我，讓我停下腳步。

所有的車門全部打開，穿著官方制服的人抓住了我。我已經虛弱到沒辦法問問題了。我們沉默地開向沙漠，最後抵達一座大型的摩爾式宮殿。穿制服的人把我抬出車子，帶我穿越拱道進入一座奢華的客廳，裡面滿是顏色鮮豔的絲質枕頭和地毯。我深呼吸了幾次，隔絕過去一個小時以來受到的創傷。我聽見一道門吱嘎開啟，轉頭看見影子中隱約有個男人的輪廓。

「妳好，珍妮。想要來點薰衣草香味的杏仁奶嗎？」

第二個男人進入客廳，放下一個小餐盤，然後又消失在黑暗之中。

「你是誰？這是哪裡？」我說。

男人走近，他的臉現在有陽光照耀著。

「我是摩洛哥的國王，珍妮。妳還在找地毯嗎？」

6 曼哈頓神祕菸味

時間到了五月，傑森的戲劇也快進入尾聲。再過不到四個星期，我們就要回洛杉磯永遠待在那裡。我的保母娜歐蜜很期待跟她的家人重聚。傑森急著想要玩他的戶外披薩烤爐。席德還是太小，不知道他在哪裡或是怎麼到那裡的。可是，這三個重要人物都還不知道我其實根本不想回家。

我不行！回家就表示要住在那間鬼屋。雖然我答應傑森會試著適應那裡，但過去的六個月讓我明白這種事完全不可能發生。我面對恐懼的方式，是把恐懼當成遊樂場裡的惡霸，結果失去的不只是我的自尊，還有相當於一整年午餐的費用（都花在Etsy網站上了）。不論我再怎麼努力，都無法將我的情緒掃到地毯下當作沒發生（不管是不是摩洛哥地毯都一樣）。

我在日落時把事情告訴傑森。當時我們在哈德遜河的林蔭大道上漫無目的閒晃，等著我們的狗尿尿，而帶有鹹味的空氣黏附在我的皮膚上。

「我喜歡這裡。」我開口說。

「是吧？紐約最棒了！」從我認識傑森的第一天起，他就一直想說服我相信紐約有多好。他就在河對面的紐澤西州長大，對這座城市極度忠誠，因為它讓他在很年輕的時候就有成功的演藝事業，而且也讓他可以遠離母親。對傑森來說，紐約代表了自由、機會和獨立。雖然我們在洛杉磯也擁有這些，不過紐約有某種特質能讓傑森更有活力。我也喜歡這座城市，而且會跟看過伍迪．艾倫（Woody Allen）電影的人一樣用浪漫的方式看待它。我從沒想像過自己在那裡變老（紐約的老人看起來都像是被公車輾過一樣），不過我倒是很喜歡想像自己穿得像安妮．霍爾（Annie Hall）[54]，一邊走在西村（West Village）一邊辯論著愛情的荒謬與必要。

「我想我們應該搬到這裡。」

傑森看著我，試圖弄清楚我是不是認真的。「妳才沒這麼想。」

「我改變心意了。你真的說服我了。」我知道要說服老公去做某件事的第一守則就是讓那件事看起來像是他的主意。

「妳可以接受這裡的季節變化，家裡空間也沒那麼大？沒有院子，沒有游泳池，沒有披薩烤爐？」

「哎呀，最近我才開始思考我是不是太重視房子跟麵包了。我想我可能天生就適合過無麩質的公寓生活吧。一個入口，一個出口，有限的櫃子空間，沒有嚇人的車道……」

「如果這是跟洛杉磯的房子有關——」

我在傑森說完話之前打斷他。這很明顯就是跟洛杉磯的房子有關，可是我不能讓他知道。

「不！我已經受夠洛杉磯，我也受夠你的披薩——」我忍住沒把話說完，但已經來不及了。「我的意思是……我超愛你的披薩！你真應該開個連鎖餐廳的。美國派[55]！我們可以發大財！」

傑森不可置信地看著我。

「問題是洛杉磯。那是個沒深度的地方。我可不希望席德變成那種享受特權的私立學校混蛋，戴著假眼鏡，喝冷壓果汁，還要從XIV Karats珠寶店買微鑲首飾給他女朋友。我想要他能夠走到不同的地方，可以穿長袖，還有跟加勒比人互動。」

傑森放下了披薩的話題，同意洛杉磯的小孩很討厭。他也同意住在紐約一定能讓他有更多在全球曝光的機會。

「妳知道我喜歡這裡。妳不必說服我。可是如果我們真的要這麼做，我希

---

54 由伍迪・艾倫執導之同名電影的女主角。

55 作者珍妮的丈夫傑森・畢格斯（Jason Biggs）即是以「美國派」系列電影走紅。

望妳真的確定。」

「我確定。」我祈求自己並不是在說謊。

其實，我不知道曼哈頓是不是正確答案。我只知道這是目前的答案。我猜賣掉鬼屋之後，我隨時都可以對東岸變心，討厭這裡的冬天，變得有幽閉恐懼症，想念我的冷凍治療師。不過在那之前，我決心要愛上這顆大蘋果[56]。

傑森開心極了。剩下唯一一個要說服的人就是我的保母娜歐蜜。娜歐蜜五十八歲，沒有孩子。雖然她在洛杉磯有姪女，不過她在布魯克林（Brooklyn）也有個姊姊。我一直不清楚她比較喜歡哪一邊，但很高興知道她在東西岸都算是有家庭支援。在紐約有個比較大的問題，就是娜歐蜜要跟我們住。娜歐蜜從來就不喜歡住在雇主家當保母。她喜歡有自己的公寓、自己的車、自己的Bed Bath and Beyond[57]折價券。我知道娜歐蜜喜歡我，可是我也知道獨立自主對她有多麼重要，以及她是多麼辛苦才得到的。這個女人可是騎在某人背上渡過格蘭河（Rio Grande）[58]進入美國的，而且身上只帶著兩塊美金和一把彈簧刀。

在來到美國得到政治庇護之前，娜歐蜜是在瓜地馬拉的山區當護士兼人權鬥士。她從小就目睹自己國家的腐敗政府奪走了兄弟、愛人和朋友的性命。她曾在街上被抓走、被綁架、被人用槍指著，後來民兵還威脅要是她繼續為反對派做事，就要殺掉她剩下的家人。她拒絕了，於是她家人把她丟上開往墨西哥的巴士，希望能夠救她一命，也救他們自己。娜歐蜜是個生存者。她是位戰士。紐約嚇不倒她的。鬼也嚇不倒她。就連睡在我身邊六英尺外也嚇不倒她。（我有時候很喜歡亂摸人的。）

傑森跟我向娜歐蜜提了這個計畫，而她出乎意料很樂意接受。她慢慢喜歡上當家人住在一起的感覺，而且也認同紐約能給席德更多發展的機會。

下了決定，洛杉磯那棟房子刊登出售後，我心裡的一塊大石也卸下了。我覺得又自由了，或者至少是帶著寶寶所能享有的自由。我勉強躲過了我的鬼屋，但我也勉強躲過了成為真正的大人。在紐約，我可以保有洛杉磯想要奪走的那一面。由於地形簡單，所以在洛杉磯會逼著你在顧家跟自由中選擇。餵完洗完搖完孩子睡覺後，你最不想做的事就是坐上車開三十分鐘去吃一盤涼薯包鱷梨沙拉。在曼哈頓，我可以在公寓裡當好媽咪的角色，情緒一來時，就逃下樓在外面度過　夜，這座城市還有互動式劇場跟Momofuku Milk Bar[59]的混合

56「大蘋果」（Big Apple）為紐約市的暱稱。
57 美國知名家居用品連鎖專賣店。
58 起源於美國科羅拉多州聖胡安山脈（San Juan Range），注入墨西哥灣，有一部分作為美國與墨西哥的天然邊界。
59 紐約知名的創意甜品店。

餅乾。紐約就像一艘巨大的遊輪，是少數僅存會認為三十五歲還算年輕的地方。

娜歐蜜放了兩個星期的假到洛杉磯整理好一切，回來的時候，覺得從車子貸款跟電費帳單的負擔解放了。我們很開心也充滿希望，期待未來，結果一陣懷疑的烏雲突然出現——在我的臥房。

□

「在我們說話的時候，我就已經得癌症了！」我不停發著牢騷，一邊手腳並用沿著地板爬來爬去，想聞出那股味道是從哪裡來的。地上沒有任何跡象。可是我知道我聞到了什麼：香菸味。娜歐蜜用手撐住我，讓我把頭伸進通風口確認味道是不是來自樓上。還是找不到。只要我打電話找大樓維護人員來檢查，那陣菸味就會停止。然後，通常在晚餐後，它又會蹦出來。傑森假裝什麼都沒聞到，想把這個嚴重的問題輕描淡寫。

「傑森！那可是菸味啊！你怎麼會沒聞到？」我邊說邊神經質地在房裡來回踱步。

「寶貝，這是棟舊大樓。那種味道就只是一種風味。大概是木頭裡面的氣味吧。而且我根本聞不到呢。」

「娜歐蜜！這裡之前有菸味。妳聞到了，對不對？」娜歐蜜才搬進來住不到一個星期，我就已經讓她捲進每一次的爭執了。

娜歐蜜點了點頭表示有，然後躲到視線之外，免得出現在傑森的Instagram頁面上。

「我有提過妳要再吃樂復得嗎？」

「我告訴你，傑森，有人在這棟大樓裡抽菸，我一定要找出來是誰。」我直接對著鏡頭發誓。

給了娜歐蜜晚安吻之後，我洗了個澡，然後上床躺在傑森旁邊，而我接下來兩年都不打算吻他。我絞盡腦汁，試圖拼湊謎團，但都無法將事實兜起來。就我所知，在我們這棟大樓裡沒有人抽菸。而那種味道時有時無，表示這並不是公寓本身一直會散發出來的。一定是某個人在某個地方點菸！時間越晚，我越覺得快瘋了。也許傑森說的對。也許菸味不是來自外面。也許我那隻洛杉磯鬼魂跟著我到了曼哈頓，就像《大白鯊4：驚海尋仇》裡的大白鯊跟著艾倫·布洛迪（Ellen Brody）從艾米蒂島到了巴哈馬（「這次是衝著你來的」[60]）。也

60 一九八七年大白鯊第四集的電影標語，原文為「This time it's personal」。

許菸味是衝著我來的！也許這是我以為可以藉由賣掉房子來拯救席德的靈魂所要付出的代價。

傑森正在由十七顆枕頭組成的牆壁後方打呼，那些枕頭是他為了在不省人事時保護自己免於受我侵犯的。雖然他宣稱那些枕頭是靠背用的，不過我懷疑要是我在我們結婚初期時用馬克筆在他背上少畫幾根屌，他的背應該就會沒事。我絆到腳進浴室（因為我沒開燈）尿尿時，注意到了窗外有東西。在巷子對面的隔壁大樓裡，有個女人正在她的窗外抽菸。她的公寓比我低一樓，而從她那張龍嘴裡冒出的那些菸圈正直接上升朝著我來。

「娜歐蜜！」我敲著門。我知道她還醒著，因為我（趴在地上）從底下門縫還看得見她的 iPad 在發光。

娜歐蜜勉強打開門，想必正在後悔搬進來住的決定。

「我找到抽菸的人了！」我邊說邊拉她離開房間到窗邊。

我們一起看著那位龍女接連抽了三根菸。前一根菸沒有味道時，她就會馬上塞一根新的，就跟吃黃箭口香糖一樣。看著從她嘴脣飄出的每陣煙霧上升碰到席德那間育嬰房窗戶周圍的多孔磚，我的胃裡就開始翻攪。

「搞屁啊！這不合法吧！我應該對她大吼嗎？」

「不。我們必須等待。」娜歐蜜像個訓練有素的殺手說。

我看著她觀察場面。不過在我問她另一個問題之前，她就轉身沉默地走回房間了。

「所以等待要做什麼？」我跟在她後面想要多了解一些，結果沒有。娜歐蜜的話已經說完了。等到時機來臨，我就會收到進一步指示，但在那之前我必須等待。娜歐蜜消失在她的臥房，然後關上門，這次還鎖了起來。

□

隔天，傑森的妹妹維若妮卡來這裡過週末。維若妮卡住在博根郡（Bergen County），每個星期都會特地開車進城來跟席德相處。最近她跟我們在一起的時間比平常還多，主要是因為她跟一個只有一條腿的男人大鬧分手了。她一開始並不知道他只有一條腿。這是隨著時間才會顯現的。維若妮卡還是想繼續維持感情，不過那個男人後來確信維若妮卡會在愛愛的時候對他的殘肢性幻想，所以情況就變得越來越糟了。單腳男罵維若妮卡是個慕殘者，要不就是個戀殘癖，然後就把她趕出他家。這段感情就在男人門廊上的尖叫比賽中結束，而他用他的假腳擋住了前門，阻止維若妮卡進入。

聽她說話時，你絕對不會猜到這個身高五英尺、長得像史努姬（Snooki）

[61]的人其實是位蒙特梭利（Montessori）教師。在工作之外，她就跟《四海好傢伙》（*Goodfellas*）裡的喬・佩西（Joe Pesci）一樣有教養[62]。她會尖叫，她會詛咒，她會在開車的時候對人比中指。可是在週一到週五，她會帶領親師會，而且還是多多島（Sodor Island）[63]鐵路產業的權威。

「妳知道我九個月前就沒再抽薄荷菸了！」維若妮卡激動地把趁我沒注意偷帶進公寓的一塊奶酥蛋糕塞進嘴裡。

通常我很喜歡看別人攝取空有熱量，不過維若妮卡這麼焦急，讓我覺得不太對勁。她好像知道我差一點就要從她手中搶走蛋糕，然後掐住她的脖子著急地想要讓她的生活回到正軌。維若妮卡一方面喜歡我這樣監督她，另一方面又討厭我這麼做。在我認識傑森時，維若妮卡在生命中需要一個媽咪的角色，而我正好填補了空缺。畢竟，我也喜歡有事做。在過去一起相處的七個夏天裡，我鼓勵了維若妮卡換工作、跟許多（有雙腿的）男友分手，還有最近的戒菸。不過現在我有了個真正的孩子，對維若妮卡的耐心就變少了，而且我發現我會怨恨她不照料好自己，把那種責任丟在我身上。

「我知道不是妳。」我衝過房間到窗戶邊，就像一隻保護巢穴的母熊。「是住在那棟公寓的某個人。」我抱起席德，放在我的髖部輕搖，一邊希望跟那個罪犯對上眼。隔壁那個抽菸的人點燃了我體內的某個東西，而自從傑森的前女友寫信叫我別再貼穿著她那件舊海灘長袍的照片後，我就沒這樣感覺過了。我看著窗外，整個人快要氣炸了，可是我的身體也因為興奮覺得刺癢。在不久的將來就要發生衝突了。

「我哥知道這件事嗎？」維若妮卡已經習慣她哥不知道我們要做什麼事了。她會問只是因為想確定說詞。以前我們會省略各種細節跟事實，而這是為了保護傑森不讓他的現實破滅。

事實。維若妮卡跟我每年夏天都對傑森的前女友念念不忘。細節。我設局讓傑森的前女友跟我的前戲劇指導約會，然後再跟他們去約會（可惜不是穿著她的海灘長袍）。

「不是很清楚。」我說：「娜歐蜜跟我要到街區走走，看看能不能收集到更多情報。」我戴上一頂棒球帽，把席德的胖寶寶腳塞進涼鞋，然後抓起鑰匙準備離開。

「那我呢？」維若妮卡問；她因為被排除在這場犯罪計畫之外而覺得受傷。

61 美國實境秀女星。
62 此處為作者反諷，喬・佩西這個角色在電影中其實髒話連篇。
63 卡通《湯瑪士小火車》（*Thomas and Friends*）中的虛構島嶼。

「妳太憂鬱了。我需要可以專心的人。」我跟她擦身而過出了門。

娜歐蜜、席德跟我在街區上走著，這時太陽正要下山。席德從過完第一次生日後就開始走路了，但仍然無法精通彎曲雙腿的技巧。他好像只會用意志叫上半身前進，而僵硬的下半身沒別的選擇只能跟上去。他正在我的眼前變成人類。他很可愛卻又很殘忍；他最愛的消遣是假裝用車子輾過我。他表現出強迫症潔癖鬼的跡象，會跟在我後面撿起毛巾摺起來。另外也有跡象顯示他是個嚴重的大災難，會把燕麥片倒在自己頭上，以及抓著狗狗的頭在房間裡旋轉。他讓我想到我喜歡自己的那些特點以及我討厭傑森的那些特點。不過他就像說要傳訊息卻從沒傳過的性感傢伙，即使是討厭的特質也令人覺得可愛。他很完美。而且他很棒。我從來沒想過一個人可以這麼棒。每次他的目光停在我身上，我都會感到謙卑。我覺得自己配不上他。我猜我永遠會這麼覺得吧。

接近吸菸女的公寓時，娜歐蜜跟我注意到一個黑色鬈髮的老男人正在前門跟他的乾洗送貨員討價還價。

「不好意思。」我打斷對話。「你住這棟大樓嗎？」

「嗯。是的？」男人不安地回答。

「噢，很好。不知道我能不能跟你談一下。我住在你後面那一棟。」

乾洗店的人點了現金，然後在耳朵插進耳機，踩著腳踏車離開。娜歐蜜帶著席德跟我們登上建築正面的階梯，逼近那位顯得很不安的住戶。

「有什麼事嗎？」他用著急的語氣問。他的口音聽起來像法國人但並不是，而他粗短的脖子上戴著幾條純銀項鍊。

「我——哎呀，雖然這個問題很怪，不過你有抽菸嗎，還是你知道大樓裡有誰會抽的？」我看了娜歐蜜一眼，希望這樣問還可以。她對我點了點頭。

「抽菸？沒有。」他的語氣很堅定。

「噢，好吧。呃，你住哪一樓呢？」

「我——」男人猶豫了。「我住六樓。不過我現在得走了，我得參加一場電話會議。」他在對講機按了一連串號碼，然後沒說話就走進去了。

「什——」門在我話都還沒說完時就甩上。我轉頭看娜歐蜜，她正皺起臉看著門。

「他在說謊。我感覺得出來。」

「真的嗎？」我問。

沒有什麼事比確認有人想要瞞我更讓我開心的了，因為這馬上就能滿足我想要刺探對方私生活的病態心理。

我面向對講機，衝動地按下所有按鈕，等著有人接聽。

嗶，嗶，嗶。對講機發出嗡嗡聲。

「如果有人接，就說我們是亞馬遜速遞（Amazon Prime）的無人機——」我對娜歐蜜說，一邊調整我穿的雷蒙斯樂團（Ramones）背心，讓我看起來正式一點。

幾秒鐘後，有個UPS快遞的人出現了。他叫里科（Rico），是送貨到我們大樓的同一個人。

「嗨，你好嗎？」娜歐蜜用西班牙文向他調情。里科打開門，推著載滿箱子的手推車經過我們。

「嗨，里科！家人都好嗎？」我熱情地問。

娜歐蜜為里科撐著門，然後示意我跟著他進去。

「大家都很好，謝謝。」里科說，而我則是笨拙又不自在地貼著他的屁股進去之後，我就從里科身上離開，然後跟著娜歐蜜和席德進入樓梯間。我們快爬到三樓時，席德又踢又叫，吵著想要自己走一段樓梯。在花了十分鐘走完一階之後，我確信席德的動作技巧不但很差，而且還會危及這整個任務。傑森很快就會回到家，開始問問題。在時間壓力下，我只好往前衝，留下娜歐蜜應付席德。三樓很暗，地面的商用地毯磨損嚴重，看來是從我出生那年到現在都沒重鋪過。我讓鼻子引領著穿過有麝香味的走廊，最後到了三〇五號公寓。混濁的殘餘菸味瀰漫在空氣中。黃色尼古丁汙跡框著年久失修的門。這就是龍女的巢穴，我很確定。我聽得見裡面的腳步聲，可是我不敢敲門。

幾分鐘後，席德尖叫著在我後方的走廊上高速移動。娜歐蜜試著安撫他卻沒用，他已經完全失控了。我知道我的菜鳥跟班遲早會搞砸整個任務，於是驚慌起來。我到處窺看附近其他間公寓，希望能找到人拉攏成盟友。想必不只有我會受到影響他們社區的大量致癌物質影響。可是沒人在家。我們再等了幾分鐘，後來席德的臉就變得紅通通。他站在附近一道想像的牆壁後方，然後開始便便。他盯著我看，確認我沒有盯著他看，因為他嚴格禁止在腸胃蠕動時有任何的眼神接觸。便完之後，他又變回了逗趣的寶寶，而且也很聽話。我把他撈到肩膀上立刻衝回家，希望可以搶在傑森之前。

「他們回來了！」維若妮卡在我們穿過正門之前尖聲大喊。在我們離開的時候，她換上了睡衣，多畫了五道眼線，還把一切告訴了她哥。

「我差點就報警了！你們在那裡搞什麼？」傑森從臥房衝出來，試著讓呼吸平穩。

維若妮卡充滿罪惡感看著我。「他答應只要我說出你們在哪裡，就會跟我一起看《日界線》（*Datline*）[64]。我正在經歷分手期。我很脆弱的！」

64 美國NBC電視台的新聞節目。

說謊沒意義。我很興奮，想趕快說出我查到的事。

「我們成功進去那棟大樓了！壞蛋住在三〇五號公寓。」我到網路上輸入龍女的住址，看看能不能查到她的名字。

「珍妮，不行。我不希望妳跟我們的鄰居起衝突。我們才剛搬到這裡定居。這裡不像洛杉磯。我們是合作社的一部分。我們現在跟其他人住在一起，不能用這種方式開始跟他們的關係。而且，我找了一個人明天過來，會在磚牆上面噴絕緣泡沫。」

我沒理他，繼續瘋狂打字。「寶貝，這是汙染，而且影響了我們的生活方式。至少讓我傳個訊息給我們的管委會……」

傑森看著我，固執地搖起頭，不行。「珍妮，如果妳傳訊息，我會非常不爽。」

「好吧。」我說。

幾秒鐘後，我傳了訊息到管委會問有沒有別人也遇到菸味的問題。

娜歐蜜帶席德回他房間換尿布，然後向他宣布他已經暫時被踢出了偵察小隊，除非他學會使用便盆，改善心血管耐力，以及了解「內在聲音」的意思。

維若妮卡在窗邊查看訊息，暗中希望單腳男會傳給她。

「裡面有一個人。」她冷淡地看著三〇五號公寓說。

我衝回窗邊，驚訝到連筆電都掉了。

「娜歐蜜！是那個傢伙！」

我們幾個小時前遇見那個戴著奇怪首飾的男人，就站在防火逃生梯上。

「他在說謊！他說他住六樓的！」

娜歐蜜露出心照不宣的笑容。「我就說吧。」

「大家到底是怎麼了？」傑森插話，然後拉起窗簾擋住我們這群人。

「什麼？我連對他們揮手都不行嗎？」

「不行！我最不想要妳做的就是那樣。」他的注意力移向娜歐蜜。「我太太有問題，妳不能慫恿她。」傑森的語氣很嚴肅，好像我不在場一樣。維若妮卡消失在席德的育嬰房裡，免得也被念上一頓。「她跟我妹以前做過壞事，我希望現在她既然要當人的母親與榜樣，在侵犯別人的私生活時就會稍微節制一點。」

「我不懂簡單揮個手會有什麼問題。」我生氣地說。「這樣才是鄰居啊。」

「他剛點菸了。」維若妮卡在席德的窗戶邊脫口而出。

「什麼？抽菸的有兩個人！」我在走廊上跑向席德的房間。

那個鬈髮男人不像他老婆只在大樓的右側抽，而是在左側的逃生梯上抽，那座逃生梯可是正對著我們的臥房。

我回到電腦前，螢幕上開始顯示結果了。「他們的名字是尤西（Yosi）和以斯帖・索哈（Esther Soha）。他們是來自台拉維夫的以色列猶太人。她是位藝術家，他是個珠寶商。他們從一九八三年就擁有那間四房的公寓，而去年曾試圖在某個居家樂活（HGTV）實境節目上賣掉。兩個兒子。一隻貓。噢，還有根據她的臉書，她昨天在Gilt Groupe[65]上買了一組茶巾。」

整集《日界線》的節目裡我都在說話。

「如果妳嘗試接觸他們，我會非常不爽的。」傑森警告我。

這當然只會讓我更想做。傑森就是可以提起我根本懶得做的事再像那樣激起我的興趣。這是一種制約。

我離開電腦，來回踱步，這一次試著做出成熟的決定。

「珍妮！我是認真的。」他在沙發上轉頭，露出不悅的表情。

我從窗戶看著以斯帖坐在她的電腦前查電子郵件。要聯絡她實在太簡單了，然而……我不能這麼做。這次不行。我在自己想要成為的女人跟應該要成為的女人之間陷入兩難。我已經不是二十四歲了。我甚至不是三十四歲了。我必須對這件事釋懷。

隔天早上，娜歐蜜和席德在餐桌吃鬆餅，維若妮卡則是坐在長沙發上回顧過去十五分鐘與單腳男的相處。

「他坐在輪椅上用那隻該死的腳當武器耶！有誰會做那種事？他說我是喜歡『傷殘』而不是『豐滿』的人，講得好像我他媽的一開始就故意要找只有一條腿的人約會！」

「妳可以做得更好的。」娜歐蜜厲聲說。

「可是為什麼我有點想要他回頭？」維若妮卡用哭腔說。

我咬住舌頭，刻意不介入。就在這個時候，傑森跟通風專家從前門走了進來。

「大家都很乖嗎？我們要到後面的房間把縫隙堵起來。」他驕傲地宣布。接著又出現兩個工人，晃進了我們的臥房。

「他很可愛。」維若妮卡低聲說，一邊打量著其中一個經過的工人屁股。

傑森從臥房探出頭，告訴我牆上所有開放的通風處都被封住了，除非我懷孕，否則什麼都不會聞到。通風專家讓我看了他用來填補縫隙的東西，材質很像保麗龍。我並沒有不滿意他們做的。我心裡有一部分充滿了希望。可是我的另一部分還是很想跟以斯帖對質。如果她可以從我的角度出發，或許她就會願意戒菸。專家多留了一罐泡沫，以防我找到他們遺漏的地方，然後就跟著傑森

65 美國知名時尚購物網站。

出去了。

傑森一離開，我就跑到窗邊看以斯帖在做什麼。她正在看新聞跟喝咖啡。我像操縱木偶一樣握住提茲的前腳，逼得他只能用後腳在窗台上來回行進，就像《歡樂一家親》（*Frasier*）裡的狗。我知道我不能直接去找以斯帖，不過假設她相信《歡樂一家親》的那隻狗就住在隔壁，不得不從對面向他揮手，我就只能爬出去到我的逃生梯跟她聊天了。

維若妮卡被在她頭旁邊上演的木偶秀弄得很焦躁，於是拉了條毯子蓋住自己只露出頭，然後閉上眼睛。

我放下提茲，瞪著維若妮卡。「妳又要睡了？白天才過一半耶！」「我吃了七片鬆餅。妳知道我吃東西以後沒辦法保持清醒的。我應該要問那位工人的電話才對……這就像是想要一手抓住機會走出陰霾開始找新對象約會，另一隻手卻又——」

「沒有另一隻手啦！」我終於失去冷靜了。

「那個工人沒有另一隻手嗎？」維若妮卡閃爍著興奮的眼神。

「什麼？不是！我的天哪，妳可能真的特別喜歡傷殘人士！」維若妮卡抬起頭看著我，突然擔心自己有問題。

讓我驚訝也有點失望的是，那種保麗龍噴劑真的有效了。「謝天謝地妳沒傳什麼瘋狂的信給管委會。」傑森每天晚上在上床前都會這樣嘆息。但我覺得很好奇，管委會竟然完全沒回信給我，所以我猜這表示他們看過我的第一本書，都覺得我有病。日子一天天過去，我什麼都沒聞到。後來，在某個星期六晚上，我被一陣聞起來像是混濁煙霧的味道嗆醒。我跳下床跑向窗戶，看見以斯帖正在抽一包她最愛的紅色萬寶路。而且她的窗戶關著！為了怕吵醒傑森，我躡手躡腳離開臥房，然後衝去找維若妮卡和娜歐蜜。

「各位！又出現了！她的窗戶根本都沒打開，我就聞得到了！」維若妮卡的頭從長沙發上的一團毯子之中緩緩浮現，像是一隻無精打采的烏龜。

娜歐蜜昏沉沉地打開她的房門。

我們三個人慢慢走到窗邊。

「對，那是菸味。」維若妮卡打了個呵欠。「也許我應該再開始抽菸，這樣我過來拜訪的時候至少就可以在臉上加個濾鏡了。」

我臉頰緊貼窗戶，發現固定她家磚牆的灰泥之間有幾道小縫隙。

「不能再這樣下去。我得做點什麼才行。」我焦急地哀嚎著。

娜歐蜜扯散綁在頭頂上的巨大馬尾。她把長而濃密的黑色辮子甩到一側，準備戰鬥，而她那件稍微有點不太適合的豹紋睡衣左邊肩帶也隨著動作緩緩滑落。

「今天晚上，就要結束這一切。」

娜歐蜜消失在黑暗中，然後帶著多的那一罐保麗龍密封劑出現。她沒說話，直接把罐子放到我手中。我知道該怎麼做。雖然我很肯定這會被歸類為「傑森不想要我做的事」，但我已經沒有選擇的餘地了。我試過容忍。容忍會讓席德得到癌症。該是保護我家人的時候了——也是該做點小壞事的時候。保麗龍密封劑已經大幅阻擋了進入我臥房的菸味。我覺得利用多餘的這一罐稍微改造一下以斯帖家的外觀也無傷大雅吧。在我看來，以斯帖喜歡抽菸，所以我是在幫她的忙。

「現在香菸很貴的。」我一邊這麼說服自己，一邊穿戴上傑森的滑雪面罩跟一雙夾腳拖鞋。「她怎麼會想跟我分享呢？」

維若妮卡想到後來可能會被抓去拍罪犯大頭照，所以畫上了更多眼線，然後跟著娜歐蜜和我進入浴室。我靜悄悄打開窗戶，爬到外面的逃生梯上。

「希望這樣有用。」我低聲說，而我的心跳因為腎上腺素加速。

我扭動身體往下爬了一段梯子，到了以斯帖和尤西的陽台。娜歐蜜和維若妮卡掛在窗戶外面看著。我下去後，娜歐蜜就把密封劑的罐子遞給我，然後開始指向可能的縫隙。我小心翼翼填補以斯帖家外牆的洞。

「我有告訴妳他是怎麼失去一條腿的嗎？」維若妮卡壓低聲音說。

「怎麼失去的？」這次我很感謝她讓我分心。

「他的鄰居對他開槍。」

「什麼？」我往上看，差點摔出逃生梯的柵欄。

「我只是在開玩笑啦。我猜他天生就是這樣吧。」

「噓！」娜歐蜜搥了維若妮卡的頭一下。

「不過說真的，妳覺得我們有可能再復合嗎？」

「不！結束了！」我小聲而堅定地說。「夠了，就是這樣。妳得走出來。」我繼續噴。「看看娜歐蜜這輩子經歷過的一切。妳有聽她抱怨過嗎？除非妳逃出南美洲——」

娜歐蜜打斷我。

「我不是南美洲來的。」

「妳不是？」我困惑地抬起頭。「妳是從哪來的？」

「瓜地馬拉。」

「那裡不是南美洲？」

「不是，那裡在墨西哥的下方。」

「嗯哼。所以妳只需要跨過兩道邊界進入美國。」

「對。」她說。

一想到娜歐蜜是從中美洲過來，感覺似乎就不如想像她是從亞馬遜河深處過來的那樣令人佩服。就連我的管家麗塔也是一路從玻利維亞來到這裡。也許我太高估娜歐蜜了。也許她在游擊戰方面並沒有那麼在行。也許我不應該在只有她跟我那位花痴小姑的監督下掛在陽台上。也許我應該加強我的地理。

在我問娜歐蜜是否曾像我幻想那樣用大砍刀砍過人之前，有個影子在我右邊出現了。我轉過頭，看見以斯帖用一隻滿是皺紋的手打開窗戶，把快抽完的萬寶路菸灰撣到下方的深淵。我盡量不動，吸進一大口氣，然後屏住呼吸。如果她剛好往壁架下方看，就會跟我的臉對上了。我用力閉上眼睛，試著思考該怎麼解釋我在她的逃生梯上。我可能在凌晨兩點為了鄰居來洗窗戶嗎？或者我只是想戴著運動手環走到一萬步。娜歐蜜舉起一隻手，提醒我別動。接著，她突然出現後，又立刻消失了。

我趕緊回到梯子上，從窗戶爬回家，希望終於解決了問題。

隔天是星期日。娜歐蜜休假去布魯克林找她姊姊，維若妮卡回紐澤西了。傑森跟我則是一邊喝冷萃咖啡，一邊推著席德在城裡散步。雖然我前一晚回到床上時覺得好有成就感，心情也很平靜，可是今天早上我們準備離開家裡時，我發現自己充滿了疑慮。我又聞到菸味了嗎？我已經變得太執著，所以連自己都無法確定了。

我坐在公園長椅上看傑森推席德盪鞦韆，一邊回想昨晚的事，這時我的手機跳出了一封電子郵件通知。寄信者是我們的管委會，而且他們把副本寄給了傑森。

> 親愛的珍妮，我們收到妳關於菸味問題的信了，而我們沒回信是因為想要先跟律師確認我們對社區的公共通道是否有管轄權。遺憾的是，對於別人的大樓，我們能做的事不多。我們唯一能建議的做法，就是去找對方並請他們停止。

我立刻對傑森揮手，想在徹底清理他手機之前先鞏固好我們的婚姻。我必須在傑森大罵我主動聯絡之前先把那封電子郵件刪掉。可是我沒辦法；傑森的手機正在他褲子後面的口袋瞪著我。管委會寄的電子郵件正耐心地在他的收件匣裡等著。

如果傑森得知我違背他的意願寫信給管委會，他就會知道我沒放下這整件事——我還是對鄰居的菸味覺得很困擾。他一定再也不會讓我靠近那棟房子了。我得趕緊做點什麼。這就像我已經吃了一條麵包而毀掉了整天的節食計畫，所以我不如乾脆把食品貯藏室裡的其他東西全都拿來做成冰淇淋聖代。

我明天就會開始避開鄰居，我用書中最老掉牙的藉口這麼告訴自己，一邊大聲叫傑森。

「寶貝，我得回家了，我在流血！」

傑森從遊樂場看著我，一臉羞愧的樣子。

我優雅地漫步離開公園，也讓他知道我們在公寓見。可是我並沒有回家，而是直接跑去以斯帖跟尤西家。如果我要跟以斯帖談，就得在傑森有機會看到信猜出我去哪裡之前快點行動。說到底，這又不是我想到的。我只是依照管委會的建議而已。

嗶，嗶，嗶。

電鈴響了三次，有個女人接聽。

「妳好，我是隔壁來的。我希望可以跟妳談談。」我結巴又緊張地說。

門打開了，我直接進去，心裡還沒準備好面對接下來的事。到了三樓，以斯帖正在等我。

她的臉比我預料的更老，跟我從我家窗戶看到的銀色尖刺莫霍克頭（Mohawk）以及部落式木頭耳塞形成了明顯對比。她穿著厚底馬汀鞋（Dr. Martens）、飄逸的紫色裙子，以及一件彩色棉質上衣，上面還有網版印刷圖案的甘尼許（Ganesh），那是印度的象神。她的外表一半是龐克搖滾，另一半是瑜珈教室禮品店。她這種人似乎會在八〇年代跟巴斯奇亞[66]共用針頭，然後在九〇年代跟史汀（Sting）有密教性愛（tantric sex）。

「妳好，我是以斯帖，這是我先生尤西。」她邀請我進去。

尤西內疚地看著我。他試圖保持鎮靜，而他知道他騙我住在六樓的事會被完全拆穿。

這間公寓看起來就跟居家樂活節目上一模一樣，只是亂了一點。有尊大佛像擺在一張咖啡桌上，桌面散落著雜誌跟空的萬寶路紙盒。

66 Jean-Michel Basquiat (1960-1988)，美國著名塗鴉藝術家。

「請坐。」尤西比著一張以貓毛跟花俏絲質靠墊裝飾的大椅子。

「其實我對貓過敏。」我坦白說；才一開始我就給人不好的印象了。

我走到開著縫的窗戶，急著想要呼吸點新鮮空氣，然後將身體靠在窗台上。

「好吧。所以有什麼事呢？」尤西面無表情看著我。

我在想該從何開始。「這個嘛……我剛從洛杉磯搬過來，而我已經好多年沒住過公寓了。我年輕的時候住過，而且跟鄰居從來沒發生過問題。」我等著以斯帖說話，但她只是一直看著我。「好吧，其實我二十幾歲的時候可能違反過租約一次，因為我跟樓上的傢伙睡過，不過除了那次以外，一切都很順利。」

「那很好啊。」尤西尷尬地接話。

「重點是，你們的菸味飄進了我的公寓，傷害了我的寶寶。」

以斯帖和尤西在腦中處理我說的話，就這樣過了幾秒鐘。最後以斯帖開口了。

「妳帶著寶寶搬來曼哈頓？通常人們不是會帶著寶寶離開這裡嗎？」

「呃，如果妳一定要知道的話，其實我是想要逃避一隻鬼，不過他還是有可能跟著我，雖然可能性很低……重點是，在你們停止讓菸味進入我的公寓之前，我沒有辦法知道我真正的問題是什麼，因為目前我在乎的只有空氣品質。」我因為焦急都破音了。

「妳不能直接傳電子郵件嗎？」以斯帖看著尤西，然後再看著我。

「我建議過了！可是我先生說我這樣不成熟。」我就像家裡排行中間的孩子，因為剛在餐桌吵贏了架而沾沾自喜。

「哎呀，尤西只會抽大麻。香菸全都是我抽的。」以斯帖坦言。「我真希望能告訴妳我會戒。我已經戒了二十年。可是自從我的小兒子去加入以色列國防軍之後，我又繼續抽了。妳知道母親讓孩子離家那種感覺讓人有多提心吊膽嗎？」

我感覺得出我的心跳在加速。席德離開我，大概就是我所能想到最痛苦的事了。無論我想不想承認，一切就是會這樣結束。也許他不會突然跑掉去以色列，但最後他 定會想要去某個地方的——某個我不會去的地方。我的臉頰出乎意料流下了淚水。

「實在太可怕了。妳會覺得失控了。就像妳根本無能為力去保護妳在這世上最想照顧的東西。」以斯帖緩緩說出這些話，非常有說服力，尤西則是點了點頭，然後捲著一根大麻菸。

「我知道！很可怕。」

「我真希望能告訴妳情況會變得好過一點。可是並沒有。會越來越難熬。而妳會愛得更深。那很痛苦……然後妳就死了……香菸不好。那些東西很糟糕，但我抽菸是因為我什麼事也做不了。」以斯帖搖著頭，對自己很失望。

尤西捲好了大麻菸，俐落地夾在指間。

我深吸一口氣，然後面向尤西，整個人充滿了情緒。

「我想我需要一點那個。」

雖然我把以斯帖妖魔化到了極點，但我還是能理解她。身為母親，我們有一樣的焦慮。我希望我們也有一樣的過敏症狀，不過那樣可能要求太多了。我很討厭她抽菸，而且我也告訴她了，可是那天結束時，我還是無法控制她生活的方式。我連自己的生活方式都快控制不了。以斯帖很同情我的狀況，發誓只會在她的前露台抽菸，改成害死我們左側大樓的那對中國夫婦。目前的做法就是這樣。

我鬆了口氣（其中帶著菸味），然後用充滿血絲的眼睛往上看著我的公寓。

傑森正在大型景窗後方看著我，而他瞇起眼睛，彷彿不敢相信自己所見。他站在那裡目瞪口呆，而我呼出的氣體讓他看起來像是耳朵在冒煙。我沒什麼可做的，只能對他揮手。

7 他人的孩子即地獄

「在我幫你吹的時候，我也想要有個女孩在我下面。」我在桌子對面向傑森眨了眨眼睛，想要為這場過度規劃的約會之夜增添情趣。一個穿吊帶褲的瘦巴巴文青把兩份菜單放在我們面前，沒多看一眼就消失在繁忙的小餐館裡。

傑森拿起菜單，就像是在讀《妥拉》[67]。「就算我們參加華盛頓市場學校（Washington Market）[68]的抽籤，連能不能獲得申請資格都沒辦法保證。妳沒有什麼可以問的媽媽朋友嗎？其他人覺得愛文世界學校（Avenues）[69]的風評如何？」

在我有機會把一根歐式麵包棒丟向他的頭之前，服務生又過來為我們點飲料了。傑森看著我，然後看著服務生。

67 Torah，類似猶太教的聖經。
68 紐約知名私立幼兒園。
69 紐約知名私立學校，提供學齡前至十二年級（K-12）教育。

「可以請你們的酒保幫我弄點有趣的雞尾酒嗎？會起泡的？」

我盯著服務生，這個人至少比我年輕了十歲。令我覺得不舒服的是，這麼年輕的人已經到了可以加入勞動人力的年紀，而在一九九七年出生的女孩現在已經十八歲，還有第一個介紹古柯鹼給我的人只喝無酒精雞尾酒。

我並不是討厭傑森的節制，而是這代表的意義。派對結束了。該是負責的時候了——我開始要在出門之前梳頭髮、要吃維他命、要用牙線、要聽語音信箱、要寫謝卡、要寫節慶賀卡、開始長魚尾紋、不能再跟其他人上床。

「寶貝。搞什麼？我剛才說我想要3P耶。放不開的人不是應該會變得性成癮嗎？至少你會想隔著牆操爆我吧？」

事實是，3P聽起來累死了。不過至少聊起來很刺激吧。維持長期關係的重點是要擁有相同的興趣，不只是足部護理跟從農場到餐桌（Farm to Table）的料理紀錄片而已。

「當然，是啊，我想要隔著牆上妳。」傑森打了個呵欠，然後啜飲他的性感沙灘[70]。「可是我也想讓席德進最好的幼兒園。妳的生活中需要可以為我們解決這些問題的媽。」

「傑森，我生活中從來沒有可以解決問題的媽。」

「那就開始找啊。」

在理論上我明白這世界上有等著我去發現的酷媽咪，但不知為何我就是吸引不到半個。每次我不辭辛勞去上「媽咪與我」課程，對課堂上穿得漂亮的女孩坦承我討厭坐在我們身邊的另外十五個女人，她一定會不想理我，然後在我走開之後告訴其他人我說過那些難聽的話。講到媽媽的世界，我就會害怕自己總是像離開水的魚一樣不自在，而傑森總是如魚得水。

我想找的媽媽，要像我一樣愛自己的孩子，但也會找時間工作、運動、在網路上貼自己的漂亮照片。我希望對方會討厭權威、喜歡看書（尤其是我的書）、不會使用「讚美上帝」的手勢符號，而且知道《線索》（*Clue*）是最棒的美國電影。她應該要比我大兩歲、沒我那麼漂亮，最好還要比我胖十磅。她要穿八號鞋、對穿著有敏銳的品味、在我家附近居住與工作、有一間可以讓我用印表機的辦公室、能夠有很長的午休時間、知道怎麼化妝。

為什麼這種女人這麼難找？

我很有耐心地向傑森解釋，他則是從他那隻塞著奶油蛋捲內餡的雞嗆下一隻腿。

「那樣要求太多了。」他對我笑著說。「不如妳先找一個會說英文的人吧。」

---

70 即 Safe Sex on the Beach，一種無酒精雞尾酒。

他說的有道理。我沒自信在翠貝卡區（Tribeca）親近其他媽媽，於是改找她們的保母當朋友。我的電話裡有一份聯絡清單，裡面的名字我都不會發音，而且至少有一打玩伴我根本不知道是怎麼加的。我的朋友荷莉（Holly）在城裡養大兩個年紀比較大的孩子，而她建議我參加一個叫哈德遜河媽媽（Hudson River Mamas）的團體，不過光是這個名稱就讓我反感了。我想像那些成員穿著一樣的皮夾克，背後繡著各自的姓。他們可能還會整天在當地遊樂場晃，找機會跟從雀兒喜區（Chelsea）不小心亂逛到這裡的其他媽媽團體起衝突。根據網站，申請程序需要一封推薦信跟一場本人面試，而我確定他們一定會要我選出我最愛的Honest Diaper[71]樣式。

我是絕對不可能為了交朋友而加入什麼團體的。這種想法實在是太侮辱人了。我是個成功、喜歡玩樂的自由人（還有一個出名的老公，我可以強迫他去主持你孩子的猶太成年禮）。女人們應該會吵著要跟我混在一起才對。但是，哎呀，她們並沒有那樣。我從頭到尾就只有一個住在我家附近的女性朋友。

□

雖然席夢・雪佛萊（Simone Chevalier）跟我媽一樣是個花痴，可是我跟她在一起時一直都覺得很安全。那是因為我從一開始就知道她的每段感情都會告吹。席夢老是說這次她找到了一個好人，不過她喜歡的人從沒喜歡過她。她總會在跟某個人睡過之後等上兩天，看看對方會不會再聯絡她。他們一定會聯絡她。但那只是因為他們可以再跟她上床，然後就再也不理她了。席夢並不喜歡衝突。如果要結束一段感情，她寧願狂傳一堆神經病訊息，然後把手機丟在計程車後座，看著它跟她的整份聯絡人清單一起消失。「反正我也該換新手機了。」她會這麼說。

我在六年級的時候認識席夢，後來就一直跟她保持聯絡，因為我也是個自私、沒空理人、永遠無法完全負起責任的混蛋。我跟她保持著一定的距離，就像我對待其他女人一樣。可是席夢跟大多數的女人不一樣，她很喜歡這樣的距離。我會受到席夢吸引，是因為她比自己以為的更聰明，比自己想的更有趣，而且也因為藉由導正她對男人的痴迷可以讓我假裝自己其實是在導正我媽。

席夢一直在半認真考慮有一天要搬到曼哈頓。她的工作跟時尚有關，而紐約市毫無疑問是這個產業的中心。八個月前，我鼓勵她在洛杉磯整理行裝，去追逐她的夢想。我忘記當時我是在氣她或者只是很累，不過總之我告訴她除

71 由美國影星潔西卡・艾芭（Jessica Alba）創立之The Honest Company旗下的尿布品牌。

非她趕快離開城裡，否則就會變成貓婆子，然後孤獨地死去。我知道傑森、席德跟我會為了傑森的戲劇搬到紐約住幾個月，所以我覺得在他忙著工作的時候，如果可以拉個朋友一起去逛二十一世紀百貨公司（Century 21），一定很有趣。可是我也想到，等那幾個月結束後，我們就會飛回洛杉磯住，而席夢・雪佛萊就會自己一個人被留在高譚市。在內心深處，我不想跟席夢分開。但我其實從沒認真看待過她的計畫，就像她跟男人的關係一樣。我覺得她會嘗試一下東岸的生活，頂多跟我在那裡待得一樣久，然後就跟著我回到洛杉磯，發牢騷說她有多討厭寒冷的天氣跟某些種族的人。然而，令我訝異的是，席夢全心全意投入在那座城市的新生活。她舒服地住進了蘇活區一棟沒電梯的小公寓，還在「四方廣場」[72]上成為了她那個街區的市長。

「我永遠都不會回去。我恨洛杉磯！」席夢在清爽的九月天大喊著。

「拜偷，拜偷……」席德邊說邊掙扎著想離開嬰兒車。我推著他走在前往公園的木板路上，席夢則是跟在後面，在Instagram上緊盯著自己的帳號。

「Nien, Kinder.[73]麻煩坐好。」我的語氣像是在對狗下指令。

「昨天晚上我把這個傳給普林斯頓。」席夢一副哀臉看著我，然後讓我看了一眼她躺在床上的正面全身照。席夢從來不稱呼交往對象的名字；因為這會讓她覺得自己太容易受到傷害。她喜歡替她遇到的對象取別名。例如，要是白背心突然跟他女友復合了，那也沒什麼大不了。如果她不小心喝醉傳了訊息給黑假屌，她應該不會有事。對席夢而言，要對心碎免疫的唯一方式就是千萬不要把任何人當人。她聲稱自己對愛的看法很開放——可是每個想要避免陷入愛的人也都是這樣。席夢並不愛自己；她絕對不可能接受黑假屌的愛。

「他回應說我是他遇過最好的人。妳覺得那是什麼意思？」席夢的語氣像是在說「對我說謊吧」。

「意思是他不喜歡妳。」我直白地說。

等我們抵達公園的時候，席德的上半身已經完全掙脫安全帶，而席夢已經準備殺掉我了。我把席德的嬰兒車往後傾，讓他往回倒向座位，然後打開鍛鐵柵門推車進去。各種年紀的小孩像神風特攻隊飛行員一樣在鋪著橡膠的遊樂場上飛來飛去。女老師們彎著腰從巨大的好市多浴缸抓起一把又一把動物餅乾，分發給一列用牽繩繫住像是胖紙娃娃的幼童。一群年紀較大的媽媽穿著增高運

72 Foursquare，創立於美國紐約，一種以用戶提供地理位置的網路服務，使用者可於所在的餐廳、電影院、健身房等各種地點「打卡」並獲得點數，若在某地打卡次數最多，便可獲得該地「市長」（mayor）的頭銜。

73 德文，意為「不行，孩子。」

動鞋，戴著比耳垂還大的鑽石耳釘，拿著冰豆漿拿鐵聚集在陰影中，竊竊私語聊著她們在漢普頓的家，以及她們在Soul Cycle健身房不小心發生的性高潮。在場地的另一端，有一排牙買加保母坐在那裡用手機傳訊息，互相比較薪水跟有薪假的天數。

「可是只有他會在我們約會後馬上傳訊給我謝謝我給他一段愉快的時光。那樣很貼心啊！」席夢無法放下普林斯頓的事。

「為什麼我們要獎勵行為正常的人？」我心不在焉問。

有位外表中性的媽媽牽著一個穿Vans格紋鞋的小男孩經過，她沒有胸部，穿著刻意仿舊的牛仔褲，這讓我的耳朵豎了起來。我不喜歡以貌取人，但我相信可以從孩子判斷他們的媽有多辣。可惜無胸女的孩子看起來差不多有五歲，對席德來說太大了。我很早就學會，除非我們的孩子處於一模一樣的發展階段，否則我不會去跟有可能的媽媽交朋友。在孩子生命中的前十二個月到二十四個月，每一週都會有差別。舉例來說，假設我試著找一位有三歲孩子的媽媽說話，她可能會表示禮貌並給我電話號碼，不過她心裡想的可能是他媽的快滾開，妳根本不懂我的生活。我們的孩子不會有任何共通點。她的孩子可以說出完整的句子。席德還是會叫傑森「媽咪」跟在浴室地板上拉屎。

我扶席德離開嬰兒車，然後到了一個穿運動長褲的女孩旁，她正在推一個長得像約翰·坎迪（John Candy）的兩歲小孩邋鞦韆。

「他幾歲了？」我試著找話聊。

她看我的樣子好像我是個剛給她兒子一包Starbust軟糖的戀童癖，而她的回答很簡短：「是她不是他。」

「高，高，高。」席德要我再推高一點。

我轉頭看席夢，她正在打量一個跟兒子埋在沙坑區的銀行家。他的目光呆滯，幻想著自己的生活，而他還要等一個月學校才會開學，他老婆才會一直住在布里奇漢普頓（Bridgehampton）。

「這裡的人到底有什麼問題？」我困惑地搖著頭。

「這個公園超爛。這裡沒有性感爹地。」席夢還在因為我不夠朋友沒對她說謊的事抓狂，所以繼續看她的手機，不跟我有眼神接觸。「妳聽過Raya嗎？」

「是我可以認識酷媽咪的地方嗎？」

「是給性感尤物用的Tinder。例如妳一定要超級性感才能加入。」她在暗示我大概不能加入吧。「還記得我在Beautiful People那個網站上遇到了婦科醫生嗎？」

「等一下，妳給他取了那種代號？」

「不。這個人真的是我的婦科醫生。他超性感……而且他有根大屌。」

「妳怎麼會知道？」我露出感興趣的表情看著她。

「那不重要。總之，基本上我只透過網路約會。我已經放棄在真實世界認識人了。如果我沒辦法馬上知道我們在臉書上有什麼共同的朋友，我就不會相信對方。這太可怕了。」

也許席夢說的對。也許面對面認識人已經過時了。可是我在臉書上交的朋友要不就是陌生人，要不就是我背著前男友交往的人。席夢突然想到新的可能性，於是忘記了自己為什麼對我生氣，又開始給我看她奶頭的照片。

我回頭望向那位穿運動長褲的媽媽，她正在收拾東西，然後把約翰·坎迪塞進胸前一條薄紗般的背巾。雖然我盡力散發出自信跟友善，可是遊樂場的人都忽視我，而我一輩子都是這樣。我一直懷疑我童年缺乏女生朋友是因為我是學校裡新來的，或是因為我爸從TJ MAXX[74]買衣服給我。可是這些賤人當媽的時間也沒比我多到哪裡去。對，我的亞麻上衣或許是洞洞裝，但我仍然是在Fred Segal選品店多花了一筆錢買的。我到底做錯了什麼？

□

那天晚上，傑森跟我做了所有夫妻在孩子上床以後會做的事：我們不再說話，然後開始各自用iPad。沉默了半小時後，我宣布了一件事。

「嗯，我剛加入了Tinder。」

傑森轉頭看我，終於注意到我為了遮掩粉刺而用席德的屁屁膏在臉上塗了厚厚一層。

「珍妮，我才不要跟Tinder上的某個怪人3P。」他愣了一分鐘，想要弄清楚我DIY的歌舞伎妝是怎麼回事。「除非她很辣。」

「我已經沒在想3P的事了。」我邊說邊塗上更多屁屁膏。

「為什麼妳老是在我有機會行動之前就不去想3P的事了？」他發牢騷說。「真不公平。」

「因為傑森，我現在是個母親了。我已經懶得搞3P了。除非是我跟另外兩個不是你的人。」

傑森倒抽一口氣假裝驚恐，然後繼續看他的iPad。我們已經在一起夠久，所以拿一夫一妻制開玩笑已經不會生氣了。

「而且，我加入Tinder不是要找辣妹。」我向他澄清。「我加入是要找其他媽媽。」

74 美國知名折扣百貨。

「哇塞。真可悲。」傑森像個舞者把一隻腳抬到頭上，然後使出全力放出最大聲的屁。噪音在床單迴盪，嚇得吉娜飛越整個房間，彷彿是在巴格達逃離空襲。傑森對我笑，等著看我的反應。我知道這會讓他太過得意，所以直接不理他。

「我剛才可能拉出來囉。」他還是想要激怒我。

「有熊抱傾向的超怪擁抱開關。」我大聲念出來。我秀出一張照片，裡面是個穿霓虹式中空裝，長得像男人的黑人女性。「不過什麼是擁抱開關啊？」

傑森聳聳肩膀，然後滑動到下一張照片。

接下來兩個鐘頭，我們掉進了Tinder的迷幻漩渦。

「康妮怎麼樣？她看起來滿正常的？她是個漫遊者、讀者、跑者。」我說。

「還好。往右滑。」

「黛安可能很有趣。不過她的大頭貼只有一隻眼睛的特寫。」

「那表示她很肥。」傑森解釋。

在我們繼續之前，螢幕上跳出了一則通知。我們滑了太多個人檔案，接下來六個鐘頭被暫時禁止「遊玩」了。

「靠！」傑森往後倒在床上。「要我申請一個帳戶嗎？」

「不要！」我說。

「為什麼？妳有帳號，我也應該有一個。」雖然傑森常對我的露西（Lucy）角色扮演德西（Desi），但事實上他比較喜歡當愛瑟兒（Ethel）[75]。對，他是個守規則的死腦袋，這種人只要看到排隊就會立刻排上去，而且是個自以為什麼都知道的傢伙，如果在我的高中，一定會因為不讓任何人在他的期中考作弊而被人拿刀砍。不過他還有另一面，是個隨心所欲的瘋子。這種人要是受到慫恿，就會向哥斯大黎加籍的計程車司機要大麻來抽、在上海吃街頭賣的肉，或是到提華納[76]付錢從起重機玩高空彈跳。他衝動和冒險的方式跟我完全不同。（大部分是會導致住院或腦震盪的方式。）他喜歡刺激、快節奏的生活——只要我能夠提出為什麼我們要違法的有力理由就好。在我們交往初期，我不切實際的想法加上他享樂人生的態度，都會害我們身上多了愚蠢的刺青、送進第三世界急診中心，還差一點在土耳其坐牢。可是我們現在已經為人父母，沒有本錢再冒那種風險了。我們其中一個必須當代駕司機——至少要等席德大到看得見儀表板才行。

「而且，」他接著說：「跟女人相處，我比妳厲害多了。」為女性朋友購

75 皆為影集《我愛露西》（*I Love Lucy*）中的人物。
76 Tijuana，位於墨西哥，為下加利福尼亞州最大城市。

物是傑森最愛的詭計。這不只讓他有表現的藉口，也能讓他跟我競爭。通常我會避免跟傑森競爭，原因是他贏的時候只會讓我更洩氣。而且令人討厭的是，他幾乎都會贏。他幾乎任何事都比我厲害。

經過心理治療後，我已經敢承認我想贏過傑森（還有我認識的每一個男人）完全是因為受我第一任丈夫的影響，也就是我爸，他會鼓勵我做有意義的事，但那主要是因為他會得到好處。他允許我贏得勝利、金錢、關注，只要他一直能擁有更多就好。在隨時準備上場的環境中成長，看著自己的老爸兼丈夫沉浸在特定的聚光燈下，讓我很容易怨恨著名的人物，例如傑森．畢格斯。

我第一次遇到傑森時，立刻就希望他去死。原因並不是我不喜歡他；我根本不認識他。我不喜歡的是他很成功又出名，而我不是。這刺激到我了。在第一次見到他之前，有位製片朋友（他跟我親近是因為想上我妹）傳了一組密碼給我，讓我可以看到我想參與的一部電影的所有試鏡影片。我本來只要看跟我那個角色有關的影片就好，不過在花了兩個小時決定到底是勞倫．日爾曼（Lauren Gemran）的臉還是蕾克．貝爾（Lake Bell）的胸會勝出之後，我不小心看見了他們正在考慮的兩個主角。一個是喬．史莫斯坦（Joe Schmostein），另一個是傑森．畢格斯。

「傑森．畢格斯去死啦。」我對製片說，而我從來沒見過他也沒看過他的任何電影。

「真的嗎？」他回答。「妳看過他的試鏡了嗎？」

我不確定該怎麼回答這個問題。

「我不必看。我已經覺得另一個人比較棒了。」我必須支持弱勢的一方，因為我就是弱勢。而從某種奇怪的佛洛依德式角度看來，傑森．畢格斯就是我老爸。（請忘掉你讀過這句吧。）

最後，我朋友叫我去看傑森的影片，結果令我訝異的是他很厲害。他真的讓我驚呆了。而且不知怎麼，他透過我的戴爾電腦讓我愛上了他。我把這些告訴我的朋友們，沒過幾天，我們就被安排見面了。其他的就是歷史了——而我指的歷史就是我的第一本書。

儘管我愛我先生，也認為他是我在席德之前跟在提茲之後遇過最棒的人，可是每當人們吵著要跟他說話而把我撇到一旁，我還是會很不高興。這並不是說我不為他感到驕傲或是對他的成功感到高興。只是我這輩子最不喜歡的就是再被另一個該死的男人遮住光芒。沒錯，我會被成功人士吸引也是有錯，但不可否認的是，待在他們身邊往往會點燃我體內某種病態的競爭感。

就是因為這樣，我才不想讓傑森申請Tinder帳號。因為我知道要是他申請了，就會有比我更多的媽咪朋友。不能讓那種事情發生。這跟我死命想要在

Instagram上擁有比傑森更多追蹤者的目標不同，擁有更多媽咪朋友是我可以做到的。我知道這種事我可以做得很快，不必太費心力，而且不必秀出我的私處。我是這麼想的。

「為什麼我都沒有任何配對？你覺得我要露下面嗎？」我說。我從傑森的手中拿走手機，藏在我這側的床上。「寶貝，我才是媽媽啊。現在的重點應該在我身上。」

傑森看著我的大頭貼，是電影《魔王迷宮》（*Labyrinth*）的宣傳照，由大衛・鮑伊（David Bowie）耍弄著三顆水晶球。

「地精王（Jareth The Goblin King）？」

「怎樣？鮑伊很棒啊。」我反駁說。

「他不是會偷小孩嗎？」

「我——」我不知該怎麼回答才好，於是岔開話題直接唱起主題曲。「Dance magic dance!」

傑森看得出我很焦急，於是像位真正的紳士（誰知道他私底下比你還棒呢），把Tinder的事完全交給我了。

接下來的幾天，我一有機會就會查看我的配對。可是似乎沒有人是認真的。有兩個女人跟我對話，但都沒下文了。傳了幾則像是「嗨呀」、「喂」、「你雙性戀嗎？」之類的訊息後，對話就會突然結束了。過了一陣子我才開始明白，Tinder的用途不是認識人，其實就只是另一種避免認識人的方法。如果你知道有人想跟你約會，那麼你只要躲在手機後面滿足你的自尊心就行了，幹嘛還要離開家真的去跟他們互動？就算你想約砲好了，試了幾次之後，你很快就會覺得這個想法比實際行動更吸引人。實際行動既麻煩又尷尬，還要讓某個人知道你比自己的大頭貼老十歲。跟一群陌生人透過不斷傳訊息而發展的關係，可以提供戀愛初期那種令人著迷的感覺，卻又不會讓你失望受挫。工作不順利？傳個「嗨呀」吧。跟你父母吵架了？丟個「怎麼樣？」跟現實世界中的女友分手了？「來喝一攤？」你會立刻回到軌道，又振奮起來。我不需要Tinder來證明自己；我已經用推特這麼做了。我需要的是一個現實世界的女人，不會只出一張嘴，而且願意身體力行，或者最少要能夠給我一份幼兒園的推薦信。

「我覺得妳需要一些精神支持。」某個週日，傑森看著我在房間亂摔手機之後說。「如果妳想要，我可以跟妳去公園，只待在妳旁邊。我常在布利克街（Bleecker Street）看到一些可愛的媽咪。」

傑森的工作時間表最近比較多空檔，讓他有時間可以在平日跟席德相處，以及對工作時間表有空檔的事感到憂鬱。傑森是所有媽媽夢想中的爸爸。他知道孩子的尿布尺寸、鞋子大小，還有讓孩子願意進入跟離開澡盆的密語。我在上午花時間寫我爸媽怎麼忽略我的時候，傑森則會把注意力集中在席德身上。他們會看書，像所有男人一樣開酒瓶，最後坐到電視前。他們的眼睛跟茶碟一樣大，身體靜止不動，而我已經分不出來他們之中是哪個比較享受了。在我們獨處時，傑森會把他們看過的所有卡通內容以及我必須知道的重點告訴我：

餅乾怪獸（cookie monster）的真名叫席德（Sid）；

愛探險的朵拉（Dora）其實是毒騾；

卡由（Caillou）正在接受化療。

「部分問題是我有工作，而這些媽媽大部分都沒有。」我傲慢地大聲說；那天下午，我們跟席德一起擠進了公園。說實話，在老公之外擁有自己的生活會讓我感到優越——不過在我兒子之外擁有自己的生活也讓我覺得比不上別人。我在感覺太好跟不夠好之間拉扯。

我談論的那些友誼遊戲，代表著我跟席夢一樣害怕人際關係。擁有媽咪朋友表示要相信女人。而相信女人表示要讓我自己有心碎的可能。女人很恐怖、很危險，而且幾乎隨時都會為了男人丟下我。（至少我媽是這樣。還有如果那些男人回訊息的話，席夢也會這樣。）我暫停跟她們互動了一陣子，已經不知道到底是媽媽們想躲開我，還是我想躲開媽媽們。

我環視週末的人潮，裡面有宿醉的老爸正在玩自己的Apple watch，有直升機媽媽警告孩子小心別被滑板車割到，還有零星的單身男女納悶著為什麼要答應跟已經結婚的朋友一起吃早午餐。雖然我們各有差異，但我們全都是一團亂，所有人都在努力生存。這可能會很痛苦，不過我知道我必須為了席德跳進去。我不希望因為自己太冷漠或太龜毛而害席德無法去朋友家過夜或沒玩伴。我不能只因為要讓自己覺得特別而當個獨行俠。不管我有沒有工作，都跟那些女人一模一樣是個新手媽媽。而我才不要封閉到只把偶爾傳來的Tinder訊息當成女性對我的認同，例如：「妳是從天堂掉下來的嗎，我操。」我收起驕傲，吸進一大口氣，然後接近一個慌亂的紅髮女，她試著把正在耍脾氣的孩子從腳踏車上抱起來。

「妳常來這裡嗎？」

她抬起頭看我，然後朝她惡魔般的女兒翻白眼。「不好意思，我們錯過了午睡時間，現在快要崩潰了。」

傑森靠在野餐桌上看著我，然後搖了搖頭。

我走回他身邊聽取意見。

「寶貝，不行。妳不可以像那樣直接蹦出來。妳看起來太急也太奇怪了。」

「那我要怎麼做？」

「把這想成是在酒吧裡挑對象好了。首先，決定妳對哪個女孩有興趣。然後去跟除了她以外的每個人說話。讓她來找妳。講點辛辣的東西讓她無意中聽到。也許再講個妳覺得可能跟她有關的故事。」我突然變成了尼爾・史特勞斯（Neil Strauss）[77]，而傑森變成了謎男（Mystery）[78]。我瞪著他，完全愣住了。

「搞屁啊，寶貝？現在我就只是個花花公子嗎——」我停下來，注意到一位有漸層髮色的前衛媽媽。「我應該穿可愛一點的鞋子。我不夠顯眼！」

「妳的鞋子很好看啦。」

「我看起來就像個激進的蕾絲邊。」

「妳看起來一直都像激進的蕾絲邊啊。妳有陽具欽羨（penis envy），而且妳害怕自己的性傾向。現在快去追蹤那個孩子，然後把席德放在隔壁。」傑森按摩我的脖子，彷彿我是準備上場的拳擊手。

席德看著我，馬上變得像硬木板一樣，讓我幾乎沒辦法抱起他。他似乎知道了我的計畫，不喜歡自己被當成誘餌利用。漸層女的孩子金髮碧眼，像個雅利安青年候選人，而我接近時，席德就在我的懷裡一邊大哭一邊亂揮亂打。發現亂抓我的臉沒有用之後，他決定咬我的耳朵。我出於本能放開這顆寶寶炸藥，讓他穿著尿布直接摔在漸層女的孩子身上。

「小兔子！不准咬人！」我尖聲大喊。

「迪倫（Dylan）？你有乖乖嗎？」

我轉頭看見漸層媽媽走近。她帶有一般法國人的美。她戴著一枚金婚戒，化淡妝，穿了一件尺寸過大的毛衣跟一件裁短的牛仔褲。我發現她的腳踝上有個日文字刺青，可見她在一九九九年也犯了跟我一樣的錯誤。席德抬起頭看著漸層女，對她的外表不為所動，顯然認為她像是二〇〇七年的人。迪倫的年紀比席德小幾週，對字彙的理解還不足以說出法式挑染（*balayage*）這個詞，而他正茫然地看著母親。

「我是烏麗卡（Ulrika）。不過我的朋友都叫我芮琪（Ricki）。」

「我是珍妮。我沒有朋友。」漸層女笑了，然後到我旁邊的長椅上。

「我討厭這座公園。我一直覺得我像沙特（Sartre）劇作《無路可出》（*No Exit*）裡的人。」她說。

---

77 原為美國記者、作者，擔任過《紐約時報》（*New York Times*）專欄作家，曾向「謎男」（Mystery）學習如何「把妹」，由宅男變為「型男」（Style），後來出版《把妹達人》系列書籍而聲名大噪。

78 原名Eric von Markovik，曾出版《把妹達人之謎男方法》（*The Mystery Game*）。

「我大學時演過《無路可出》的伊內茲（Inez）！」我興奮地說，彷彿是在告訴某個人我因為《紫色姊妹花》（*The Color Purple*）這部電影贏了座奧斯卡獎。

漸層女把雜色的頭髮撥到一側，然後看了看四周。「這裡無處可逃，因為這裡是紐約啊，我們他媽的還能用什麼方式帶孩子？讓他們在Subway玩嗎？妳有沒有去過蘇活區的蘇利文街那座公園？比這裡好多了。」

「沒去過，不過我先生可能有。」我指向傑森，他正躲在一棵樹後方，就像電視上的那種吸血鬼，只要穿黑色皮衣跟戴墨鏡就不怕陽光了。

漸層女舉起一隻手打招呼。

「我們應該找時間去的。他什麼時候午睡？」

「下午。」我看著席德，確認他有注意到我正確回答了這個問題。「我平日要工作，如果約下個週末呢？」

「好極了。」

席德拿著一根鏟子戳向自己的嘴巴，大喇喇扯我的後腿，就像個發酒瘋的朋友害你在西南航空往拉斯維加斯的航班被趕下飛機。

「給我妳的電話吧。」漸層女拿出手機輸入我的號碼，傑森則是趕過來安慰席德，彷彿他在幼兒發展的書裡讀過這種反應。

「我看得出你因為沒辦法把鏟子塞進嘴巴而覺得灰心。我在做不到某些事的時候也會灰心。我們先讓身體平靜下來，再一起解決這件事吧。」

「我再傳給妳。」漸層女眨眼示意，然後就走了。

傑森繼續跟身體仍在劇烈抖動的席德協商。「你想要現在讓身體平靜下來，還是再等五分鐘？」

「我很期待喔！」我揮著手。

□

「那妳覺得她什麼時候會傳訊息來？」我跟席夢坐在長沙發上，回顧那天的事。「她似乎滿喜歡我的，對吧寶貝？」

「非常喜歡妳呢，寶貝。」傑森大聲說；他的身體有一半在冰箱裡，正在讓他那口漂亮的牙齒享用著一匙接一匙的奶油胡桃冰淇淋。

「哇嗚。冷靜一下。那才過了大概三小時吧。她大概會過幾天再傳訊給妳啦。」我從來沒聽過席夢這麼沉穩的樣子。

「可是這不一樣。我們有交流。我們暫定要去蘇利文街的那座公園。她應該馬上就會把細節傳過來的。也許訊息沒傳成功，要不然就是她忘了，或者——」

「或者她只是沒那麼喜歡妳。」席夢的語氣像個虐待狂，這次她終於不是那個崩潰的女孩了。「我覺得白背心好像有在那座公園幫我指交過。」她補完這句話就繼續滑起手機了。

「放輕鬆。妳會收到她的訊息。」傑森咕噥著說，他不知從冰箱裡找到了什麼鬼東西，塞得滿嘴都是。

漸層女有可能傳訊息也有可能不會傳，就像白背心、黑假屌以及其他以前那些人一樣，而我做什麼都無法改變事實。不過隨著日子一天天過去，我也覺得自己越來越受傷。每次我一想到要去平常那座公園，就會氣得冒煙。以前我總會把利用對浪漫的失望當成自己的優勢。就算到了現在，我有時還是會故意跟傑森吵架，這樣我就可以消沉一個星期，然後有藉口在晚餐時嗑一顆過敏藥。於是我整個星期都在跟被漸層女拒絕的心情搏鬥，讓我的眉毛上眉蠟、在Spotify上建立一份Adele的播放清單，還有把跑步機的速度設成7.5。

星期日到來時，我已經準備好繼續向前看了——一部分是因為漸層女跟我認識得不夠久，沒什麼好留戀的，另一部分則是因為我在星期一有個非常重要的會議，這可能會讓我出現在漸層女公寓外面的廣告看板上。後來，就在我完全釋懷的時候，她出現了，所有的混蛋都會這樣。

「嗨珍妮。我們還要去蘇利文街的公園嗎？」雖然我的手機沒儲存那組號碼，但我很清楚訊息是誰傳的。

「芮琪？」我寫的語氣就像可能是其他媽咪朋友傳的。

「是啊。」她回答。「我們到底要不要見面？」

□

蘇利文街公園夾在兩棟建築之間，而其中一棟就是席夢在蘇活區的無電梯公寓。這裡比這個區域裡的其他公園更有城市味。舊的推車玩具跟空的Mum Mum餅乾包裝袋散落在瀝青鋪成的籃球場上。吃冰棒弄到髒兮兮的孩子們在磨損的攀爬架周圍玩耍。

我們一抵達，席德就跳下他的嬰兒車，殺出一條路擠進那群瘋狂的孩子裡，就像個剛訂婚的女孩在「大衛新娘」（David's Bridal）[79]特價時的表現。他費力地爬上螺旋溜滑梯，身體因為興奮而緊繃著。我一直往上望向席夢的窗戶，希望可以在她下班回家時打信號叫她過來。

79 美國連鎖婚紗品牌。

「珍妮！」開心的漸層女從我後方出現，她顯得很快樂，根本不知道我們分手的事。「這星期工作忙翻了。妳呢？」

「是啊。忙翻了。」我故作冷靜。閒聊了幾分鐘後，我才想到還沒看見漸層女的兒子。「迪倫在哪裡？」最後我開口問。

「噢，我不想叫醒他。他還在睡午覺。不過我帶了我的大兒子來，他叫佛瑞斯特（Forest）。」漸層女轉身指著一個身材瘦長、黑色頭髮的十歲孩子，他正在猴架上擺盪。我們或許在一九九九年犯了同樣的錯誤，但我們走的路顯然在二〇〇六年分岔了。

「噢，哇塞。」

「不同的老爸。當然……佛瑞斯特，過來這裡！」她激動地說，而在轉過來面對我時又立刻變了個人。「天哪，我已經撐了一整天。妳介意我去隔壁吃片披薩嗎？妳可以幫我注意他一下嗎？」

「嗯。」

「妳餓嗎？要喝可樂嗎？」她問。「佛瑞斯特，乖一點啊！我去給你弄一份義式臘腸！」然後她就離開公園了。

漸層女一離開視線，我就馬上打給傑森。他立刻接了電話，開始說個不停。

「嘿，寶貝！我在全食超市。我們還缺濕紙巾嗎？這裡的濕紙巾好爛。總之我想我今天晚上要做拿手的有機葡萄乾雞，要不然我也不知道，還是做個義式獵人燉雞吧。那也是有機的。我現在只買有機的東西。」

「隨便。不過寶貝？我在公園，結果我的約會對象把她孩子丟給我跑了。」

「什麼意思，跑了？」傑森很努力想聽見我說話，因為旁邊有兩組人正在激烈對話，一組爭辯著道德消費，另一組吵的是用椰子油刷牙。

「漸層女說她很餓，就走到對街去買披薩了。這樣正常嗎？」

「嗯……」傑森知道這並不正常而思考著。「嗯，寶貝。這沒什麼。我相信她很快就會回來的。」

我抬起頭，看見佛瑞斯特把一個壞掉的推車玩具高舉過頭，摔在另一孩子的臉上。

「佛瑞斯特！不行！」我尖叫著。

「寶貝？珍？」

我突然掛掉電話，跑向佛瑞斯特。我利用我見過傑森對席德採取的那些完美策略，深吸一口氣後開口說話。

「佛瑞斯特，我明白你因為媽媽把你留在公園的事而不高興。以前我媽把我留給陌生人的時候，我也會不高興。我們先讓身體平靜下來，再一起解決這件事吧。」

佛瑞斯特瞪著我整整十秒鐘後才開口。

「吃我的棒棒啦。」

我目瞪口呆往後退，他則是拔腿往另一個方向跑。

「我應該要看著你才對！」我朝他大喊。「拜託你留在這個公共區域！你想要現在就留在這個公共區域，還是再等五秒鐘？」佛瑞斯特像隻發瘋的嗶嗶鳥（Roadrunner）在公園四周以Z字形奔跑。家長們看著我，不滿地搖搖頭。席德突然大笑起來，像是假裝明白了他們聽不懂的笑話。我不自覺緩和了下來，欣賞著這個荒謬的情況。我抱著傻笑的席德走向公園大門。我伸長脖子往柵門外看，發現兩個方向都有披薩店。這樣我根本不知道漸層女往哪裡去了。一個接一個家庭從大門進進出出，我則是跟席德站在那裡等漸層女回來。我連續打了她手機五次，可是都直接進了語音信箱。我傳給她一堆問號，結果沒有回應。我開始覺得厭煩，而席德又開始打盹想要午睡了。陽光從頭頂直射下來，把九月變回了八月。絕望的我又打給了傑森。

「她不會回來了。」我抱著席德鬆弛的身體，手臂覺得又瘦又黏。

「過多久了？」

「我不知道，感覺像兩年，不過其實大概接近四十五分鐘吧。」我試著用袖子在席德光滑的額頭上擦掉汗水。「我們是真的關心全球暖化或者只是要讓席德吃有機食物？」

傑森沒理會我的問題，直接切入正題。

「那個孩子在哪裡，珍妮？」

「我已經不在乎了。」我沮喪地說。

「珍妮！別那麼說。妳看得到他嗎？」

「有，有，他正在把泥巴弄到溜滑梯上面，讓大家都不能玩，沒事的。」我已經不想再管佛瑞斯特了。「我得帶席德離開這裡。這樣晒太陽感覺好像在虐待小孩。」我抬頭看著關住我的那些磚造建築。這裡無處可躲。「我要帶佛瑞斯特去對街的披薩店，看他媽在不在那裡。」

「什麼？珍妮，等一下。妳不能帶別人的小孩離開公園啦！」

「我是要帶他去找他母親。」

「綁架犯都會那麼說啊！」

「抱歉寶貝，我實在不能待在這裡了。佛瑞斯特！」我大喊，然後再次掛掉傑森的電話。

這時，有人從某處叫了我的名字。我迅速轉身看見了席夢，她正對我擺出嘲弄的表情，還吐出舌頭穿過鐵絲網。她把工作包移到腰際，然後指向飲水器附近的一張長椅。

「我們就是在那裡做的！」她興奮地上下擺動眉毛。

我示意她快滾進遊樂場跟我說話。

「怎麼了？這裡太熱辣了。」席夢戴上墨鏡，看了看四周。

「我知道，是吧？很悶熱。」

「不是。我指的是超辣老爸。」席夢轉身面向籃球場邊的一個毒蟲。「我願意為他吃避孕藥。」

「我不覺得那是某人的老爸……」

毒蟲看著我們，然後拿出他的iPhone 6打了個電話。我向席夢解釋情況，而她根本分心沒在聽。

「那是佛瑞斯特。」我指著那個男孩，他正在對其他要玩溜滑梯的孩子收費。「我想去找他媽，妳可以看著他一下嗎？」

「什麼？那就是席德的玩伴？他是個大人耶。他媽幾歲啊？」

「跟我們同年！」我提醒席夢她已經不再是她Raya個人檔案裡的十八歲了。

在我離開之前，傑森滿身大汗又氣喘吁吁地出現了。我放棄了席夢，把席德交給傑森。「謝天謝地啊！」

「她回來了嗎？」傑森四處張望尋找漸層女。

「我應該去要那個人的號碼。」席夢用氣音激動地說，她還在死盯著iPhone男。

我拿下皮包交給傑森，這時佛瑞斯特大叫著朝我們跑過來。

「**媽！**」

漸層女站在我們後方，看起來冷靜沉著，好像剛在按摩椅上睡了一個小時。她吸吮手上的披薩醬，然後啜飲著幾乎快喝完的汽水。

「嘿，不好意思啊。沒排過那麼長的隊，而且他們又沒有胡椒粉了，所以我只好走過街區，結果那個地方也一樣多人……佛瑞斯特跟妳相處還好嗎？」

漸層女天真地摸摸佛瑞斯特的頭。「你有乖嗎？」

佛瑞斯特眨了眨眼睛，點點頭，知道我不敢戳破他。

「你們餓了嗎？我有多帶喔。」漸層女在我們面前搖了搖熱騰騰的披薩盒，好像覺得一點也不燙，而且一片披薩也不包含三十五克碳水化合物的樣子。

「我想我們該走了。」我根本懶得介紹席夢了。

「是啊，席德也沒力了。」傑森抱起席德，把他綁回嬰兒車上。

「噢，推車搖搖睡。真遺憾。」漸層女嘆了口氣，然後暗自打量著席夢。

「事實上，雖然不簡單，但我通常可以在我們回家的時候把他移到嬰兒床上。」傑森說。

「真的嗎？」漸層女很佩服。

傑森打開席德嬰兒車的頂篷，為他擋住陽光，然後面向我，向我解釋他們的對話，好像剛才他們是用拉丁文似的。「如果我讓他留在嬰兒車上睡，他只會睡三十分鐘，接下來的一天就會是場災難。必須讓他在嬰兒床裡睡至少一個小時。」

「就是啊。」我的語氣太過熱情了。席夢困惑地看著我，彷彿我剛說了我喜歡橄欖球。

「我沒有小孩。」席夢甩了一下頭髮，一副得意的樣子。

傑森打開柵門離開時，伸出一隻手摟住了我。席夢往公園裡再看了一眼，然後跟上來。

我向漸層女揮手道別，撒謊說很快會再打給她。

我們陪席夢到她家門口，就在兩英尺外。她根本沒注意到，因為她在看手機，考慮是否要傳一段調情訊息給她在工作時認識的微胖男。我沒有生氣，因為沒這個必要。席夢一直都是這個樣子。我不能因為自己改變了就希望她也會改變。我不需要席夢當我的媽咪朋友，我也不需要漸層女，或是無胸女，或甚至是微胖男的老婆。我只需要一位閨密，這個人可以跟我聊天，可以跟我處在同溫層，而且比我更了解孩子。我理想中的媽咪朋友不需要擁有可以讓我借穿的蔻依（Chloe）牌靴子，也不必知道怎麼幫我畫完美的貓眼妝。雖然我花了點時間才看出來，不過對我來說，最棒的媽咪朋友一直在我身邊。

傑森輕吻我的臉頰，而我低頭看著席德，撥開他眼睛上的頭髮。

「老實說吧。」我說。「這是不是你遇過最熱辣的3P了？」

8 熟悉的陌生人*

一・威尼斯海灘[80]之死

我在床上睡覺，身體還因為前幾天像魔術師助理那樣被砍成一半而抽痛，結果整個房間突然搖動起來。我頭頂的畫框在牆面來回擺動，床頭櫃上沒讀過的育兒書掉落在我身旁。

「我的天哪！發生地震！快救狗狗！」我尖叫著。

我在床單裡挖出吉娜跟提茲抱起來，心裡希望哈利已經被倒下的櫥櫃壓死了。

「珍妮！我們還有個天殺的寶寶啊！」傑森跳下床，衝下樓查看席德。等

---

* 配合作者對三隻愛犬的深愛和描述，本章皆將其擬人而不用「牠」，提茲使用「他」，吉娜使用「她」，哈利則使用「他」。

80 Venice Beach，位於加州。

到我打開燈，跌跌撞撞跟著他下樓時，一連串的輕微震動已經過去了。我在乎狗狗們的日子也過去了。

養狗之後生了寶寶，就像是愛上另一個人卻仍然跟前任一起住。無論你再怎麼嘗試說服身邊的人這樣並不奇怪，實際上就是很奇怪。大家都說我有了兒子以後情況就會改變，說我的狗狗在我生命中不會再有同樣的地位。我覺得他們都是討厭動物的人，看電影《黑鯨》（*Blackfish*）也不會哭。光是想到我會把某個人看得比提茲更重要，就已經荒謬到了極點。我養提茲的時候是二十一歲——是我勉強能夠照顧自己的年紀——然而我們兩個還是一起存活了下來。他跟著我在國內到處飛，唯一的休息就是靠星巴克早餐三明治跟卡布奇諾泡沫補充精力。他在我的婚禮陪我走紅毯。我跟交往許久的男友蘭斯（Lance）分手時（他老婆還是不放心讓我控制他的生活），他陪著我。當我的厭食症結束，又開始發作，最後終於永遠結束時，他陪著我。我沒能在《籃球的天空》（*One Tree Hill*）試播集演出、沒能在《廣告狂人》（*Mad Men*）試播集演出、沒能在《無照律師》（*Suits*）試播集演出，以及沒得到Maggiano's義大利餐廳的服務生工作時（他們說我在Coffee Bean咖啡館當過三週服務生的經驗讓我看起來比較像老闆），我會把臉埋在他的毛裡啜泣。提茲跟我是患難之交。我整段成年生活都在為他梳理打結的米黃色皮毛。對我而言他不是一隻狗。他是一位穿毛西裝的優雅紳士。他養育我，就像我養育他一樣。他教我如何去愛，或者至少是教我如何去愛一個永遠不會批評、只會無條件熱愛我的對象。

我生完席德，被推進術後恢復室時，哭哭啼啼向照料我的護理師坦承提茲正要過來探望我。傑森堅持如果我們要偷帶提茲進醫院見席德，就必須偷偷行動，可是處於麻醉狀態的我，受到腎上腺素、雌激素、鴉片類止痛藥的影響，就完全忘了這件事。我相信他們會明白我的出身。提茲是我的另一半。他必須在場跟席德一起拍照，還有睡在他的保溫箱裡。我的瞳孔擴張到比我子宮最大的時候還大，而我也一直語無倫次扯到一個女人跟狗之間的連結。護理師似乎認為我已經神智不清了，幸好沒把我的胡言亂語當真。

提茲按照計畫抵達時，從我媽的皮包蹦了出來，就像席德本來應該從我下面蹦出來那樣。困惑的提茲穿上了我幾星期前在網路上買的狗狗手術服，然後被抱到床上跟席德見面。傑森急忙去鎖門，彷彿我們剛拿出了一公克慶祝用的海洛因。席德正忙著透過吸管從我的乳頭吸取第一滴含乳脂的淡黃色初乳，結果就有個冰涼的鼻子碰到了他軟嫩的頭。他驚訝地把雙手舉到半空中，打到了提茲的臉。我把提茲推開，試著安撫席德。

提茲抬起頭看著我，顯得很震驚。他把頭歪向一側，注視我上空的身體以及那個吸著我奶頭的光溜溜小人。這是最徹底的背叛。他以前當然看過其他光溜溜的小人吸我的奶頭，不過我在當下都還是會抓抓他的頭或玩弄他的毛。而席德並沒有想向提茲或其他人證明什麼。他唯一的策略就是吸我的奶頭吸到它脫離為止。然後可能就是便便。

那是漫長的一天。我媽那天晚上要帶提茲回家，把席德、傑森跟我留在醫院休息。我向提茲吻別，很滿意我們能夠共享這麼特別的時刻，但他還是感到被冷落了。他不肯看我的眼睛，直接跳進我媽的皮包裡，然後就消失了。

□

三個月後，他被診斷得了鼻癌，如果照他的說法，這是純粹的巧合。

傑森跟我當時在紐約，準備跟珍妮．麥卡錫（Jenny McCarthy）[81]在天狼星（Sirius）[82]上現場節目，結果腫瘤科醫師回電告訴我結果。提茲有一邊鼻孔的呼吸很不順，情況持續了幾週，不過我以為那只是季節性過敏。除了有花粉熱跟在兩歲時被蜜蜂叮過一次，提茲的健康狀況一直都很良好。就在席德出生之前，我們還替他的十三歲生日舉辦了一場成年禮。一想到他無法過十五歲生日，我就心碎到了極點。傑森跟珍妮在錄音室擁抱著啜泣的我。提茲是我最好的朋友。少了他，我就再也不認識自己了。少了他，我就再也不是

@jennyandteets了。

我振作起來，打量著珍妮·麥卡錫，她正往後靠在旋轉椅上調整麥克風。她可以當我的新提茲嗎？我摸著她背後淡金黃色的長髮，輕輕說了聲@JennyandJenny想聽聽看效果如何，結果立刻又飆淚了。事實上沒有任何東西能夠替代提茲。在我一無所有的時候，他是我的一切。

提茲的死會代表一個時代的終結——那個時代的我很莽撞，會穿幾乎遮不住屁股的超短褲。現在我有了其他的責任，有要遮的屁股，有要養的孩子，但話說回來，這似乎又不一定表示提茲就得死，或者我應該要有一件百慕達短褲。我一直想像在某一天，那一刻到來的時候，提茲跟我會優雅地長眠在一張埃及棉材質的床上，再也不醒來。我們大概會像法老一樣埋葬在一起，穿著同樣的塑身內衣變成木乃伊在彼此身邊安息。或者我們可以像《第一武士》（*First Knight*）裡的史恩·康納萊（Sean Connery），躺在巨大的火葬柴堆上漂向大海，再用一連串的火箭點燃。總之，我們會在一起。我們不應該不在一起的。

---

81 美國名人，具有模特兒、演員、電視節目主持人、作家等身分，於SiriusXM主持「The Jenny McCarthy Show」廣播節目。

82 指美國天狼星衛星廣播公司（Sirius XM Satellite Radio）。

我回到洛杉磯，把心力放在這位垂死的夥伴身上。

「除非他完全例外，否則我猜妳還有六個月的時間。」獸醫殘忍卻誠實地說。

我無法吞嚥、無法呼吸，甚至不記得我午餐想吃什麼。提茲看著我，表情像是在說：「還記得電影《親密關係》（*Terms of Endearment*）嗎？好，這會比裡面的情節糟上十倍。」獸醫建議可以做放射線治療，但警告這可能只會治標不治本，而我搖了搖頭，不願意延長他的死刑。

「不，我不想讓他受苦。我不會對他那麼做的。我也不希望他對我這麼做。」我的聲音顫抖著。

「呃，那不會痛。我們只會用一種雷射照他。我們會稍微麻醉他，而他醒來之後根本不會知道發生了什麼事。考慮一下吧。不急。」然後她就拿起提茲的病歷離開了。

「她說不急，但其實我們急得要命啊，因為他**快死了**！」我從威尼斯海灘開車回家要跟傑森碰面時，在車上對著藍芽擴音裝置大吼著。

「寶貝？妳在開車嗎？妳聽起來不太適合開車吧。」

「我大概不適合吧，因為**我的眼睛都看不見了**。」我哭喊著說。

「珍妮！妳說真的嗎？」

「誰在乎，傑森！反正我們都會死。這一切有什麼意義？」

就算在我最虛無悲觀的時候，我也知道意義在哪裡：席德。不管會有多麼難過，我都必須放手讓提茲走。我停到路邊，等著自己平靜下來。提茲依偎在我臂彎，是從我生孩子以來見過他最快樂的時刻。也許他在席德出生後曾經這麼快樂過，但就算有，我也沒意識到。我都是在他碗裡的水快空了時才會注意到。我們的關係已經變了。雖然我許下承諾不會變成那些一生下小孩就把狗狗拋棄的混蛋，但這正是我做的。還有雖然這麼說很可怕，不過：我愛席德比較多。我必須隱藏起來不讓提茲知道，因為這會讓他心碎。可是我知道我會失去他。從某種奇怪的角度看，我已經失去他了。

我們下了車，到附近的公園裡坐坐。這就像分手一樣，你不只是失去那個人，也會失去跟對方在一起的那個你。我很懷念過去，因為過去感覺比較單純，比較不痛苦，比較不複雜。話說回來，其實好像也不是那樣。我是個患厭食症又沒工作的女演員，只會帶著一隻十磅重的貴賓狗整天在洛杉磯漫無目的開車亂晃找男朋友。然而隨著時間變得久遠，那些最陰暗的時刻對我們而言似乎也能變得浪漫了。那些日子已經在我大腦的檔案庫裡分類為比我現在處境更棒的無憂無慮時光。

跟傑森在晚餐討論過後，我決定我要嘗試放射線治療了。

「誰在乎這能不能給他多一點時間，至少他會比較舒服。」我說。傑森看著我用我盤子裡那塊沃夫岡[83]上等腰肉牛排餵提茲。

「不會吧，有必要這樣嗎？」傑森四處張望，等著其他人對我提出抗議，這樣他就不必自己提了。

「他要吃什麼我就餵什麼。他這個夏天結束時就要死了，所以在那之前，他要好好享樂！」我很大聲也很憤怒，很希望有人跟我起衝突，這樣我就可以讓他們因為羞辱了癌症患者而感到丟臉。

我盡可能花時間陪他。我買了一部雙人推車，這樣他就可以陪著席德跟我們一起在下午散步。只要我離開家去辦事，提茲就會跟著。在極少數我必須留下他的情況中，他會瞪大眼睛看著我，像是在說：「沒關係，妳去吧。好好享受這一夜。我會在這裡等癌症把我弄死。開心玩。真的。別再想了。我是指如果妳回來的時候我不在這裡，我大概已經走了。不過……隨便啦，沒事的。我們曾經有過美好的時光。」

充滿罪惡感的我，做任何事都越來越難不帶著他。他陪我去業務會議、新娘婚前派對、比基尼除毛。我甚至還讓他做了血液檢查，這樣他才可以在秋天跟我們去大溪地（Tahiti）旅行。要是他在那之前死了，好吧，我想那裡會是撒他骨灰的好地方。

隨著我越來越仔細審視這整件事，我發現我讓自己陷入了我老公總會陷入的那種關係（當然是指在我之前的時候），也就是我的白馬王子情結開始侵犯了我的快樂。我並不是不想全年無休陪著提茲，只是我有個寶寶要照顧，而提茲又壟斷了我太多時間。我知道我應該把注意力放在席德身上，不過我也知道這是暫時的，所以我可以接受這種情況。至少我是這麼想的。

接受放射線治療的幾週後，提茲開始起了變化。他的呼吸恢復正常了，食慾也是。他會跑來跑去，看到東西就上，還會隨便亂叫。我那位虛弱、眼神呆滯的前男友變成了傲慢、自大、擊敗癌症的蘭斯・阿姆斯壯（Lance Armstrong）。日子一天一天過去，他的要求也越來越高。他開始在家裡對我作威作福，要是我試圖把他鎖在席德的育嬰房外，他就會憤怒地狂抓門。我做什麼都籠罩在他的影子下。他想要知道我在跟誰說話，我要去哪裡，我吃什麼東西。後來有的時候，他為了強調自己的地位，還會舉起腳尿在席德身上。

「是啊，我真是不懂。我以為妳說他很快就會死了。」我對獸醫說，而兩天之後我就要出發前往大溪地了。這時剛過了六個月，提茲的健康並沒有停止改善。「並不是說我很失望之類的啦……只是我已經做好他在這時候死掉的打

83 即Wolfgang's Steakhouse，源自紐約，為全球知名連鎖牛排店。

算了，妳懂吧？」

雖然我很愛提茲，但其實我有點希望他別礙事，這樣我才能專注在與席德的新生活上。每當我把席德拉到身邊，提茲就會想辦法擠到我們中間；要是席德把玩具留在地上，提茲就會帶到外面埋進他挖的亂葬崗。我沒帶提茲去大溪地，而是決定把他留在洛杉磯。他已經不再是等死的狀態，而我們也需要分離個幾天。我回來的時候，他看起來更年輕，也比之前更調皮搗蛋了。他臉上因為放射線治療掉落的毛髮慢慢長回來了。他開始變得像是我十年前養的那隻狗。

傑森跟我忍不住因此憎恨他。

「妳能相信我們六個月前本來準備要讓這隻狗安樂死嗎？」傑森在從保母那裡開回家的路上時搖著頭說。我看著提茲，他坐在正在開車的傑森大腿上，把頭伸出了車窗。「**堅強活下去啊，賤人們。**」我想像他聲嘶力竭對著我們經過的一群羅威納犬大吼。我有一度產生了壞念頭想把他推下車。我實在受夠了！我的情緒像是搭雲霄飛車，我的過去與未來之間的拉扯，以及我還是不夠難過到不吃東西這件事。必須做點改變才行。

二月分，我們回到了紐約。提茲還是個自大狂，我也還在試著適應一妻多夫的生活模式。他輕鬆地過完十四歲生日，而且還會活過席德的一歲生日，那時候我應該已經到極限了吧。獸醫在幾個月前告訴我，他準備好離開的時候，我一定會知道的。

「你剛好準備要離開了嗎？」我在某天晚上就寢前這麼問他。

提茲的目光從他狗床裡藏的一根大骨頭上移向我。「門都沒有。」他的眼神這麼回答。

「我是說我很愛他。你知道我有多愛他，可是這樣到底要持續多久？」我在床上躺在傑森旁邊，蓋著棉被小聲說話。提茲正在客廳喝水，所以我確定他不會聽見我們。「我只是……現在二月了，然後我一直想讓席德的一歲生日採用類似〈生生不息〉（Circle of Life）[84]的主題。」

「什麼意思，妳是要把我們兒子的生日跟提茲的葬禮辦在一起？妳有病嗎？」傑森也壓低聲音，他跟我一樣怕提茲會暴怒。

「不！天哪，才不是！」我驚恐地倒抽一口氣。「比較像是他的守靈儀式。

84 迪士尼動畫《獅子王》（*The Lion King*）的一首主題曲。

超酷的。會跳一堆舞。也許再弄一隻像他的紙娃娃。」

儘管病況不利，提茲跟他鼻子的腫瘤一直堅強活下去撐到了七月，後來他的活力又開始減弱了。當然，我已經做好了讓事情結束的心理準備。畢竟我只要死一個家人就能達到我的理想體重了。但就算我很想擁有悲傷寡婦的身體，失去提茲對我而言毫無疑問是最痛苦的事。

到了八月，他的鼻子又開始堵塞，而且情況比之前還要嚴重。就算是在最平靜的狀態下，他的呼吸聽起來還是像個在羽絨被賣場的猶太人。我試過教他像我一樣在睡覺時張開嘴巴，可是獸醫說這不可能。他的體重從九磅掉到五磅，瘦到我在一英尺之外就能清楚看見他的脊椎骨。雖然我當初發誓過只讓他接受一次放射線治療，但我一見到他受苦，就立刻搭機回洛杉磯安排第二次。我對癌症治療相關藥物的一切懷疑全都拋到了九霄雲外。我的公寓開始塞滿了美洛昔康（Metacam）、雲南白藥、苯丙醇胺（Proin）、布拉西止瀉片（Endosorb）、柔潔凝膠（Metronidazole）、薑黃粉、綠茶、中藥、Omega-3脂肪酸、寵物維他命（Rx biotic）、阿莫西林（Clavamox）抗生素，以及一種腫瘤專用保健狗食。我會讓提茲平靜但不痛苦地離開。

他在洛杉磯接受第二次治療的前一天，完全失去了食慾。就連我從葛洛夫購物中心（Grove）為他買的Umami漢堡也完全沒動，放在飯店浴室地板上涼掉了。我不覺得他有體力能夠撐過第二次放射線治療，可是腫瘤科醫師強調他的血液檢查結果看起來沒問題。所以我決定孤注一擲。

提茲第一次勉強逃過了癌症侵襲。他比他的預後多活了將近一年。我對他盡力奮戰感到驕傲。雖然有時想起會令人沮喪，可是對於他跟席德能夠互相認識這件事，我會永遠感到驕傲。無論席德會不會記得他，我還有照片跟影片，以及永遠不會磨滅的深刻記憶。

我坐在塞普爾維達大道（Sepulveda Boulevard）上那間ＶＣＡ動物醫院的等待室，開始懷疑提茲留下來也許只是想確認我對新男友是不是認真的。等到他確認我會好好的，說不定他就願意放我走……

才不是這樣。現在十四歲半的他，不但擊敗了癌症兩次，還讓我清楚知道他完全不打算放我去任何地方。他的十五歲生日禮物想要一隻真人大小的席德紙娃娃。回覆是否參加時，請先知道一件事，就是他會讀我的電子郵件。

Ⅱ．小賤人

我跟少數女人同睡過一張床，但吉娜是我唯一喜歡的。她像一串活潑、大膽的鞭炮，而瘋狂的瀏海跟狂野的灰色耳朵讓她看起來像是《木偶奇遇記》（*Fraggle Rock*）裡的角色。她會容忍我生命中的其他男人，因為她不得不。

不過她跟大部分的瘋女人一樣，要是可以照她的意思來，那麼我身邊的所有人都會消失，然後她會永遠坐在我的臉上。

傑森跟我認識時，我已經有了提茲，他也有了他那隻混蛋迷你杜賓犬哈利。一般人會認為兩隻狗就足以填補童年時期留下的孤寂空洞，然而我們可是貪得無厭、渴望得到關注的演員。我們得到的愛越多就越好。我們一結婚，朋友們不再向我們祝賀跟送Crate and Barrel[85]禮物卡時，傑森跟我就開始尋找另一隻狗來填補我們無底的空洞。

在我看來，吉娜女孩這隻狗是南洛杉磯動物收容所曾經收留過最可愛的生物了。這應該是我的線索。我從來沒想過要問她怎麼淪落到那裡的。關於她的過去，她說的很少。我只知道她很自由自在，而且親吻的技巧最棒了。五年來，吉娜和我一起過得快樂到了極點。

後來，當然是席德出生了。

當傑森跟我把消息告訴吉娜，說席德並不是只會待一個夏天的德國交換學生，她就陷入了深深的憂鬱。有好幾個月，她都不肯離開長沙發，開始狂吃牛肉零嘴，留長指甲和頭髮，而且似乎一直在看影集《亞特蘭大嬌妻》（*The Housewives of Atlanta*）。十月時，情況糟到有史以來的最低點。

那是席德的第一個萬聖節，傑森跟我第一次受邀到我妹家裡參加兒童派對。那是僅限人類參加的活動，所以狗狗們必須待在家，儘管牠們的裝扮都超好看。在晚上出發之前，傑森堅持要我們全家一起照相。席德打扮成兔子（另一個選擇：放屁墊），傑森是一根巨大的紅蘿蔔，我是「親愛的媽咪」，哈利是一根熱狗，提茲是惡魔，而吉娜散發出高傲的賤人氣場，完美扮演了電影《雌雄莫辨》（*Victor Victoria*）的主角，勝過了我們所有人。在我刪除所有我對自己不滿意的照片後，我們就只剩下兩張很棒的照片，一張是傑森、席德跟狗狗們，另一張是我露出留戀的眼神望向某處，假裝不知道我在自拍。那是個涼爽的秋夜，而我打開了家裡所有的門，希望鼓勵我的鬼狗跟牠的老人夥伴在萬聖夜休息一下，離開房子。我的管家麗塔站在洗衣室，要洗完席德無數件髒掉的連身衣。她向我們道別，告訴我們會在離開之前鎖好門。

孩子們的萬聖節派對真是有夠拖拖拉拉的。首先，外面天色還有點亮，而唯一稱得上有點算是可怕的東西，是我妹的指甲彩繪。我以前參加過的所有萬聖節派對一定都是在晚上九點以後開始，而且會有一台噴霧機，或者至少可以嗑到一顆迷幻藥。不過我妹要照顧的對象不同。無聊的對象。莎曼莎對母親跟家庭主婦的身分應付自如，讓我納悶我們是不是不同媽生的。她喜歡挑

85 美國知名連鎖家居品牌。

選主題、設計菜單、邀請賓客、決定哪種顏色的日晒噴霧最能襯托她的性感USB連接口裝扮。就算在生孩子之前，我妹也因為會破壞放蕩之夜的樂趣而惡名昭彰。要是她跟她先生出門，懷疑他玩得太盡興，那天晚上就會無來由地提早結束，然後她就會說要回家。今年萬聖節，為了完全掌控一切，莎曼莎選了個討厭的「夫妻」變裝主題，強迫我妹夫賴瑞（Larry）整個晚上都跟她黏在一起。她是USB連接口，而他是USB隨身碟。雖然他們已經盡量拴在一起，但最後還是在派對上跑到了不同的地方，讓她看起來像是穿著直筒連身裙的奧柏倫柏人[86]，而他則是穿牛仔褲戴著一根變形金剛的那話兒。

吃過糖果的海盜們在一座巨大氣墊屋裡互相廝殺時，我們跟著我妹穿過一堆只變裝一半的木乃伊，他們全都戴了貓耳和拼出自己孩子名字的項鍊。迷你小妖精們不停呼喊還要糖果，而他們那些麻醉的父親則是喝著蘋果酒卻假裝自己是在納帕（Napa）[87]。一如往常，只要我在團體中，心裡就會很衝突，一方面想要成為眾人焦點，另一方面又想要融入其中。嫉妒又憤怒的我，拿了一根迷你炸熱狗，然後逼傑森吃下去。

他的手機響起。是麗塔打來的。

「傑森。是吉娜。她走了！」她在電話中的哀嚎聲聽起來像是正站在一具沒有生命的屍體前。「我到處都找過了。我真的很抱歉。」

「妳說她走了是什麼意思？」傑森扯下戴在頭上的紅蘿蔔裝飾，開始踱步起來。我拿走傑森的手機，冷靜地要麗塔解釋清楚。看來是她去鎖門的時候，發現吉娜不在老位置。找過所有的櫥櫃跟房間之後，她還去問園丁有沒有看見她。園丁是新來的，跟我們不熟，不過他確認有看到一隻打扮成母狗的小灰狗在幾個鐘頭前走出大門。我從來沒想到，也從來沒料到，原來吉娜女孩這麼惡毒。

突然之間，一切都拼湊起來了。在席德可能發生嬰兒猝死症以及我回到她身邊的希望破滅之後，吉娜決定對我上演電影《控制》（*Gone Girl*）的戲碼。我在腦海中重演那天的事：在我們走出前門時，她關愛地舔了舔席德；在我摘下她的項圈，替她換上晚禮服時，她格外配合；她早上散步時，比平常花了更長的時間。麗塔並沒有弄丟吉娜。吉娜跑掉是為了證明一件事。我相信那種瘋狂的嫉妒已經在表面下沸騰了好幾個月，所以吉娜要親自處理，而她認為要整我最好的方式就是消失。也許她最終的目標是在不同的城市找到新家。可以確定的只有一點，那就是吉娜一定要讓我像她過去六個月那樣受苦。

「混種貴賓人的怒火比地獄烈火更可怕[88]。」我心想。

---

86 Oompa-Loompa，電影《巧克力冒險工廠》（*Charlie and the Chocolate Factory*）中虛構的矮人角色。

87 位於加州舊金山灣區以北的一個郡，以產葡萄酒聞名。

我立刻連上推特。「我的狗狗吉娜在班尼迪克峽谷（Benedict Canyon）走失了！如果你或你認識的人有任何消息，請馬上傳訊息給我。」我這麼寫。沒過多久，我就看到了一大堆轉推、慰問，以及互相矛盾的故事。有些人聲稱看見她在凡奈斯（Van Nuys）的一間El Pollo Locco烤雞專賣店外面吃東西，其他人則是保證見過她搭著一輛破舊的雪佛蘭Impala汽車在一〇一號公路上往東走。

在我們趕回家時，溫暖的秋季天空突然下起了大雨。交通狀況比平常更糟，主要原因是洛杉磯人一淋濕就會完全癱瘓。等我們回到家的時候，天色已經完全暗了。麗塔在等我們，所以我把席德交給她，問她能不能哄他上床。接著我拿了手電筒，在曲折的峽谷道路上尋找，深怕會發現吉娜被壓扁平貼在馬路中央。如果沒穿晚禮服，她看起來就像一隻有辮子的浣熊。我只能希望有好心人會為她停下來。我們找了幾個小時，到半夜還是一無所獲。傑森做了很大的標語，跟我一起沿著路張貼。我繼續在網路上查看消息，但還是沒什麼有用的線索。我們沒上床睡覺，在廚房坐到天亮等雨停。

「如果哈利是我們的最後一隻狗，我發誓……」我在隔天早上向傑森哭訴，一邊到Craigslist[89]網站上翻閱頁面尋找失蹤動物。整個晚上都在下雨，讓我對吉娜活著回來的希望變得更加渺茫了。

就在這時候，我收到了一則訊息。「嗨，是珍妮嗎，妳的狗應該在我這裡。」我打了電話，是個女人接聽。她住在兩英里外，說「那隻動物」穿著晚禮服站在她家外面的路中間，而她停下了車，引誘她進了家裡。

我的胃一沉。站在路中間？我是知道吉娜很戲劇化，可是從沒想過她有自殺傾向。

「她沒有項圈，可是我的朋友有在推特上追蹤妳先生，從照片認出了她。我很抱歉用傳訊的，因為你們的標語昨天晚上都被雨沖散了，我實在看不清楚聯絡資訊。」她解釋道。

我感到寬心、疲憊，也對那女人的朋友在推特上追蹤傑森而不是我的事覺得不太高興，但我還是直接跳上車開去她家。我停車時，吉娜已經在那棟小型雙拼屋外面等了，她包著毯子，看起來像位受害者。女人把她舉高，讓她可以看到車裡的我。

「吉娜！」我用責罵的語氣說，接著打了檔，免得嚇到那女人。「我親愛

88 英文有句俗語為「Hell hath no fury like a woman scorned」，意思是女人的怒火比地獄之火更可怕，此處作者將其中的「女人」替換為吉娜這隻混種貴賓犬。

89 源自美國的線上分類廣告網站。

的寶貝天使小妞！謝天謝地，妳沒事！」

吉娜因為有陌生人在場而配合演出，搖了搖尾巴假裝很興奮。

「她在妳家還好嗎？她沒事吧？」

女人抱住吉娜，然後把她交給我。「是啊，她在我車上開心得要命，不過一進家裡就有點激動。」

「什麼？什麼意思？她沒做什麼攻擊性的事吧？」現在我已經不知道吉娜能夠做出什麼了。

「不，不，不是那樣的。她只是不想再待在裡頭了。我不能讓她出來，因為我們養了大狗，我怕牠們會傷害她。不過男孩們很愛她。」

我突然愣住。「男孩們？」

「我們有一對三歲的雙胞胎。」

「真的嗎？」我看著吉娜。她也看著我，顯得很羞怯。情況很諷刺：她離家出走想找到更好的地方，結果來到的這間三房公寓裡卻有兩個席德（而且一定不會發生嬰兒猝死症）。雖然我很想繼續生氣，但是沒有辦法。吉娜可能沒跑得很遠——一部分是因為她的腿只有三英寸長——不過我還是很佩服她，這個聰明的賤女人。她真的把發神經的門檻提高了。

我回到家時，傑森正在車道上焦急等著。吉娜跳下車，把他當隱形人一樣從他身邊跑過。他舉起雙手，一副認命的樣子。

「老樣子。」

我搖搖頭，看著她自大的辮子在遠處彈跳，從沒因為我們有一個男孩的事這麼高興過。

III・在俄亥俄州帕里斯（Paris）的最後一支探戈

哈利本來應該是一夜情的關係而已。就是那種你某天看到，然後就再也不會見面的狗。他不會有敵意，也不會脾氣暴躁。要是你在對的時刻遇見他，就會覺得他的個性其實相當迷人，而且他的外表無可匹敵。他是犬科動物中超棒的男性典範，而就像穿著內衣貼在經過的公車背後那些男性典範，要保持距離才會有美感。帶他回你家，還想要馴服他，就等於自找麻煩。哈利跟我過去八年的時間裡大部分都在一起生活，這並不是因為我想要，而是我沒有別的選擇。除了喜歡在沙灘上一直散步以及對燭光晚餐幾乎完全沒有耐心，我們完全沒有共通點——除了傑森。哈利隨著我的婚姻到來，而雖然我是個冷血的賤人，但我絕對不會強迫傑森放棄他的——後來我就這麼做了。

我是在認識傑森之後一、兩個星期認識哈利的，而我馬上就看出來他很性感，但不是我的菜。他的身材很棒，臉也很可愛，可是他的腦袋裡裝了石頭。

他很黏人，神經緊繃，還有輕微的自殺傾向。他沒辦法一直乖乖坐著聽話，而且要是可以獨處，他就會去吃內衣褲、鞋子、皮夾，還有垃圾。有一次他吃了一整包肥料，在傑森全新的地毯上吐得到處都是。另一次他嗑掉了一大塊布朗尼，然後整晚都在上我們的喀什米爾披巾。跟有耐心、有禮貌，可能還有資格進入門薩俱樂部（Mensa）的提茲比較起來，哈利是個空有外表卻毫無內涵的傢伙，而且還有分離焦慮症。他完全不想獨處。晚上的時候，他會期待你打開雙腿讓他窩進去。如果你把他留在屋外，他會聲嘶力竭吠叫到你開門為止。如果有一塊食物掉到地上，他就會變成徹底的野蠻狗，為了吃掉食物還可能把你的手咬斷。如果你邀請客人來，他就會突然在大家最可能踩到的地方拉屎。他就像那種要不是最後跟親生母親搬到另一個州，要不就是趁你熟睡時刺死你的混蛋繼子，所以你只能閉上嘴，然後把你的貴重物品藏起來。我曾經不只一次問傑森的前女友要不要把哈利帶回去，不過就算是貝茲（Baz）也沒那麼笨。在我最絕望的時候，大概還曾提議要把那件海灘長袍還給她，讓這場交易更有誘因，但她還是沒改變主意。哈利是個問題兒童，除了傑森以外的每個人都看得出來。

我一直相信哈利的死會是他咎由自取。有好幾次我很想把他的身體淋上雞油，然後不繫狗鍊帶他到魯尼恩峽谷健行，可是都忍住了。哈利是傑森的狗，而跟他分手或殺了他的重擔必須由傑森承擔。雖然這樣很煩人，還花了我好幾千塊美金讓他上寵物學校、接受蒸氣清洗、寄宿，但我還是不願意扮演壞警察的角色。我反而在這件事上保持心不在焉的態度，讓混亂自然發生，直到傑森看不過去而採取動作。

在席德一歲半前，哈利大部分時間都寄宿在希爾馬社區（Sylmar）的某個地方。我從來就不怕哈利會故意傷害席德，而是比較擔心他魯莽的行為最後會導致我們的房子燒光。提茲跟吉娜基本上就只是有眼睛的抱枕，但哈利需要隨時受到監督。他是個情緒化的傢伙，會在你家派對時整晚在屋頂上威脅說要直接跳進游泳池裡。除非你願意花一整個晚上的時間看他那本充滿粉絲創作的《飢餓遊戲》（*Hunger Games*）圖畫，並且聆聽他試圖自殺時的心路歷程，否則他一定會大吵大鬧引人注意。在洛杉磯，傑森跟我有空間可以讓他做這種滑稽的事。哈利在那裡至少可以把無限的精力消耗在追捕松鼠或跟提茲挖亂葬崗。可是在紐約，我們沒那種戶外空間或是塞滿夠多玩具到少了五、六隻你也不會發現的遊戲室。我們住的是公寓，裡面有一個寶寶，一位保母，另外兩隻狗，還有三隻芝麻街的艾蒙（Elmo）。而且要是任何一隻艾蒙被嚼爛吐在沙發下，我們全都會受到非常重大的影響。

總之，等我們一確定要定居東岸的時候，傑森就堅持要帶寄宿的哈利回來跟我們一起住。

「他是我的狗，珍妮。他不能一直待在洛杉磯。」

其實我不反對讓哈利一直待在洛杉磯。可是他跟狗保母待得夠久，我們付的錢已經足夠被她拿去拉皮了，這件事讓我真的很不爽。我也很擔心我的臉啊。而且雖然我試圖把哈利擋在腦海之外，他還是一直溜進來。這就像十五年前你在某個假日派對上不小心跟某個討厭的傢伙睡過，而對方還是會在生日時邀請你去喝一杯，他是不會讓我忘了他的。

我試著抽離出情緒，然後越思考越覺得把哈利帶到紐約對我們似乎是個壞主意，對他也是。這座城市無法提供他需要的生活。我是已經很討厭他了，但要是我們帶他來紐約，傑森可能也會變得憎恨他（至少我是這樣告訴自己的）。總之，傑森有私心，所以無法做出正確的決定。如果要改變什麼，就得由我來做。

那是個週日上午，時間正在流逝。再過不到一個星期，傑森就要飛去洛杉磯了。他跟哈利已經九個月沒見到面了。我相信對哈利而言，傑森只是他曾經認識的人。不過對傑森而言，見到哈利一定會很感動。雖然他心裡想要他回來，可是他也知道現實層面會有更大的挑戰。在傑森為這種矛盾情緒所苦時，我做了我最擅長的事：去逛 Instagram 跟批評陌生人。

翻閱動態消息時，我停在一張照片上，張貼者是我認識的一個女人，帳號是@Fleamarketfab。珍（Jen）又叫作跳蚤（Flea），是一位設計師，幾個月前我決定要當室內設計師時，曾向她買了一張冰島的羊皮。珍對室內裝飾的眼光好到會讓你想要用漢斯．韋格納（Hans Wegner）[90]那把叉骨椅的扶手把自己的眼睛挖出來。我超愛她的頁面跟她家，而且只要她的照片裡有隨意掛在一株琴葉榕旁邊的一頂非洲羽毛帽，我就一定會按愛心。可是這一天，她貼了不一樣的東西。那是一張偷拍的快照，裡面有一隻迷你杜賓犬裝扮成龍的樣子。我想了一會兒，試圖回憶有沒有在她的頁面見過一隻迷你杜賓犬。我知道她有一隻牧羊犬，還有某種紅頭的獵狐犬，可是我沒看過迷你杜賓。也許是新養的？或是她其實一直都在養，只是我的腦袋自動過濾不想讓我看到迷你杜賓？

我衝動地傳給她一則訊息。「嘿，珍。妳有養迷你杜賓嗎？」

「是啊……為什麼問？」珍的手機打開了傳送她閱讀訊息時間的選項，表示她這個人比我好太多了。

「妳還想要一隻嗎？」我從沒見過她，所以覺得沒必要拐彎抹角扯到那株琴葉榕。就我所知，她已經活在自己的迷你杜賓地獄裡了。

90 丹麥設計大師。叉骨椅（wishbone chair）即為其經典作品之一，又稱Y椅（Y chair）。

「是誰的？」她立刻回覆。

我看著在房間另一邊的傑森。他跟席德坐在地上，數著他們可以在提茲沒反應的身體上放幾顆藍莓。我從眼角餘光看見吉娜伸開四肢躺在最新一期的《T》雜誌上，一邊看著她的指甲一邊從窗台做日光浴。我想像著哈利跟他的精力會讓這片平靜的景象有什麼變化。

「我的。」我回答。

我看見珍讀了我的訊息，可是她沒有回答。身為一隻迷你杜賓犬的主人，我了解如果有人還要給你另一隻，這可能表示對方恨死你了。於是我把珍的不回應當作回應，然後把注意力轉移到一則由蘭比．唐納翰（Lamby Dunham）穿著緊身連衣褲的貼文。

幾個鐘頭後，珍回覆訊息了。她說她跟她先生談過，他不但願意接納哈利，而且還高興得不得了。她是認真的嗎？我知道我是提議這麼做，不過老實說，有哪種人會願意敞開家門接納一個十歲的老毒蟲嫌疑犯，而且還是有管教問題的？這其中有什麼隱情嗎？

說到底，珍妮為什麼願意接納哈利並不重要。重要的是她願意。現在我只要說服另外一個人就好了。

「妳是怎麼認識這個人的？」傑森啜飲咖啡，一邊用懷疑的神情盯著我，而我則是假裝在吃席德的腳。

「我已經認識她好幾個月了。我就是向她買那張羊皮的。」我試著含糊帶過。

「妳見過她本人嗎？」

「她有一間大房子，三隻狗，她的小孩長大了，你看她家這些照片就知道了。」我拉出珍的 Instagram 動態消息，讓傑森看看她值得登上《建築文摘》（*Architectural Digest*）。

他瀏覽照片，覺得很佩服。「這在哪裡？」

「呃。」我愣住了。

「妳不知道嗎？」他戳破我了。

「我知道。」我反駁。

「珍妮。妳從來沒見過這個人對吧？」

「虛擬。有。實體？沒有。」

「所以這完全是個陌生人。」

「而且擁有將近三萬個Instagram追蹤者。我覺得她沒問題。」

「所以她住在哪裡？」他又問了一次，把我轉回正題。

我知道（或是我以為我知道）珍住在俄亥俄州（Ohio），可是我不知道確切的位置。席德這時正好爬上了我的背，吵著要騎馬繞房間走。「我想應該是克里夫蘭（Cleveland）、羅蘭（Lorraine）、帕里斯（Paris）、辛辛那提（Cincinnati）、狄蒙（Des Moines）……」我列了幾個聽起來有可能的城市，希望其中一個正確。

「首先，狄蒙在愛荷華州（Iowa）。其次，在俄亥俄州沒有帕里斯。」

「那裡有。」我不確定真的有。

「我想妳是指德州的帕里斯吧。」比起糾正我的文法、我的拼字或我的數學，傑森更愛糾正我的地理。

「去Google啊。」我很確定每個州都有一個叫帕里斯的地方。席德從我的背滑下，開始推我去廚房泡奶給他喝。傑森立刻打開他的手機。

「妳說的對。有那個地方。」他失望地宣布。「可是我懷疑她不住在那裡。」

「誰在乎？重點是她人很好，環境又棒，而且願意讓哈利住。」這時席德用力打了我一巴掌，吉娜開始對走樓梯上來的某個人大叫，提茲則是開始發出氣喘聲，好像被雞骨頭哽到了。「我們不能讓他來這裡。」我脫口而出。

傑森注意到我的焦急。「我知道。」他有氣無力地承認。

我們跟珍通過電話，確認她是愛狗人士，而且真的住在克里夫蘭，因此傑森也覺得這個決定不錯。他終於願意讓哈利走了。只是有個麻煩的地方：他做不到。傑森說要是他跟哈利見到面，他就絕對沒辦法放棄他。如果我想要哈利到俄亥俄州跟珍住，就得親自去帶他。

隔週，傑森和我飛到洛杉磯參加我親戚的四十歲生日。經過旋風般的四十八小時後，傑森搭了飛機回紐約，我則是在旅館等哈利。計畫還算簡單：他的保母會帶他來。我要跟他在洛杉磯過夜。接著我們要登上早班飛機到克里夫蘭跟珍碰面。隔天上午，把哈利交給她之後，我就飛回紐約。

當我看見哈利的保母梅馨（Maxine）在旅館代客停車區從她的卡車搬下一袋狗食，我的焦慮感也越來越重。哈利的頭從副駕駛座窗戶探出，然後叫了起來。他看起來比我記憶中更老了。我不禁納悶他看見我是不是也這樣覺得。他的眼睛稍微朦朧了些，口鼻部分完全是灰白色。

「嗨，哈利。」我的胃扭結成一塊椒鹽脆餅。

梅馨轉過來，對我揮了揮手。她讓哈利下車，然後抱著他好久好久。雖然我花了很多時間跟哈利相處，但梅馨花了更多時間。在說好把哈利送給珍之前，我們曾提議把他交給梅馨，可是她拒絕了。她很愛哈利，不過她的狗已經夠多了，不需要再多一隻。

「我會很想念他的。」她忍住眼淚說。

我緊緊擁抱梅馨，心想這很可能也是我們之間關係的結束。

「妳知道他在俄亥俄州會很冷吧。」她邊說邊拿給我兩件狗狗毛衣和一件羽絨外套，然後終於上了她的卡車開走。

一如往常，哈利似乎沒注意到身邊發生了什麼事。他透過皮帶拉著我，不太往梅馨開走的方向看。他在旅館的四個角落尿完之後，我就帶他回房間。等我們一獨處，他的皮帶也解開之後，他就開始到處亂跑，聞東聞西的。我擔心他還是能在我的手提箱上聞到傑森的味道。有一件事是我知道但他不知道的：他很可能再也見不到傑森了。我為哈利感到難過，也為傑森感到難過。我不希望他們的關係以這種方式結束。

到了六點左右，我的朋友愛黛兒過來接我去吃晚餐。我替哈利留了一件毯子跟水。愛黛兒發牢騷說我真是個賤人，竟然把她丟在洛杉磯，現在又要把哈利丟到俄亥俄州。不過在所有人之中，她是最了解哈利問題的人。我一威脅要把哈利留給她時，她就不再抱怨了。

經過一個半小時，吃完五籃口袋麵包後，愛黛兒跟我回到了滿是排泄物的旅館房間。這看起來不太可能完全是哈利自己辦到的。我想像他用牙齒打開門，邀請其他的狗（也許還有家畜）進房，然後一起清空迷你酒吧跟他們的腸胃。但這都是哈利幹的。在一株被吃掉一半的薄荷旁邊那顆枕頭上，有一小顆正圓形的狗屎。哈利無辜地抬起頭看著我們，好像剛睡了一大覺醒來，完全不知道自己身在何處。

「噁死啦。」愛黛兒倒抽一口氣。

我盡量保持鎮靜，但這並不是意外。整個房間都塗滿了狗屎。咖啡桌上有狗屎，沙發上有狗屎，毯子上、客房服務菜單上，甚至連遙控器上面都有。這是一種訊息。哈利不會乖乖接受被遺棄的事。但我也不會改變心意。

隔天上午八點，我到了機場，哈利繫著皮帶在我身邊。我偷帶著他通過安檢搭上飛機時，他一直在狗袋裡蠕動。根據傑森的說法，那班飛機可以帶寵物進客艙的名額已經滿了，所以哈利必須偷偷上去。坐在我旁邊的是一對退休的夫婦，而我刻意跟他們閒聊，盡量不在我前方座位底下傳出奇怪乾咳聲的時候往下看。

在克里夫蘭一降落，我就打給傑森，鬆了一口氣。「我們成功了。現在要搭Uber然後去我的旅館。」

「妳訂了旅館？」

「是啊。不然我還能住哪裡？」我對退休夫婦微笑，他們則是擔憂地看著我，怕我會問他們有沒有空房。

「跟珍住。」

「我根本沒見過她啊！」我邊說邊將哈利甩到肩膀，排隊下飛機。

「可是她有將近三萬個Instagram追蹤者。」傑森忍不住回擊我。

「我對低於十萬的還是有疑慮。」

「而妳卻要把我的狗送給她？」

我在機場外打開哈利的狗袋，讓他在我等Uber的時候可以尿尿。「這麼說好了，珍謀殺哈利的機率比我謀殺他的機率低太多了。」我把哈利趕進Uber，然後朝市區去。

我沒浪費時間，一在鬧區旅館登記入住後就立刻傳訊息跟珍說我已經準備好可以見面了。珍回覆說她正要上車往城裡來。她猜大概需要稍微超過一個小時才會抵達。同時，我決定洗個澡提振一下精神。我很怕把哈利獨自留在房間，於是把他跟我鎖在浴室裡。我們兩個一起在浴室的次數已經數不清了。通常我會在我洗澡時也幫三隻狗狗洗，而不是帶去請人洗。

我脫光衣服，把水轉到最大，這時我們的目光接觸了。擊打在陶瓷浴缸上的水聲喚起了一陣我無法抵擋的懷舊之情。哈利看著我打量他那輪廓完美的下巴。我記得我有無數次好想把他一腳踢出窗外，但也有真心喜歡他在場的時候，雖然次數少了點。傑森到外地時，他會保護我的安全，從不讓我在鬧鐘響起後繼續睡，也總會鼓勵我做更多有氧運動。他看著我學習怎麼當作家與為人妻。那些瘋狂的烤肉會、深夜大吵、愚蠢的胡鬧——哈利全都見證了（或者至少是透過我們客房的門聽見）。雖然有時很難看出來，不過我愛哈利。我的心裡有一部分會想念他。我看著他跟橄欖球大小差不多的身體，胸口因為自責而感到一陣刺痛。梅馨為了讓珍覺得好看，在把他帶給我之前替他洗過了澡，但他的背上還是散落著白色的皮屑。由於這可能是我們最後一次獨處，所以我抱起他，像以前的日子那樣，為他好好洗了個澡。溫暖的水從我們身體流下，洗掉了多年來的沮喪。這種感覺就像你知道自己即將要跟對方分手，所以哈利過去做過的一切似乎都不再令我討厭了。我已經從這段關係中解脫，現在可以完全享受他的陪伴，不必擔心該怎麼改變他。

□

珍有一雙長腿跟紅褐色頭髮，對一個主要使用Instagram張貼傢俱的女人來說，真是性感到不像話。她既親切又坦率，而且一點都沒有想殺人的樣子。

哈利嗅聞著她的皮包想找點心，似乎已經覺得珍應該要對他慷慨大方了。這場求愛持續了半個小時，後來我才扳開他們，帶珍去吃晚餐。哈利粗略地打量了珍一眼，接著用眼神向我傳達，雖然他跟我在旅館住同一間房，即使我們才剛一起洗過澡，但我們才不是專屬於彼此的。

我把他關在浴室，然後帶珍出去。

我們吃著兩盤鱒魚跟一碗獅子唐辛子，一邊聊到哈利、我們的星座，以及#TheBlondeSaladNeedsToStop。我真希望十五年前就可以認識珍這種女孩，當時我需要的是室友而不是我妹。她很機智、聰明、脆弱，而且很願意分享她的冰淇淋。如果我是一隻狗，我一定會很興奮能夠跟珍在一起。聽著她說話，我不再為哈利感到難過，反而開始覺得嫉妒。（我在心裡記下千萬不能跟吉娜提到哈利的下落，要是她知道珍的孩子都已經長大，而她的狗狗們都睡在客製的編織枕頭上，她一定會崩潰的。）晚餐過後，我們開回旅館，而我跑上樓去帶哈利。我怕房間被破壞了，所以不敢邀請珍上去。幸好，哈利很乖。我們出去時，珍站在她的車子前，像是等著扶灰姑娘上馬車的車夫。我深吸了一口氣，以為會發生某種場面，不過哈利直接就跳上了珍的車。我把頭探進去，希望至少來個吻別，可是哈利不肯動。他把腳爪放在珍的方向盤上，頭伸出駕駛座的窗戶，像是在說：「我們上路吧，女人。」

珍不好意思地看著我。「他可能只是聞到其他狗的味道了。」她想安慰我。可是沒有用。哈利的退場太典型了。他離開的方式跟壞男人一樣，點了一下頭像是在說「我早告訴過妳別愛上我」。我看著他們離開，然後轉身走向旅館回到我的空房間，心裡卸下了一塊大石。我的自尊受了點傷，可是讓哈利離開之後，我覺得自己堅強了點。

隔天上午，我坐在準備前往紐約的飛機，在起飛之前瀏覽我的Instagram動態消息。就在我要關掉手機電源時，手指停在一張圖片上，那是哈利舒服地坐在一張丹麥雙人小沙發上，旁邊還有溫暖的火堆。我立刻將螢幕擷圖，然後在手機上放大，看看能不能找出更多線索。這就像前任找到了新對象，我希望他能夠再愛人，只要他愛對方沒愛我那麼多就好了。而且最重要的是不能這麼快。不過在這件事中，放下我不會很難。珍實在太寵愛她的狗，而哈利那張可愛的臉蛋已經又為她贏得了上千位追蹤者。我往後斜躺在椅背上，想要為他們覺得開心，可是心裡有一部分不想這麼做。

那個該死的混蛋最好在生日時邀請我去喝一杯。

9 亞馬遜免運快速到貨

「你好，是美國運通嗎？對，我想要升級到黑卡。我聽說黑卡可以讓我在生命受到威脅的情況時從空中把我救出叢林……呃，我不太確定，不過我剛喝下了一杯死藤水，看起來不太妙……好，我先不掛斷。」

我試圖移動在身體兩側的手指，結果感到一陣刺痛。我突然回過神來，發現我沒有手機，我的嘴巴也沒在動。我的身體完全沒反應，躺在秘魯叢林的一張小型泡棉墊上，兩邊是我的朋友雀兒喜和丹尼，而在我們加了蚊帳的圓頂屋周圍有一組攝影人員，以及一個像花園地精的矮男人，他的牙齒很黑，皮膚很油，嘴巴念念有詞，還向夜空吐口水。我想要坐起來了解情況，結果有種反胃的感覺翻攪著。丹尼的身體在滴汗。他的胸口因為焦慮而劇烈起伏。他很蒼白也很瘦，就像你在集中營看見推著車到處走的那種人。雀兒喜非常清醒，她正盯著那位巫師。

「你的牙齒為什麼弄成那樣？」她問。

巫師沒回答，而是吸了一根捲菸，把煙霧吐在她臉上。雀兒喜望向我，以幾乎無法察覺的方式忍住不大笑出來。

「我什麼都沒感覺到。你們呢？」

丹尼突然坐起來，眼睛翻到了後腦杓，然後開始往放在他腳邊的一個桶子嘔吐，顯然感覺到了什麼。

過了十五分鐘，那種混濁像是浸了菸的褐色髒水（有人告訴我那是「藥」）開始發揮效用。雖然我覺得房間天旋地轉，彷彿是我喝了太多杯果凍酒，不過我對四周的情況感覺很敏銳。我可以數出上方的木梁。我可以跟雀兒喜的親戚莫莉目光接觸，她就站在顯示器後面。我甚至還能夠思考我身上這件最近花了五十塊美金買的低胸無袖背心值不值得，或者我是不是該把另外買的同款式白色那件退回去。確信自己不會掛掉後（但不確定接下來會發生什麼事），我閉上了眼睛，讓思緒飄進黑暗之中。

□

六個月前，我的朋友雀兒喜寄了電子郵件，問我想不想跟她一起去秘魯的叢林喝一種會引起幻覺的茶，據說有啟發精神的效果。她在網飛演出一部叫 *Chelsea Does Drugs* 的紀錄片，裡面會有數種藥物實驗，而這次體驗將是其中之一。當時我正因為摩洛哥的事而腎上腺素高漲，所以都還沒上網查詢死藤水是什麼東西就直接寫信果決答應了。老實說，我是覺得又有一場可以講給席德聽的超棒冒險而受到誘惑。只是這次剛好還有網飛會拍攝與播出，而我恨過的每一個人都有機會看到我在瀑布下性感地洗頭髮。而且這是雀兒喜的邀請，我很難拒絕。在這次邀請的六個月前，我曾跟她在一艘遊艇上航行穿越法屬玻里尼西亞（French Polynesia）的環礁，那次很可能是我這輩子最墮落的一次假期。我們那場旅行隨時都像永不停歇的派對。我的臉因為大笑而痠痛，身體也因為嘗試各種愚蠢的冒險運動而痠痛。只要跟她在一起，你就會受到冒險精神的感染，例如從一千座岩石峭壁往下跳一千次。

在雀兒喜踏上那些奇特的旅行，擁有超棒粉絲，突然爆紅之前，我就已經認識她了。我在二十六歲時認識她，當時我正在為《國家諷刺》[91]拍一部很糟糕的電影。她當時三十歲，已經寫了第一本書，還在一個短命的電視即興節目中演出，不過幾乎可以說是沒沒無聞。

91《國家諷刺》：*National Lampoon* 是一本美國幽默雜誌，刊登於一九七〇年至一九九八年。該雜誌起初是哈佛諷刺的衍生品。一九七〇年代，該雜誌在美國的幽默和喜劇中產生了深遠的影響，大受歡迎並獲讚譽。該雜誌催生了電影，廣播，現場直播，各種錄音以及包括書籍在內的印刷品。

「妳沒去為這鬼東西試鏡吧？」有一天她在化妝拖車上問。

「嗯。有？」我不好意思地說。

「哎呀，只是讓妳知道一下，這部電影超爛，而且妮可・埃格特（Nicole Eggert）長得很抱歉，搞不好很快就會死了。」

從認識的第一天起，我就覺得她是我從未擁有過的大姊。那個時候我還不是很了解自己。我的心裡有股恐懼，影響了我的工作和私生活，這種恐慌讓我不敢冒險或說出心裡的話。另一方面，雀兒喜似乎徹底了解她自己，也很清楚要往哪兒去。她是一輛有信念的貨運列車，擁有敏銳的機智，也能夠坦率地自嘲，可以幫助整個世代的女性發聲。她會說出我們心裡想著但不敢說出口的話。要愛上她很簡單，不過她的生活就像隻機械公牛，要抓住角可不容易。

名氣這種東西很有趣。它可以引發人最好的一面，也可以引發最糟的一面。身為還沒體驗名氣但一直跟它相處的我，兩種情況都見過。我認識傑森的時候，他已經很有名了。有人愛他也有人恨他，但不管是哪一種，大家都希望他聽到這件事時會興奮得不得了：他們高中時有個超級猶太人同學，而所有的人都說那位同學長得跟他一模一樣。從我認識傑森以來，這個世界一直在用某種方式回應他。

然而雀兒喜不一樣。過去短短五年裡，我看過這個女孩在拉斯維加斯某間賣場中央直接讓人做背部按摩，我也曾經要她穿我那雙髒掉的Charles David高跟鞋（因為她本來打算穿哈瓦仕〔Havaianas〕夾腳拖鞋來參加我們的首映派對），而現在她的名字已經家喻戶曉了。對我這種本來就已經缺乏自信心的人來說，很難不會感受到威脅，而且還有點覺得自己不配。如果是一般朋友沒回我電話，我會在心裡連續傳訊息給他們十八次，要他們拿起電話。如果是超有名的朋友沒回應，我就會有一連串的想法：

1．她可能只是在忙。
2．也許她沒帶手機。
3．奇怪，她二十分鐘前才在Instagram上貼了一張照片。
4．也許她正在做抹片檢查。
5．也許我說了或做了什麼事讓她不高興。
6．也許她跟身邊所有的人說她恨我，還叫他們再也別提起我的名字。
7．我敢打賭如果我是艾米．舒默（Amy Schumer），她一定會接的。
8．為什麼我不是艾米．舒默？
9．為什麼我的人生這麼魯蛇？
10．六個月後我巧遇她，而她朝我臉上吐口水的時候，一定會超級尷尬。
11．好吧，我猜我們就當敵人吧。大家都有敵人。這再正常不過了。我只是必須帶著這種感覺生活而已。

12．她寫訊息回覆了。

13．我們沒事了。我不知道自己在想什麼，我們當然是朋友啊！

14．我愛她。

雀兒喜從沒做過傷害我的事。其實她可是最支持我的人。只是盤繞在她周圍的混亂似乎會讓我失去平衡。我就像我母親，忍不住想要跟她分享整個世界。每個人都想擁有她的一部分——這讓我可以利用她對我的興趣當成判斷我本身價值的標準。

所以雀兒喜找我去秘魯的時候，我就覺得自己有價值。媽咪選了我。我花了幾個星期大聲告訴自己其實我也是媽咪，而閒蕩到亞馬遜河去嗑一種有爭議性的迷幻藥，邀我去的朋友還曾經說服我沒使用安全帶就爬上一根一百六十四英尺大帆船的桅杆，讓我覺得這麼做對我兒子似乎不太好。我將近有五個月都刻意忘記向治療師提起我的計畫，反而從我朋友莉賽特（Lisette）辦公室裡的那顆神奇八號球尋求忠告。

「就是這樣確定啦！」我在某天下午宣布。「我有什麼好反駁的呢？」

莉賽特在《華爾街日報》工作，而我最近把她的小隔間重新改造成了我的寫作總部。我是透過我朋友瓊安．亞瑟認識莉賽特的，瓊安曾經威脅過莉賽特如果不幫我出版我的第一本書就要殺了她。莉賽特沒生小孩，而且還有點幼稚，不過因為可以用她的印表機，加上她覺得我很漂亮，所以我決定跟她建立友誼。

「妳不是隨時都會拉屎跟嘔吐嗎？」莉賽特正在瀏覽一篇線上的社論對頁版面。

「對啊，可是我很享受這兩件事。」我對一份兩百頁的書稿按下列印。

「禽獸！老實說，如果是我找妳去這趟旅行，妳會答應嗎？」這是莉賽特目睹我在Dean & Deluca排隊結帳時狼吞虎嚥掉一整盒壽司時為我取的暱稱。

「絕對不會。」

「所以妳真的只是因為雀兒喜才這麼做？」

「也因為那會在網飛上播放。噢，而且我可能會得到啟發呢。」

莉賽特的辦公電話響了。她拿起話筒，又立刻用力摔下。

「那是誰？」我關心地問。

「我爸。我們大吵一架了。別擔心。」她安靜了一下，然後一臉嚴肅轉過來看我。「聽著，我想我的八號球可能是在騙妳。」

「真的嗎？」

莉賽特緊張地把她烏黑的精靈短髮撥到耳後，然後從小隔間探出頭，確認有沒有人在偷聽。

「他兩個禮拜前對我家改建的事說謊，結果現在我又多花了五萬美金。應該是說，呃……我爸花的啦。」她對我露出不祥的表情，然後就轉回去看著電腦繼續工作。

雖然這聽起來很膚淺，但這趟旅行會接受拍攝，對我具有某種意義。這讓整件事都變得很正當了。也讓我得到了認同。畢竟我會上電視節目，而任何一位演員都知道，「電視節目」這幾個字基本上就等於「活著的理由」。我並不是想讓工作的重要性大於席德。可是我真的覺得需要繼續做下去，這樣他在十七年後搬出去離開我的時候，我才不會完全崩潰。除此之外，我想要繼續當個有趣的人，想要讓自己值得他愛。我想要席德尊敬我，認為我很成功，而且永遠不會覺得只有他必須負責讓我快樂。我不想讓他的高中生活變成那樣：我鬼鬼祟祟出沒在他的衣物櫃附近，等待足球練習的放風時間，好跟他一起去修眉毛。我不想在五十歲以後再去學怎麼用Snapchat。我花了太多力氣學著放下一切。而且我想要當他的模範，讓他知道只要你下定決心，最後你也可以在網飛上嗑藥。

不過我越考慮秘魯的事，心裡就越矛盾。跟摩洛哥不一樣的是，我好像無法為這次要冒的風險找到正當理由。死藤水是一種藥，而我必須對另一個人負責。

「用於治療成癮症狀、進食障礙，以及各種恐懼症。」傑森說，他的面前有一碗娜歐蜜做的墨西哥肉丸湯。「如果妳告訴我要到某個傢伙在布朗克斯（Bronx）的公寓裡嗑迷幻藥，我會說絕對不行，不過我得說這次我沒被嚇到。」

「寶貝！我連在健身房待太久都會嚇到你了，而我要去南美洲嗑藥產生幻覺，你竟然覺得沒關係？」我相信他正在假裝冷漠。這不是老被我隱瞞實情而受騙的傑森。

「少喝酒讓我的腦袋變得開放，可以接受這種事。」他把碗舉到面前大聲喝下一大口湯。

「變得開放？還是你只是想要我嗑藥，這樣你就可以間接透過我產生幻覺？」他似乎很真誠，不過我仍然很懷疑。

「兩個都算吧。」他老實說。

「我覺得妳應該要去做。在我的國家，我們相信那可以治好焦慮。」娜歐蜜接話。「妳有很多焦慮。」

「你們是認真的嗎？你們兩個都覺得我應該去？」我看著席德在他盤子上拖著一顆火雞肉丸。他對我眉開眼笑。我想要臨陣退縮，結果我生命中最重要的這些人卻叫我去。「萬一我回來以後完全變了個人，不相信婚姻或化妝了呢？萬一我不再穿胸罩，而且只想整天練習昆達利尼瑜伽（Kundalini yoga）跟喝瑪黛茶[92]呢？」我低頭看提茲，希望看得出他在想什麼，可是他的注意力都在席德那顆肉丸上。吉娜像籃球大前鋒一樣擋在他跟席德的高腳椅之間。

如果我沒有小孩，這種行程我毫不考慮就會去了。可是現在到叢林裡服用過量藥劑的後果，可不只是傑森變成鰥夫，或者他的前女友可以在臉書上使用真名。如果發生了什麼事，席德就會失去母親，這讓我充滿了最深沉的恐懼。他在半夜醒來時呼喚不到媽媽，永遠都不知道我有多愛他，還在某一天仔細研究我在浴室鏡子前的自拍照想了解我是誰……光是想到這些我就無法承受。我的父母總是以自己的需求為優先，而我不想那麼自私。這是我的機會，我可以採取不同的方式。不會導致我在外國失去行為能力的方式。

雖然我盡量為我的行為找到正當理由，但始終無法讓自己安心。

□

那天晚上我突然衝下床，我的眼睛瞪大，驚恐到神智不清，而我的胃也糾結成一大團，是那種你無法解開的結。必須用廚房的剪刀才能剪開。

「我不去了。」我輕聲對傑森說，然後拿起手機寫電子郵件給雀兒喜。我在重新考慮之前按下傳送。

隔天早上我重看了自己的信，發現我的語氣完全就像個因為存在危機而感到痛苦的神經病。那時候是紐約時間早上六點，而雀兒喜在洛杉磯，想必正在熟睡。我立刻瀏覽Instagram確認這一點。我一直很擔心自己也許是全世界最糟糕的母親，以及雀兒喜可能會在早午餐時向珍妮佛・安妮斯頓（Jennifer Anniston）念出我的電子郵件內容，所以我決定該是打給治療師的時候了。雖然我很看重莉賽特的神奇八號球，不過我需要聽聽某個人的意見，那個人不會說「不太確定，再試一次」這種話來整我。

那天稍晚，在我焦急等待跟倩卓拉電話治療時，丹尼打來了。我開心地接聽。

「嗨！你是不是對秘魯的事很興奮？說真的，我快要嚇壞了啦。」我說。

「噢，對了，雀兒喜今天有跟你聯絡嗎？」我盡量讓語氣聽起來很隨意。

---

92 瑪黛茶：Yerba Maté，一種傳統的南美洲草本茶，富含咖啡因，其主要成分為巴拉圭冬青。將巴拉圭冬青的乾燥葉子浸泡在水裡後，作成茶飲。主要盛行於阿根廷、烏拉圭、巴拉圭及巴西等南美各地，現在歐美、中東及亞洲各國亦越來越受到關注。更常被稱為「仙草」、「上帝的飲料」、「健康之飲」、「快樂之茶」。

「沒有。她從來不會聯絡我。不過我收到了妳的簡訊。」他指的是我在過去二十四小時內傳給他的六則訊息，內容都是：「我們會掛掉嗎？」

我跟丹尼還有他老婆達科塔（Dakota）認識了六年。他們這種夫婦是你會告訴自己以後也要跟另一半效法的模範。丹尼和達科塔思想自由、喜歡孤獨，對彼此的愛勝過周圍所有的人。他們有兩個兒子，還懷了第三胎。雖然他們的教養方式是凡事動手做，但他們對自己的生活仍然保持開放與革新的態度。在我的記憶中，他們的約會之夜曾經到Troubadour夜總會聽獨立歌手演唱會，在泰國城（Thai Town）某間只收現金的小餐館吃晚餐，去谷區的某個脫衣舞俱樂部喝一杯，也許再到瓦恩蘭（Vineland）的紋身店弄個即興想到的小刺青。冷面表情、言詞辛辣、挖苦時帶有格調的丹尼就像伍迪・艾倫——如果伍迪・艾倫搬到洛杉磯並開始在電視實境秀工作的話。我很佩服他的婚姻關係，還有他能夠在父親以及當個比我更酷的人這兩種角色之間找到平衡，此外我也信任他的懷疑態度絕對不會做出可能害死自己的事。

「這可是一輩子難得的機會。」我不知道他能夠表現出這種熱忱。「達科塔超嫉妒她不能去的。要不是她現在懷孕，我們說不定正在托潘加峽谷的某個地方做那件事了。」

「現在可以到托潘加峽谷嗑死藤水？」

「主要是喬許・雷諾（Josh Radnor）吧，不過真的有。」我看得見丹尼一邊大聲咀嚼紅蘿蔔，一邊在客廳追著他最小的孩子。「我他媽的真不敢相信我就要再做一次了。」他這話主要是對自己說的。

「你覺得我是不是不負責任的家長？」我好想得到安慰。

「這是網飛的特別節目。大家不會讓我們發生什麼事的。雀兒喜甚至還帶了她自己的醫療人員。而且那是藥草。妳嗑過迷幻蘑菇嗎？」

「有。」

「嗯，很明顯就像那樣，只是效果強一千倍……」丹尼的聲音逐漸變小，看來他不確定這麼說是會讓我覺得更好或更糟。「妳他媽的最好來。我恨雀兒喜的其他朋友。」

掛掉跟丹尼的電話後，我才開始明白原來我好久以前就在想死藤水的事，以至於這個想法在我腦袋裡發生了突變。我只讀過一些BuzzFeed[93]的文章跟一篇維基百科的內容，就說服自己喝下那種茶水就像吸食精煉冰毒一樣自我毀滅。現實情況是，死藤水沒害死過任何人。之前當然發生過跟人為錯誤有關的意外，不過安眠藥、酒精或在開車時自拍也都導致過一樣的事。雀兒喜回覆了

93 美國網路新聞媒體。

電子郵件，說我對那種藥反應過度了，還保證我們會度過一段超棒的時光。她了解我的憂慮，但是不放在心上，就像跳傘教練對待已經綁在自己身上的學員那樣。

後來我終於跟倩卓拉說到話，而她對我做了一堆心理遊戲的鬼東西，問我為什麼對她隱瞞消息，也質疑我是否信任我們的治療關係。她只差那麼一點就說出「不太清楚，再試一次」這些話，最後還是切入了正題——就算從未錯失機會說我是個混蛋的倩卓拉，對這件事好像也不怎麼擔心。

「我覺得沒關係。很多人都會做。沒什麼大不了的。對某些人來說，五個鐘頭的體驗可能就等於七年的治療。」她的話讓我懷疑喬許・雷諾可能也是她的當事人。「不過妳還是會需要治療的。」她立刻接著說。

我試著在網路上多做一點研究，可是這就像在月底查看支票帳戶，我實在不敢挖得太深。於是，我強迫傑森替我多看一些資訊，也跟倩卓拉再談過幾次，後來終於決定要保持開放的心胸，也認為我生命中出現這次機會或許是有理由的。我寄信給雀兒喜的親戚莫莉（她是我們的製作統籌），告訴她我確認參加。

□

時間是週一晚上九點，而我們往利馬的紅眼班機在十一點出發。旅客跟售票員在湯姆布萊德利國際機場明亮的出境航廈中輕快來去，看起來就像平常的工作日。我餓了但不想吃東西。雖然焦慮但有決心。一個小時前，我還去了位於伯班克（Burbank）的一座攝影棚。在前往秘魯的前幾個星期，我又上了另一個滑稽的電視節目，而我每個星期日到星期二都在洛杉磯工作。由於我回來之後至少會被困在西岸兩天，所以我說服了傑森、席德和娜歐蜜來跟我妹一起住，在洛杉磯等我。這趟行程包含交通總共六天，要是我回來的時候可以在伊基托斯（Iquitos）轉機，說不定可以再縮減到五天。我曾經離開席德更多天，可是他越長大，要抽身就越困難。並不是因為我想念他——我當然會想念——而是因為我知道我回來時會被懲罰。例如某天晚上我工作到很晚，沒辦法讓他在睡前喝奶，隔天早上他就會看著我，開始大叫「Dada! Dada!」，好像我是闖空門的人一樣。傑森答應帶席德到加州，不過他在我妹夫生日派對上跟我妹大吵一架之後，就堅持要住旅館了。

我拿了機票，順利通過安檢。莫莉打電話來，指引我到休息室的路，其他成員都在那裡吃印度咖英里餃和喝酒。

「好不敢相信真的要去了。」我雙手環抱她的腰，把她當洋娃娃般搖動著。

「一定會很棒的！」莫莉比我年輕八歲，感覺卻比我成熟二十歲。我跟她一起經歷過許多困境，而她總是能散發出冷靜、自信、鎮定的氣息。「好的，丹尼說他要在登機門等，雀兒喜則是在XpresSpa[94]接受坐式按摩。我們大概再十五分鐘就要過去了，看妳要不要買個杏仁果或鳥食之類的。」她拿我的進食障礙開玩笑。我們走出休息室，經過了免稅店、星巴克、Kitson精品店，尋找XpresSpa。我們找到雀兒喜時，她的臉朝下趴在一張搖搖晃晃的坐式按摩椅上，而且椅子非常顯眼地擺在店門口。

「嗨寶貝。」她抬起頭露出笑容，金色短髮綁成一個緊密的圓髮髻。雀兒喜結帳時，莫莉幫她收拾散落的行李。「不，莫莉，我恨那個包包。我們得把它丟掉。我覺得是它害我脖子扭到的。」雀兒喜拿起一個小背包（她在按摩時取出了裡面的東西），然後遞向一位經過的美甲師。「妳想要這個嗎？」她問。那位年輕的韓國女孩困惑地看著她。「如果沒人要，我就要把它丟了。」她對大家說。

「我們得走了！」莫莉從雀兒喜手中接過包包，然後拿給美甲師。「走吧。」她厲聲說，一邊推著我們往登機門去。

「我好像只帶了一套內衣褲。」雀兒喜在我們快步走向航廈時說。我自己的不安全感讓我忽略了雀兒喜其實沒什麼變。她的哈瓦仕夾腳拖鞋或許升級成了Manolo Blahnik[95]牌高跟鞋，但她仍然是那個在賣場中央享受坐式按摩的女孩。

我們在登機門到處找丹尼，而他好像已經上飛機了。我們直接登機；雀兒喜一上去就直接往後斜躺在椅背。她開始弄她的睡眠面膜，我則是繼續找我的位置。我找到時，丹尼已經在那裡等著了。

「我的天哪。我們真的要去了。」我希望可以來個開心的擊掌。丹尼把毛毯拉到脖子，似乎無法說話。「丹尼？」我一隻手在他面前揮了揮。

「這真是我想過最爛的餿主意了。」他閉起眼睛，試著深呼吸。

「丹尼！搞屁啊?!你還跟我說這是很棒的主意。我決定要來完全都是因為你耶。」機艙密封起來時，我開始驚慌了。丹尼前後搖著頭，沒辦法說話回應。雀兒喜爬到座位上，拿了一條橡皮筋對準丹尼的頭發射。「我可以跟誰說話？這個人嗎？」她看著隔壁的老女人，然後再回頭看我們。

我們前往利馬的班機起飛了；再也無法退出了。八小時後，我們到了秘魯。

「下飛機之前，我們要先替你們弄好麥克風，希望你們別介意。」莫莉說，然後示意收音員克蘿依跟音控師安德烈去拿幾個領夾式麥克風過來。丹尼

---

94 著名的機場連鎖水療中心。

95 Manolo Blahnik：義大利頂級名牌，亦是國際知名婚鞋品牌。

面向我，雖然還在宿醉，可是講話越來越有條理了。

「不管我昨天晚上說了什麼，都很抱歉。我在去機場的路上吃了些怪東西。」他揉了揉眼睛看著我，好像這是第一次見到我。

「丹尼！你嚇死我了啦。那時候你還讓我以為我們犯了個可怕的錯誤呢。」

「噢，是沒錯。」他嚴肅地說。克蘿依將一個麥克風黏在我皮膚上，再把線塞到我背後的衣服裡面。

「什麼？你為什麼這麼說？」我看了看四周，擔心組員會聽見發生了什麼事。

「我不應該離開的。我老婆就要生寶寶了。我們還有另外兩個孩子。去做這種鳥事實在太自私了。」我當成模範的丹尼突然變得跟兩個星期前的我一模一樣了。

「記得嗎，這可是一輩子難得的機會？」我樂觀地說。在我失控崩潰之前，必須把丹尼拉回來才行。「聽著，我們已經到了。我們必須隨遇而安。」

攝影人員取回我們的行李時，有人帶著丹尼、雀兒喜跟我通過海關，然後又上了另一架飛機。在短短兩個小時的飛行後，我們抵達了伊基托斯，而這座城市以亞馬遜河的入口聞名。我們住進位於城市遠端一間有鐵窗的樸素旅館，然後盡量找時間跟我們所愛的人視訊，因為隔天我們就要消失在叢林之中了。

這裡的前身被稱為香蕉共和國（Banana Republic），曾經是亞馬遜河橡膠熱潮的中心，在多年的殖民主義之下變得遍體鱗傷，現在則因為日益受到歡迎的藥物觀光而開始復興。伊基托斯這座亞馬遜地區最大的城市無法經由陸路抵達（唯一的出入方式是搭飛機或搭船），在與世隔絕中形成了一種兼容並蓄的文化大雜燴。傾頹的殖民時期宅邸跟顏色柔和的混凝土倉庫共享著陽光，漂浮在水上的大型平底船以棕櫚樹葉當成屋頂。帶有拉丁色彩的食物與香料，與叢林那種狂野而陌生的強烈味道相互混合。

隔天早上，雀兒喜走下樓時，穿著我們上次一起度假時她穿的同一件絲質直筒連身裙。她去年夏天在西班牙買了那件衣服，從此以後就很少穿過其他東西了。我在紐約見過她穿冬天的大衣，但我覺得那件衣服就藏在她的毛衣底下。當然，她在我們去大溪地的時候脫掉過，不過那是因為有人告訴她不能穿著它去潛水。現在，經過了一年，那件衣服又東山再起了。

我們搭乘彩色的摩托車切過城市前往莫卡多德貝倫（Mercado de Belen），那是一座很大的露天市集，如預料中販售著棕櫚心、椰子樹葉、牛肉臟、烤食人魚。這裡有我在全食超市從沒見過的水果，還有一大堆難以形容的叢林產品，據說什麼都治得好，包括勃起障礙到乳癌。多數小販都住在羅爾貝倫（Lower Belen），那裡是一片遼闊的棚屋區，漂浮在巨大亞馬遜河的支流伊塔亞河之上。沿著河的流域有許多當成倉庫的簡陋小屋，孩子們就在那裡賣衣服。每件衣服上面都繡著一條大蛇，那是生命、重生與智慧的象徵。

無論你往哪裡看，都會看到關於死藤水的東西。在搖搖欲墜的攤位中，它是被當成具有醫療效果的藥物兜售。我很訝異不停見到各種類型的觀光客，包括瑜伽老師、醫生、參加大學畢業旅行的母女，其中很多人都是來第二或第三次了。我跟一個女人聊過，她說她在網路上買了一份套裝行程，包括去馬丘比丘（Machu Picchu）一天，接著是為期三天的死藤水儀式。這裡似乎沒人害怕，大家都很期待能夠發掘自己新的一面。雖然我不禁納悶追求自我理解跟追求當網飛明星哪個比較自戀，但知道死藤水吸引了這麼多各種類型的人們前來，確實讓我安心了。

在悶熱的空氣以及看起來朦朧不祥的天空下，我們排隊搭上一艘長長的木製內河船，準備在馬德雷德迪奧斯河（Madre de Dios）上航行兩個鐘頭。我們的單引擎客船好幾次都不肯配合，像是用一大口混濁的水漱口，再往後仰哽住。不過最後在一陣又戳又敲之後，我們出發了。我低頭看著毫無訊號的手機，它現在唯一的功用就是讓我仔細檢查我在幾小時前那些照片裡的法令紋。雀兒喜一直坐在莫莉的大腿上，直到她確認沒有蛇溜上船為止。丹尼想要打開一包Chacha，那是一種用油在熱平底鍋上烤成的大顆粒玉米，不過他已經大量脫水也太虛弱了。他那副時尚人士的脆弱身軀根本無法應付艱鉅的旅程。我的視線與水面齊平，發現遠方出現一塊肥厚的粉紅色駝峰狀物體。

「見鬼了，我好像看到一群會游泳的陰脣。」雀兒喜尖聲說。

我們的翻譯弗莉達（Frieda）笑了。「那些是粉色海豚。」牠們看起來不像我見過的海豚。牠們看起來像無精打采的白化症海蛇，還長了史前時代的鳥嘴。我們的嚮導對弗莉達說了些話，而弗莉達告訴我們如果想要的話可以去跟海豚一起游泳。我記得我在為這趟旅行接種疫苗的時候，醫生說別在亞馬遜河裡游泳，因為河裡有一種寄生蟲喜歡鑽進尿道。這就足以讓我確信我他媽的最好別靠近野生動物。

抵達我們的生態旅社後，弗莉達、莫莉跟其他組員扛著一箱箱攝影器材爬上好幾階陡峭的木製樓梯。雀兒喜跟我緊抓著彼此跟在他們後面。

「多美的景色啊。」她面無表情往外看著周圍那片不流動的褐色水面。在我腦海中，好像一直都把亞馬遜河想像得更有魅力，更像《泰山》裡的場景。我以為至少看起來會像是南海岸購物中心（South Coast Plaza）的熱帶雨林餐廳（Rainforest Café）。那些可愛的狐猴在哪裡？吼猴呢？遊獵薯條[96]呢？

---

96 safari fries，前述熱帶雨林餐廳所提供的餐點名稱。

弗莉達帶著丹尼、雀兒喜跟我到一座位於支柱上的戶外小屋，可以向外俯瞰水面。

「你們三位要在這裡。」她露出微笑指向沿著薄隔板牆排列的三張雙人床，那面牆分隔了我們的臥室跟一個淋浴間。丹尼一臉沮喪看著我。雀兒喜看著丹尼，好奇他的體重是不是比她還輕。我覺得我們像是奧立佛．史東[97]版金髮姑娘故事裡的那三隻熊。弗莉達跟我在秘魯認識的所有人一樣，身高不到五英尺，一頭黑色鬈髮，褐色大眼睛。她似乎是那種你一進勒戒中心時就會建立起友誼的女孩，但你很快就會發現這種人會利用同儕壓力逼你再喝酒。莫莉衝進來發了三組頭燈，告訴我們這裡的發電機會在晚上十點關閉，到隔天上午九點之前都不會有電。頭燈有兩種設定。你可以拿來當成明亮的白燈使用，或是當成閃爍紅光的迪斯可燈。

「我不懂。」我把燈戴到頭上，切換到閃紅燈的設定。「所以這樣是通知大家我需要幫助？」

莫莉聳聳肩膀。

「好像有點怪吧？難道尖叫不會比較好嗎？」我望向雀兒喜，她打開了行李，拿出一個數位體重計，就是家裡會放的玻璃材質那種，而且這種東西一定會被機場安檢從行李拿出來沒收，並不是因為它危險，而是因為會讓人覺得這是在搞什麼鬼。「嗯……妳為什麼要帶體重計？是妳打包進去的？」我問。

「丹尼，站上去！我要看看你是不是比我輕。」雀兒喜命令著。丹尼像小熊維尼裡的屹耳（Eeyore）拖著腳步行走，無奈地踩上體重計。「我的天哪！丹尼只比我重兩磅！」雀兒喜尖聲說。「丹尼？老實說，你有沒有吃東西，還是你因為離開懷孕的老婆所以太憂鬱了？」

「我很憂鬱。但我有吃。只是我他媽的根本不能吃什麼東西啊。我為了這次的死藤水節食了一個月，整個人都萎縮了。我已經準備好喝那種茶，然後再來一瓶天殺的啤酒。」

「等一下，莫莉，我們不能在做這個之前喝啤酒嗎？」雀兒喜說。「我以為只要不是烈酒就好了。」她看著莫莉，然後再看我。莫莉之前傳了一份清單要我們在儀式之前避免食用，包括所有的酒精飲料、鹽、豬肉、油炸食物、火辣香料、胡椒粉、紅肉、鹹魚、過熟的水果。我們也被吩咐在活動前兩個星期不能有任何類型的性刺激。

「我猜對我唯一卡住的部分是禁慾吧。」我熱心地說。

我們跟其他組員碰面，吃了一頓讓人極度痛苦的晚餐，因為雀兒喜、丹尼

---

97 Oliver Stone，知名美國電影導演、製片、編劇。

跟我只准喝雞湯跟吃絲蘭，然後我們三個就回到房間試著睡覺。我們的爛床布滿了當天稍早才死在那裡的小蠅蟲。冷氣隨著發電機關掉後，我們就陷入完全的黑暗，一邊流汗一邊嘲弄這整件事。我們亂丟東西、轉動身體，對我知道再也不會像現在這樣有趣的事情笑到發瘋。我覺得我好像在夏令營。

為了舒服點，雀兒喜把衣物脫掉，只穿戴著胸罩跟頭燈。（「我需要它才能尿尿！」她是這麼說的。）我們談論各自最愛的作家、丹尼跟我討厭雀兒喜的哪些朋友，以及如果困在無人島時我們會想上哪一位組員……最後我們都睡著了。

凌晨四點左右，昆蟲跟夜行性動物在我們敞開的窗戶外開著超級大聲的派對，把我吵醒了。我出於本能坐起來，以為我把席德那台除噪助眠機的音量轉得太大了。我看了看房間，發現雀兒喜正在熟睡，她的頭燈不知怎麼跑到了腳踝上，還讓我們的房間裡閃爍著紅色燈光，就像《陰間大法師》（*Beetlejuice*）裡的妓院。我笑了起來，然後伸手把燈關掉。在我竊笑著躺回床上，等待失去意識的時候，我回顧了過去一年半的事。不可否認的是我一直在逃避——逃避身為人母的責任、逃避愛所帶來的痛苦。現在獨自一人的我，看清了我其實完全受到席德的擺布。我以為我所了解的情感，逐漸演變成極為強烈且具爆發性的情緒，將我的胸口完全撕裂。

這是我第一次希望明天的儀式或許能夠為我帶來我無意識中一直在尋找的平靜。

□

隔天，丹尼和雀兒喜都泡在水池裡，克制著不吃東西。快到黃昏時，他們終於崩潰，一起吃了一盤叢林口味的麵、加了橄欖油和檸檬的棕櫚心。

「我早就告訴你們要吃點東西了。我一整天都在吃呢。」我給丹尼一包吃剩一半的杏仁果。

「別那麼做，丹尼！我們吃的東西到時候全部都會嘔吐出來。」雀兒喜看著弗莉達確認這件事。

「可是我都沒力氣了！」丹尼屈服並拿了三顆堅果。

「再等一個小時就好了。」弗莉達同情地說。

日落之後，我們換上舒服好穿脫的衣物，然後到了一座綠意盎然的山丘，前往旅社上方的一間大型木製圓頂屋。

「我嚇壞了。我覺得我會在這開始之前就拉肚子。」我鑽進雀兒喜的懷裡，試著放慢呼吸。莫莉拿著一盞提燈走在我們前方，攝影人員則是跟拍我們上去的場景。

進入屋子時，其他的攝影人員已經在等了。弗莉達帶我走向燈光，旁邊的陰影中隱藏著一小群影像設備。屋子的中央是圓形，只擺了三張床墊、三個大桶子，還有一個抽著捲菸的秘魯男人。攝影機對準我們的臉，而我們盡量保持冷靜，忍住不大笑出來。巫醫一開始先給我們一人一根菸，等我們抽完之後，他拿出一個看起來像是從我車子座椅底下翻出的水瓶。這個箭頭（Arrowhead）牌瓶裝水的瓶子裡，現在裝滿了巫醫當天稍早煮好的一種褐色混濁液體。首先，他走向丹尼，把一杯烈酒杯分量的液體倒進一個普通杯子裡。丹尼顯然是學校的模範生，恭敬地接過杯子喝了下去。接下來，巫醫拿著同樣裝了液體的杯子走近我。我往下看著那汙濁的水，驚慌了起來。

「呃，我覺得我可能承受不了。我算是輕量級的吧。其實我喝得不多。」我對坐在另一邊的弗莉達說。弗莉達把我的話翻譯給巫醫聽，而他咕嚕著回了幾句。我已經看得出來他討厭我了。

「他說他沒有給妳很多。」弗莉達說。

「這看起來比你給丹尼的還多。」我說。

「雖然看起來可能不像，不過我們比丹尼還輕。」雀兒喜插話。巫醫越來越不耐煩，告訴弗莉達我想喝多少都可以。我以神智清醒的狀態看了看房間裡最後一眼，然後就仰著頭大口喝下去（或是喝掉大部分）。輪到雀兒喜喝的時候，她一點都沒遲疑，就像在土倫（Tulum）一間海灘酒吧時那樣一飲而盡。

等到我們醉了，藥物也開始發揮作用，巫醫就繼續吟唱並朝著四周的黑暗吐口水。前十分鐘我們都沒有任何感覺。雀兒喜跟我竊笑著小聲交談，丹尼則是躺下來試著集中精神。到了十五分鐘，我們很明顯失去了丹尼。我看著他濕黏的白色身體正努力克制不嘔吐出來。「你有什麼感覺嗎？」我問。

「嗯……有啊。」他說。

「很棒嗎？是什麼樣子？」他的身體語言已經說明了我想知道的一切。

「我不介意趕快結束。」他話一說完，就傾身往桶子裡嘔吐。

「這當然會發生在我身上。我就知道我什麼也不會感覺到。」雀兒喜對著攝影機抱怨。「珍妮？妳有感覺到嗎？」

「也許吧？我不知道。」我的語氣就像是不知道自己有沒有經歷過高潮的女孩。

幾分鐘後，我很清楚知道我有什麼感覺了。我暈眩地站起來，搖搖晃晃走向廁所，房間裡也跟著忙亂起來。弗莉達跟上來，帶我走向一排馬桶，每個馬桶之間就只用一塊布簾跟房間裡其他地方隔開。我一坐下來，身體就爆發出液體，那種聲音聽起來比較像是排尿而非拉屎。就在我以為要結束的時候，情況又會重新開始。同時還有嘔吐。接下來十分鐘，我就只能坐在馬桶上同時拉肚子跟嘔吐。

「噓哇噓哇——噓哇。」巫醫大聲喊著，他走向我然後吐口水，接著弗莉達說惡魔想要附身在我的身上，更精確地說是我的屁股。弗莉達拿出一個大玻璃瓶，裡面的東西好像叫Agua De Florida，是一種像古龍水的廉價水，聞起來有樟腦、琴酒跟貧窮的味道。她就像迪拉德百貨公司（Dillard’s）的銷售員對我潑灑那種像通寧水的東西，安慰我說這樣可以幫助減輕我的噁心症狀。接著巫醫直接擋到弗莉達面前，開始用一根葉子製成的棍子打我的頭，一邊朝著我的頭髮大喊跟念著噓哇噓哇噓哇。

他停止以後，我什麼都聽不見，只有一陣電流聲從上方傳來。我想要抬頭看，可是我太噁心想吐了。這時，突然有一隻看起來像是莫霍克頭羽飾的巨大甲蟲掉到我的大腿，然後再掉到地上。我的頭在桶子上方時，眼角餘光又瞥見了那隻生物。他至少有八隻腳，而且每一隻腳好像都在向我揮動。

「好吧，我正式掛點了。」我小聲對弗莉達說，她坐在我身旁握著我的手，一邊拿濕紙巾給我。

等到體內拉不出任何東西之後，我就有氣無力地走向我的床墊。

「妳還好嗎？」雀兒喜問，討厭的是她還很清醒。

「我超慘的，各位。」我望向丹尼，他似乎正在經歷有生以來最可怕的惡夢。

「我覺得丹尼好像不是很開心。」雀兒喜的語氣有一半同情，另一半則在努力憋笑。她移動到我的床墊，然後關愛地擁抱我。

我的思緒飄開了。

剛開始只有一片黑。接著，有一個符號突然轉向我。我發現那是四季酒店（Four Season）的標誌。「無論如何，千萬別告訴任何人妳出現了四季酒店標誌的幻覺。」我在心中提醒自己。然後我看見了更經典的「獨角獸」影像，接下來是一連串不停移動的相片。首先我被傳送到了父親在蓋尼牧場[98]的家，我在那裡最常做的事就是跟我妹、同父異母兄弟布萊德（Brad）還有好多保母在水池玩。我在那個場景裡待到確認沒有保母侵犯過我們之後，就移動到下一個地點。我正在瀏覽我的人生，就像iTunes的音樂庫一樣。在每個場景中我都有所頓悟，雖然都是陳腔濫調，但在當下卻具有無比巨大的意義，例如「除了所愛的人其他都不重要」、「妳先生是非常棒的人」，以及「總有一天我要把頭髮剪成超級時髦的銀色鮑伯頭」。

98 Gainey Ranch，高級住宅區，位於亞利桑那州。

我依偎在雀兒喜的懷中，思緒飄向了席德。我想像我們同步做出一套冰舞固定動作，而我將他肉肉的小身體抓起來在我的肩膀上旋轉，就像有史以來最小的烏克蘭花式溜冰運動員。我們手牽手溜冰，做出兩周半跳跟飛起來的蹲轉，這時整個奧運場地的人都跳起來，一邊啜泣一邊鼓掌。後來，就只剩下我們兩個——席德和我。我的胸口劇烈起伏，整個人陷入歇斯底里。莫莉跑過來確認我沒事，雀兒喜則是抱著我來回搖動，試著幫忙安撫我。

「噓哇噓哇噓哇。」巫醫繼續說。

「別難過，珍妮。妳很好。沒有壞事發生。」雀兒喜和莫莉強調著。

重點是，我並沒有難過。我太感動了。席德繼續跟我對看，他用最簡單的訊息溝通，卻是我最需要聽到的。

「他愛我。」我哭著說，好像我是《鑽石求千金》（*The Bachelor*）中剛受到求婚的參賽者。「他已經愛我了。因為我是他的媽媽，我永遠都會是他的媽媽。」

聽起來好簡單、好明顯，我真不敢相信自己沒早點想到。當我忙著營造我的形象、攀登高山、屠龍，做任何能夠讓我不會覺得自己配不上席德的事——他已經把我當成英雄了。我害怕痛苦——害怕感受痛苦或造成痛苦。然而席德是我的痛苦，因為他是我的心頭肉，從我的身體被撕裂分離，在這個世界任意來去。我以為要是我找得夠仔細，就會發現讓恐懼消退的方法。我很渴望達到某種程度，讓我可以說「我曾經很害怕，但現在我不怕了」。不過後來我慢慢理解一件事，那就是我永遠都會害怕，而我認為所有的母親最後都要接受這一點。因為這是我這輩子第一次真正敞開心胸。而我不會後悔這樣。

□

我在幾天後回到洛杉磯，而傑森一定有發現我心裡某個地方起了些變化。那天晚上我們抵達旅館後，我整個人癱在床上時，注意到他用來擋在我們之間的枕頭數量比平常還少。或許他感受到了某個新的特質？脆弱？我也不確定。我只知道在我敘述那趟旅行的時候——圓頂屋、巫醫、上吐下瀉、那些幻覺——感覺就像我讓他進入了我心裡從未讓他碰觸過的地方。彷彿有了席德也會迫使我以更好、更堅定、更深切的方式愛傑森。

說真的，這實在是累死人了。

我說話時，看見傑森慢慢露出會心的笑容，就像偉特糖（Werther's Original）廣告中的老爺爺。他幾乎一直安靜地聽我講完故事，然後把我抱進懷裡。我們就這樣維持了好一陣子，享受這個片刻。

最後他開口了。

「所以妳要停止嗑哪些藥，我們才能再生一個？」

致謝

在書中的誌謝寫下某人，就有點像是邀請他們參加你的婚禮。等到這本書出版的時候，我大概會恨你們之中的一堆人。不過這裡有一份簡短的清單，上面是我目前在乎的人。

席德，我很確定有一天他一切都會做得比我好。我愛你愛到真的很想吐。我保證會永遠傾聽，永遠支持你，我的一切都可以給你。我很榮幸能當你的母親。還有我等不及要看你會變成怎樣的人了。

傑森，這一切都是你的錯。謝謝你改變了我的生命。你是我最好的朋友以及永遠的靈感泉源。

我的母親佩姬，她做得比她媽好。我非常感激妳和爸的抱負、仁慈，以及你們健美的體態。

喬妮（Jhoni），我覺得我一輩子都在等著找到會像妳這樣支持我的良師益友。妳讓我想要成為比所有女人更好的女人。呃，不是所有的。只有可愛的。謝謝妳教我怎麼說出更棒的故事。

雀兒喜，妳是其中一個可愛的人！謝謝妳的無畏、妳的友誼，以及妳的忠實。

亞尼夫（Yaniv），少了你我做不到這件事，少了你我也不會做這件事。（除非有人給我一堆錢。）

喬・維爾特（Joe Veltre），謝謝你逼亞尼夫給我更多錢。

潔米・坎德爾（Jami Kandel），謝謝妳掌舵。

感謝在雙日出版社（Doubleday）的比爾・湯瑪斯（Bill Thomas）、陶德・道提（Todd Doughty）、瑪戈・西克曼特（Margo Shickmanter）、艾蜜莉・馬洪（Emily Mahon）。

其他重要的人：伊莉莎白・布朗（Elizabeth Brown）、蜜西・麥爾金（Missy Malkin）、琳恩・芬伯格（Lynn Fimberg）、珍妮佛・克萊格（Jennifer Craig）、喬安納・可樂娜（Joanna Colonna）、黛博拉・芬葛德（Deborah Feingold）、布蕾德利・伊里恩（Bradley Irion）、姬塔・貝絲（Gita Bass）、丹・毛瑞歐（Dan Maurio）、迪雅布羅・柯蒂（Diablo Cody）、莫莉・伯克（Molly Burke）、Ramon Walls-Gumball、Brian Walls-Gumball、珍・蘭卡斯特（Jen Lancaster）、梅樂蒂・楊（Melody Young）、尼克和艾美・津肯（Nick and Amey Zinkin）、拉杜麗・索托（Ladurée Sotto）、FIKA Tribeca、愛麗森・

奧斯特洛斯基（Allyson Ostrowski）、碧西・飛利浦（Busy Philipps）、多莉・佐克曼（Dori Zuckerman）、丹・德里斯科（Dan Driscoll）、蒂佛特・貝萊德（Tifawt Belaid）、蘿倫・塔巴赫・班克（Lauren Tabach Bank）、愛麗森・史托爾茲（Allison Stoltz）、薩曼莎・莫倫（Samantha Mollen）、琪亞拉・畢格斯（Chiara Biggs）、愛維・布勒（Elvie Buller），以及永遠的吉娜、哈利和無與倫比的提茲先生。

珍妮在二〇一六年三月十四日讓提茲安樂死。牠在三個鐘頭前吃了培根。雖然她在第八章感到很挫折，但她無時無刻不希望牠仍在她的懷中，暗自評判著她的一舉一動。

關於作者

珍妮．茉倫是演員與《紐約時報》（*New York Times*）暢銷書*I Like You Just the Way I Am*作者。她是《花花公子》（*Playboy*）線上與Smoking Jacket網站的專欄作家，也為《柯夢波丹》（*Cosmopolitan*）、《Glamour》雜誌、《紐約》（*New York*）雜誌、Elle.com、《Grub Street》雜誌寫過文章。

二〇一八年從L.A.搬到東岸，目前定居於紐約，育有兩子席德（Sid）和雷斯洛（Lazlo）。她老公是早年《美國派》系列電影的男主角傑森．畢格斯。《赫芬頓郵報》（*Huffington Post*）將她喻為推特（@jennyandteets）及Instagram（@jennyandteets2）上最有趣的女人之一，而《T Magazine》認為她是「五個值得關注的帳號」之一。她的Snapchat帳號是jennyandteets。個人網站www.jennymollen.com。

聯經文庫

我不想成為孩子童年的陰影啊！

：推特女星身兼苦手媽咪的抗焦慮日常

2019年9月初版 定價：新臺幣380元

著者 Jenny Mollen
譯者 彭臨桂
叢書編輯 黃榮慶
校對 蘇暉筠
排版 極翔企業
封面設計 朱疋
編輯主任 陳逸華

總編輯 胡金倫
總經理 陳芝宇
社長 羅國俊
發行人 林載爵

出版者 聯經出版事業股份有限公司
地址 新北市汐止區大同路一段369號1樓
編輯部地址 新北市汐止區大同路一段369號1樓
叢書編輯電話 (02)86925588轉5307
台北聯經書房 台北市新生南路三段94號
電話 (02)23620308
台中分公司 台中市北區崇德路一段198號
暨門市電話 (04)22312023
台中電子信箱 e-mail：linking2@ms42.hinet.net
郵政劃撥帳戶第0100559-3號
郵撥電話 (02)23620308
印刷者 文聯彩色製版印刷有限公司
總經銷 聯合發行股份有限公司
發行所 新北市新店區寶橋路235巷6弄6號2樓
電話 (02)29178022

行政院新聞局出版事業登記證局版臺業字第0130號

本書如有缺頁，破損，倒裝請寄回台北聯經書房更換。 ISBN 978-957-08-5388-9（平裝）
電子信箱：linking@udngroup.com

國家圖書館出版品預行編目資料

我不想成為孩子童年的陰影啊！：推特女星身兼苦手媽咪的抗焦慮日常/ Jenny Mollen著．彭臨桂譯．初版．新北市．聯經．2019年9月（民108年）．320面．14.8×21公分（聯經文庫）

譯自：Live fast die hot

ISBN 978-957-08-5388-9（平裝）

874.55 108014658